文芸社セレクション

ポリテクスクール京都 電気設備技術科

伝田 房江

DENDA Fusae

文芸社

プロローグ

２０１８年9月17日、それは私が「腰は本当に抜ける」ということを学んだ日となった。一通のメールが届いたのだ。

「お世話になっております。ｅｔｗの平松です。貴店に発注いたしましたＬＥＤ看板が12日、発火し直径一メートル程度の壁面が焼損いたしました。昼間の繁華街でしたので幸い発見が早く大事には至りませんでしたが、現在消防署、施工主、施工業者様と今後の対応について協議しております。

菅野様におかれましても、熊本までおいでいただき現場検証に参加していただく形になると思われます。随時状況をお知らせいたしますので待機お願いできますでしょうか。ご面倒おかけしますが何卒よろしくお願い申し上げます」

しばらくして熊本消防署からの電話連絡を受け、来週半ばに熊本消防署に出頭するよう要請された。

私、菅野《すげの》和希《かずき》は個人でＬＥＤ看板の輸入販売業をしている。現代はＩＴ技術の進歩により、英語、グラフィックソフト、その他の知識やスキルが中途半端でも一人で貿易ができてしまう、そんな便利な世の中だ。ただし、トラブルの責任も大きなものから小さなものまで全部半端な人間である私がとらなければならないのだ。

私はこのメールを読んで、腰から下が全く動かなくなった。触っても感覚がない。『これが腰が抜ける』だろう。メールの文面から察するに、今回はボヤで済んだらしい。しかし私の不安は暴走した。

もし「4階建てビルが全焼しました」、「5名焼死」、そんなことが起こっていたら、私はどうすればいいのか。責任者の責務として可能な限り脳内シミュレーションを繰り返してきたはずだったが、甘かった。

この件について相棒のマコタンにメッセージを送った。マコタンは現在、交易会などの仕事を兼ねて中国に渡航している。

私は正確にいうと一人で事業をしているわけではない。事業もLED看板だけではない。「マコタン」とは仕事上での相棒だ。ビジネス系のブログでかなりの閲覧数を稼ぎ、ツイッターのフォロワー数が2万を超えているマコタンに私がツイッターから相談事のリプライを送ったのが8年前。マコタンはビジネスの知識やアイデアに長けている上に、ブログとツイッターによる集客力は大御所ビジネス系コンサルとほぼ同等だ。ただし、なぜか算数や事務処理能力になると小学生並みになる。

一方の私は映像作家になりたいという夢破れた予備校講師だった。流暢とまでは言えない英語力、そしてグラフィックソフトの基本操作は慣れていて、半端なイラストが描ける。ただ人が集められない。それなら、お互いないものを補い合って何か一緒にやろうとスモールビジネスをいくつも立ち上げ、数打ちゃ当たる戦法で当たったものを伸ばす形で一緒にやってきた。事業をやるにあたり、あとは私にはウェブの知識が足りなかった。なんとか勉強した。その結果、ＬＥＤ看板の輸入販売は私の半端なスキルセットに合っていたらしく、売上が右肩上がりとなっていったため私のメイン事業になったのだ。

「なんでよりによって、こんな時に！　なんかやらかすねんほんま、勘弁してえや！」

　メッセージを送った直後スマホが鳴った。勿論マコタンだ。いやまだ私が悪いと決まったわけではないのにしこたま怒鳴られた。第一この件の責任者は私だ。マコタンは関係がない。ただ、８年に亘って様々な事で金と責任を背中を預けあって共有して、毎日のように一緒に打ち合わせしていると遠慮はなくなる。旅行中ネガティブな知らせは聞きたくなかったのだろう。８年の間に５００回は喧嘩した。ただ、やり合った5分後には「そこの餃子ダレとってえや」「ん」という関係だったから、そして、ただのビジネスパートナーではなくまさに相棒、魂の片割れのような存在だったから、数え切れない楽しい思い出と共に仕事をしてこられたのだ。

　異常な心配性のマコタンは、それから恐ろしい勢いで「どうなった？　どうなった？　どうなった？」とメッセージを送ってくるようになったが、必死でいなしながら熊本行きへの準備を始めた。トラブルで行政のお世話になるとは思わず……私も内心もちろん冷静ではなかった。こんな規模の事業に体力などない。

　私の責任で、保険も下りなかったら……。

自分で商売をしていると経営者のつながりができる。また、高校大学の友人も多い。私は普段便所の落書きを垂れ流しているツイッターの匿名アカウントではなく、リアルで気心が知れている人達と繋がっているフェイスブックを開いて、これはまずい、皆もトラブルを経験してきたはずだ、どうして気をしっかりと持っていられたかと聞きたかった。しかし、フェイスブックは相変わらず皆がおいしいものを食べた、子供が柔道の大会で2位を取ったなどキラキラした話題であふれていた。

私はフェイスブックを閉じた。そしていつも通りツイッターでひっそりと「隠蔽のニュース、皆怒るけどいや当事者なったらやりたなるて」「責任と鼻くそは人になすりつけるスタイル」等、何が起こったか分からないよう本音をぶちまけた。

名刺や関係書類をまとめて赴いた熊本にはまだ震災の爪痕が残っていた。熊本城には足場が、住宅地にはまれにブルーシートが家を覆っていた。一方、熊本市の人口は約七十四万、龍峯山から見渡す熊本平野の夜景は壮大で、視界には一目で入らなかった。ここのどこかで、私の商品が燃えた。

翌日昼過ぎに集合した熊本消防署には、消防署員は勿論施工業者、発注者が揃い、損傷したLED看板の検証が始まった。LED看板の美しかった楕円形の本体は下半分が茶色に変色し、前方に大きくたわんでいた。本体に描かれたアゲハ蝶は、熱で変形し下半分が原型をとどめていなかった。発送時毎回見とれながら点灯確認をする商品たち。この無残な姿は直視するのが辛かった。

2時間は優に超していただろうか、煤すらつかないような部位まで確認した挙句、火元が分かった。当店では本体のみ配送して、電源と繋ぐ箇所は施工業者に接続をお願いしている。そしてこの看板は、本体と繋いだコードの20センチ先が、被覆を越えて芯線が露出するまでパスッ、と切れていたのだ。そこがショートして小さく真っ黒になっており、他へ拡がっていた。

うちが扱う塩ビ本体とLED配線、そこは無傷だった。それにあの傷はナイフ状の工具でないとつかない傷で、うちでは取り付けにそのような工具は要らない。本体のみを配送して、電源と繋ぐ部分は外注しているのだ。

「おい施工業者のミスやろ！」

とその場で言ってやりたかった。1500台ほどLED看板を扱って、売っていれば中学生でも分かる理屈なはずだ。でも怖気づいて言えなかった。そして、発注者と施工業者は同郷で普段から懇意にしているだろうから、京都からノコノコやってきた女が悪かったことにしたいに決まっている。二人はずっと私を見ていた。

「おたくであの傷をつけた可能性はないのですか？」

「LEDの接続に不具合があった可能性はありませんか？」

二人からよってたかって質問を受けた。私は電気の専門家ではない。責任者ではあるけれど、規格や資格が必要な専門部分は外注しているのだ。100％はっきりと言い返すこともできなかった。

その後幸い音沙汰はなく、発注者が保険でカバーすると聞いた。しかし今回はたまたまこれで済んだ。もしうちが本当に関係する大事故が起こった場合私はどう対応すればよいのだろう。保険が下りても具体的な状況はどんな悲惨なものになるか分からない。

マコタンと会議をした。お金になるものを見つけて、できるだけ費用をかけず安定して困難なく続けられる商売はそうない。何度も失敗して試行錯誤してようやく見つけたビジネスだ。さらに店を開いて5年、綺麗に前年比1・4倍で売上が伸びていた。唯一のリスクが店の責任者である私が安全面を正確に把握できていないことだった。

「これボヤで済まへんかったら、保険きかへんかったらシャレならへん。一旦閉じるべ。ガッチガチに穴無くして仕切り直しや。ここで潰してええ商材ちゃうわ」

「でも私がちょっと電気勉強したくらいで解決するんか？　コンサルいるやろ」

「我妻さん召喚するか」

我妻さんは大手電機メーカー月立から外資系企業を経験した後、独立して自分でも様々な電気製品の輸入に関わる仕事をしていて、有難いことに特にこの事業の輸入元・中国との取引に慣れている。打診してみたところ、我妻さんも他の案件が難航しているらしく乗り気な反応が返ってきた。

これまでは自分一人が業務フロー把握できていればよかった。ほうれんそうは必要なかった。売上の管理もクレーム処理もマーケティングも、私一人で完結させていた。それをまともな事業体として三人で再スタートすることが決まった。

　ただ、船頭は一人でなければならない。絶対権力は絶対に腐敗する。そして共同経営は絶対にもめる。複数で事業を始めるならまず解決すべきところだ。船頭はすでに株式会社として事業を軌道に乗せている我妻さんにして、三人で唯一LED看板という商材を散々扱ってきた私が毎日のオペレーションを、私と組んでいる間もウェブマーケティングをメイン事業にしてきたマコタンがウェブ担当、という役割分担にした。

「これから辛いこと、難しいこと、トラブルが沢山、必ず起こるものと思います。しかしこの事業は誰が欠けても成り立ちません。三人で乗り越え、必ず大きな事業にしましょう！」

　我妻さんの宣言で桃園の誓いをした。ただリニューアルには後述のように半年はかかる見込みだ。私はランニングコストを減らすために一旦地元に戻った。さて、私は何をしようか。

　中国のサプライヤーとの交渉は私より余程我妻さんが慣れている。中国に出張して、私と取引していたサプライヤーよりよいところや、日本ではあまり広まっていないが売れる可能性のある商材探し、その他中国サイドの下準備は我妻さんの役目になった。ウェブは制作に3か月、検索順位を上げるのに3か月を見込んで、マコタンが担当した。その半年間私の経験が活かせる下準備はそれほどなかった。

「勇一郎さんな、ウェブデザイナーなるの学校やなくて職業訓練行ったらしいで。コミュ子もポリテクで電気勉強したらええんちゃう？　電気系の科もあるらしいし、授業料タダやで。2月やけど開講のコースある。おらっち調べてきたで。下見もしたったで」

ウェブ系の仕事を依頼しているウェブデザイナーの勇一郎さんが、職業訓練校に通っていたらしい。会うたびにボディピアスが増えている変態かつ有能な人だ。

　私は自他共に認める人格破綻者・コミュニケーション障碍者だ。「あ、この人生絶対生きづらい」と確信したのが3歳、皆が幼稚園でのお歌やお遊戯を楽しむ毎日を見てからだ。私にはそれらが虐待だったことを先生は誰も気づかなかった。早く帰って白土三平の首や腕がすっ飛ぶ百姓一揆の漫画が読みたかった。一刻も早く園児の皆とバイバイしてカマキリさんやカエルさんをだっこしたかった。その後も遅刻忘れ物は当たり前、異常な人見知り、そのくせ喧嘩っ早い、整理整頓大嫌い。

　ただ一つ、長所なのか短所なのか分からないのが過集中だ。一度過集中モードに入れば周りの音は全く聞こえない。猛烈な尿意や空腹による低血糖の手の震えで文字が書けなくなりようやく我に返る。明らかに許容限界を超えている眼窩周辺の負荷が途轍もない疾走感と高揚感を生む。

　私の名前は菅野《すげの》和希。脳内麻薬ジャンキーでお勉強というストローで鼻から吸っていただけだ。それで勉強はなんとかなってしまった。あとは周りの人達に助けられた。私の地元である金沢の郊外はおっとりした土地柄で、どう考えても挙動不審な私を皆は遠ざけるどころか逆に気遣って、誰にも話しかけられない自分をお弁当にまぜてくれた。人の悪意をほとんど知らず育った。

そして私のそんな人間性から、マコタンからは略して『コミュ子』と呼ばれている。気持ちのいいものではないが面倒なのでそのまま返事している。

マコタンはなぜか一人称がおらっちだ。あのキャラにそこまでしっくりくる一人称を思いついたのはすごい才能だ。マコタンは丁寧語を使って皆と話している時は理知的な青年で、人脈のハブになるのも分かる。

しかし。丁寧語というタガが外れたときのマコタンは控えめに言ってドクズだ。あそこまで下品で厚かましく口の悪い人間は見たことがない。放送禁止用語を聞かないで済む会話をしたことがない。幼稚園児でも呆れかえるような歌や踊りを何百回一緒に練習させられたことか。私に拒否権はなく、放送禁止用語満載の歌を何百回も合唱し、泥酔した人間がラジオ体操をしたような踊りを何百回とペアで踊らされてきた。マコタンも私と似た者同士で料理ができない。掃除など、したことがあるのだろうか?と疑うレベルだ。

一方、算数は駄菓子屋の勘定も任せたくないレベルで苦手なのに、ことばを操る能力が桁外れなのだ。そしてマコタンは文字から音が聞こえる。共感覚という、才能なのか障害なのか分からない知覚現象の一つらしい。共感覚の持ち主は、見たものに味がついていたり音に形がついていたり、ものごとを知覚するのに感覚が複合してしまう。マコタンはハイデガー等の哲学書をスラスラ読みこなすが家にはほとんど本がない。音と一緒に覚えてしまうのだそうだ。共感覚の持ち主は通常の人とは違うものごとの認知をしているので、マコタンは通常の人にはできない文章の処理ができるのだろう。10万PV集められるブログが書けるのも納得できる。このクズかつ意味不明、発達障害コンビの私達は、体当たりで一緒に仕事をしてきた。

「下見までしてくれたんか。ありがとや。しかしポリテクてなんやそらタダて？　なんなんそこ」

　ポリテクの大元の組織は独立行政法人・求職者雇用支援機構だ。失業した者に対する就業支援を主に行っている。ポリテクは離職者向けに基本6か月、ＣＡＤや電気、ビル管理、近年であればＩｏＴなどの職業訓練を受けられる学校だ。独立行政法人に関する法律により管理されているが国の組織ではない。造幣局や国立美術館などと同じ立ち位置だ。資金は雇用保険により賄われている。

「ちょっと調べてみてんけどさ、自分雇用保険1円もはろたことないしこれからも払う気ないわ、ええんかいなこれ？」

「まあなんでも挑戦してみたらええよ、とりあえず」

　確かに受験に前職が会社勤めだったという要件はない。私達の強みは手段を選ばないこと、なりふり構わないこと、思い立ったら有言実行、地平線の彼方まで猛ダッシュすることだ。募集期間はクリスマスまでだ。地元のハローワークから申込書類を提出した。地元と京都で迷ったが、地元は修了が1か月遅れてしまう。1か月でも早く準備完了させて売上をどう伸ばすか考える時間に充てた方がいい。折角地元に戻ってきたものを京都に戻ることにした。引っ越し代とコンテナ代の方が高くついてしまった。

私が2月から受講するために書類を出した電気設備技術科は、ポリテクの募集科の一つ、電気工事やCAD、防災、LAN構築など電気に関する入門を一通り学ぶ。カリキュラムがとても多く、全てを深くは学べない。第二種電気工事士資格取得のための筆記・実技の勉強は全員受からせる勢いでやるが、それ以外ははとバスで東京の主要スポットをめぐるようなものかもしれない。

有資格者でなければ電気工事ができないので、第二種電気工事士の勉強がメインとなる。そして大多数が電気に関わる仕事につく。この科に来た意味がなくなるからだ。この科で主に学ぶ第二種電気工事士は一般用電気工作物、簡単に言えばおおよそ電柱から家屋側の配線等を扱える。それを持っていればうちの商売はなんとかなる。

第二種電気工事士の筆記試験は6月2日に実施される。50問4択のマークシート形式だ。6割取れれば合格する。合格発表は7月1日。候補地は京大吉田・同志社今出川・立命館衣笠いずれかのキャンパスだが、どこになるかは試験1週間ほど前、受験票が届くまで分からない。

技能試験は7月20日もしくは21日だ。試験地によって日程が異なる。京都は20日。毎年ほぼ同じ候補問題が13題事前に発表され、電気技術者試験センターのサイトでは大変丁寧な解答・解説が載っており、事前準備は充分可能だ。唯一の不安材料は、6割取れれば合格する筆記試験と違い1か所でも施工不良があれば不合格となるところだ。合格発表は8月19日。それに合格すれば第二種電気工事士の免状が手に入る。

年始休み明けしばらくして、ポリテクから受験案内が届いた。1月10〜12日は、これまでの在宅生活から一転してポリテク電気設備技術科の入所試験、ハローワーク、税務署、不動産など在宅自営で体力を失った体をしごき倒し京都の街を奔走した。

初日に駅からすぐの不動産屋に直行し、即日で家を決めた。マコタンが以前住んでいた、私も何十回何百回と行ったマンションの全く同じ部屋が空いていたのだ。マンションは京都駅からすぐ、マコタンもきっと喜ぶ。心の距離が近すぎる、揃ってアクの強い私達はお互い恋愛感情とは全く違う感情で繋がっており、結婚をするのも兄弟同士で結婚するのに似た違和感があった。しかし身を固めることも考えなければならない年齢だなと私と婚活競争をした結果、マコタンは去年マッチングアプリで出会った女性とスピード婚をして、西院のマンションに引っ越した。

家を決めた後ポリテクの下見をした。阪急長岡天神からのポリテクは近かった。場所を確認できたことに安心してすぐに戻った。その場所には特に何の感慨もわかなかった。

下見の時点では。

その後税務署でポリテク入所のため廃業届を出すだのハローワークで相談に乗ってもらうだの、やたらカウンター前のボタンを押して数字の書いた紙をちぎり出しては呼び出され、名前や住所やら書きまくって宿に戻った。

入所試験は定員が三十人のところを受験者は二十三人だった。自営なのに本当にいいのか多少不安だった。同じ試験会場にいる人達皆と今後関わりがあるという試験を受けたことがないかったので、周りの受験者達にも何の興味もわかなかった。

受験の時点では。

試験内容は、漢字の書き取りや四則演算など小学生でも受かる内容であった。合格通知が実家に届いたのは一週間程度後、「落ちていたら自分の社会不適格者ぶりに絶望しよう」と思っていたのでまぁほっとした、という程度だった。

1月12日夕方実家に戻るといつもすっ飛んでくる明るい母親がいない。父親にどうしたのかと尋ねると、「インフルをもらってきて寝込んでいる」とのこと。母親は4～5日看病したところ回復し、合格通知もその後辺りにきたため一先ず安心していたのだが、天を仰ぎたくなったのはインフルを母親からもらった父親についてであった。私は父親が50歳手前にできた子である。年齢的に肺炎にでもなられたらアウト。ものがどんどん食べられなくなり、関節痛でトイレに行けず粗相までするようになっていった。それでも病院食が嫌いでうちの飯しか食いたくないと言い張る父親、それでも病院というものが大嫌いな母親は「大丈夫、家で食事で治すから」「この見立てなら大丈夫よ」と言い張るのだ。もうすぐ京都に行く私を気遣ってのことでもあるだろう。ただ、それと並行して父親の病状は悪化し、骸骨のような顔をして話もできず寝返りも打てず、腰には漏れたおむつ。換えても追いつかないシーツと布団。食事はみかんをやっと2きれ。それでも目を血走らせて

「大丈夫だ」と言い張る母親についに私はキレた。

「これで大丈夫なわけないやろっ！　これもう死にかけやろ！　いい加減医者嫌いやめて！　何を言おうが救急車今から呼ぶから邪魔せんといて！」

と顔を真っ赤にして、意地でももぎ取られまいと力いっぱい握りしめたスマホを片手に怒鳴り散らした。これに折れた母親は「救急車だと遠い病院になるから」とタクシーで近場の医院に運び込むことにした。

タクシーが到着し、母親と二人で父親の肩を抱きタクシーに押し込んだ。父親の腕は、軽い枯れ木に薄いタオルを巻きつけたような感触だった。身長１７０㎝を超えていた父親の体重は、病院で測ると１５９㎝52キロの私よりも軽かった。父親は親のくせに私の発達障害にブーストをかけた人間だ。

遅刻と忘れ物が余りにも多く、クラスの輪に入っていけないのにテストだけは毎回なぜか学年トップをとってきて先生を毎年手こずらせる私を父親は個性として喜んだ。「新聞やニュースは批判的に読め」「女だからって縮こまらんでいい」「社会に世界に自由に戦いに行け」と鼓舞し続けてきた父親のこの姿は、焼けたＬＥＤ看板より何倍も見るのが辛かった。

それが、翌日の朝サンダーバードで京都に行ったらしばらく帰ってこれない実家最後の夜だった。父親の顔は骸骨に皮が張り付いているだけで、口を閉じることもできなくなっていた。それでも必死でこう言おうとしていた。

「行って…こい…がんばれ……」

弱々しくこちらを見る目に「いや私遅くできた子だから覚悟はしてたけど、これ、死相？　これ今生の別れ？　これがそう？　ちょっとやめて？　もう明日のあさイチで京都行って予定があるから伸ばせん。あれが最後だと思わせんで！　連絡ちょうだい父ちゃん母ちゃん！」と病室を少しずつあとずさりして、意を決して泣きながら病院から思い切り逃げ去った。機械にでもなったように明日の準備をし、私には何もトラブルは起こっていませんという体で、半ば麻痺した脳みそを無理やりシャットダウンして、明日まで意識を飛ばした。

次の日の昼前、父親のいない居間で直ぐに要るものだけをまとめたリュックの紐を縛り上げた。これでゴールデンウイークに控えている令和十連休まで帰れない。父親が無事であればの話だが。サンダーバードの車中、死相の見える父親の顔がずっとちらついて何をしても気がまぎれることはなかった。京都駅に着き、京都駅前の不動産屋でマコタンが以前住んでいた、今自分の住処になったマンションのカギをもらい、引っ越し屋が持ってくる段ボールの量に絶望し、この精神状態で片付け作業をすることはあきらめ、布団と部屋着だけ引っ張り出してコンビニで歯ブラシを買い、ツイッターで呪詛を吐き散らかした後、とっとと寝てやった。

明くる25日からは入所前ガイダンス、また区役所で番号の紙ちぎり、引っ越し荷物ばらしの1週間だ。ガイダンスではこれからの訓練の概要説明、注意事項、保険関係、使用するテキストの販売や作業服の採寸など事務的なやり取りを淡々として終了だ。

25日、自宅マンションから京都駅、JR長岡京で電車を降りた。これから半年も、ここからポリテクまでの道を通うのだ。ナビを片手に、大通りを左右見まわしながらポリテクに向かった。JR長岡京からの見たこともないこの道や店達は、後で振り返ってどう思い出されるのだろうか。辛かった半年として心臓をチクリと刺されながらフラッシュバックするのか、一生の宝物として時にふと温かく心に降りてきてくれるのか、どちらなんだろうと考えながら関西お馴染みスーパーのイズミヤや教習所、花屋さんを通り過ぎて高台のポリテクに到着した。

コンクリート敷きの広い集合所の向こうにある本館入り口で名簿にチェックを入れ、3階の研修室のドアを開いた。

そこには数十人のおっさんがいた。

おっさんと言うと蔑称になってしまうかもしれない。だが、おじさんともまた違うのだ。電気工事は体力仕事だから年齢層はもう少し下かと予想していたが、平均年齢は40代半ばくらいかもしれない。明らかに20代だろうと思われる青年は三、四人だ。おじさんとは表現しづらい理由。おじさんという響きは、「金」や「余裕」というイメージを想起させる。しかしここにいる皆のほとんどが雇用保険をもらい、失業者という身分で半年を過ごす。それなのに追加募集で定員いっぱいにした三十人という小学校のクラスかよという人数で電気の授業を受け、工事の実習をするのだ。この人達と半年の学園生活をまたやるのだ。人生山あり谷あり、そして大変な目に遭って職を失った人も少なくはないだろう、どこか意気消沈した面差しを感じた人が目についた。それなのにこの場は『がっこう』だ。どこか少しユーモラス、それを「おっさん」と形容したかった。

「君の、前職は、なんやー！」と心の中で絶叫してしまった人がいた。身長は190cm超えているだろう、体重は100キロ超えているだろう。線のような一重瞼に点を書いたような瞳。ソフトモヒカンを伸ばして結んでいるため辮髪とちょんまげの中間のような髪形をしている。スタイリストをつけずに闇金ウシジマくんや任侠漫画にそのまま出られそうな風貌の人だ。それから、コンニャクのように姿勢の悪い「君の骨は軟骨か」とツッコミを入れたくなる、もう腰が曲がってしまったのか心配になる、それなのに服装はまあ今時の若者の二人は個体識別できた。皆赤の他人同士、面白い会話など聞こえてくるはずもなかった。するわけがなかった。個体識別できたのは目立つ先の二人だけだった。あとは毛根が弱っている人がちらほら。ハゲ散らかすとはこのことだ。辮髪ちょんまげの人以外にも、道で出会えば少し離れてしまいたくなる風貌の人も数人いる。正直「こん兄ちゃんらガラ、わっる！」と心の中で目頭を押さえた。

この中で、女は私一人か……。こんな精神状態でこれ以上の周りの様子を見る余裕はなかった。気が起こらなかった。この皆が、あの、みんなになるとは露も予想しないで。

事務的な必要最小限の会話だけでガイダンスを受けた。訓練時間は9時20分始業、15時25分終了。始業の前にはラジオ体操。本館右のB棟・教室棟の左側、102教室で授業、そこから雨除け付きの通路を通って奥のC棟・電気工事の実習棟で半年工事の実践訓練を受ける。お昼は本館左の食堂で前日に予約をして370円の弁当を食べるか、イズミヤのフードコートで各自食べてください、と指示があった。テキストを買い、作業服の採寸をしてから、病室で最後に見た父親の顔やマンションに暴力的に積まれた段ボールのことだけ考え、こちらも意気消沈しきった顔で帰途についた。この人達とのどんな学園生活が待ち受けているかなど露も予想しないで。

2月1日。9時20分からガイダンスの時と同じ本館3階の研修室で入所式が始まった。ホワイトボードに『京都職業能力開発促進スクール　電気設備技術科入所式』と書かれた紙が貼られているだけの簡単なもので、横断幕のような式典らしいものはなかった。二人掛けのテーブルが20ほど並んでおり、訓練生達は手持ち無沙汰な様子で座っていたり壁にもたれていたりしていた。ちょっとしたセミナーの前の挨拶のような雰囲気だ。

訓練課長が宣言した後、電気という文明を支えるインフラに携わることの重要さ、激励する言葉などの挨拶で簡潔に終わった。その後、10時からは面接特訓。「今日はスーツで」と何度も指示があったのに、私服で参加している人が数人いる。　就職以前の問題な気がするが、大丈夫か。

　スーツこそ着ているもののあの辮髪ちょんまげはそのままだ。大丈夫なのか。

　まず基本となる面接の流れを説明された。２回だと人がいるかどうか確認するための合図になってしまうのでノックは３回。「お入りください」と言われてから入る。お辞儀は２種類あって、「失礼します」と同時にするお辞儀は15度。大事なお辞儀は30度。どちらも腰から曲げる。決して首を曲げてはいけない。

　椅子の横に立って自分の名前を告げ、「よろしくお願いいたします」と30度のお辞儀をした後、「どうぞおかけください」と言われてから15度お辞儀をして座る。面接後の退席も同様で、２種類のお辞儀を使い分けることが社会人として大事だと繰り返し教わった。

　だが、ただだらだらと下を向いて聞き流しているような訓練生達がほとんどだった。

　新社会人の緊張した面持ちとは全く違う。

　服装や姿勢のチェックに入ると、鋭い視線の女性講師が前から順番に「背筋をしっかり伸ばしてください！」「両手はきっちり揃えて膝の上に置いてください！」などと細かく指摘していく。私は爪が２㎜ほど伸びていたこと、後ろ髪がはねていたこと、そして私は女性なので、へその上あたりで組んだ両手が少し上すぎたことを指摘された。

　絶望した。こんな細かいことまで無理だ。

　男性は手は爪の先まで真っすぐに両脇に下ろすのが正しい立ち方だ。ビシッとした挨拶をしたことがなさそうな訓練生が数人、真っすぐ立てていないことを注意されていた。

皆の礼の様子をビデオに撮って「この方はもう少しお辞儀を深く」「足はもっとしっかりそろえて」と一人ひとりを講評していった。

その中に一人とんでもないのがいた。酔っ払いのような足取りで前に立ち、「よろしくおねがいしますう〜」とコンニャクを曲げたようなお辞儀をした人がいたのだ。ガイダンスの時にいたコンニャク青年だった。講師は呆れかえったように「これを見返して、うまくできたと思いますか？」と問うと「はい、できたと思います」と答えていた。

ヤバい奴だと思ったが、内心少しどこかでほっとした。

後で皆に聞いたところ、工事や建築関係では少人数の会社が多く、社長さんと雑談して合否を決めるそうで、この面接の練習が役に立つことはほとんどない。それを知っている訓練生達が飽きてきたようだ。最初それなりに真面目に座っていた訓練生達の多くが机につっぷして寝始めたり、腕を組んで歯医者の治療を受ける時のような姿勢で椅子にもたれかかりだした。

極めつけは、講師が笑顔を描いた丸い円と怒り顔を描いた丸い円を並べて見せて、「どちらと一緒に仕事をしたいと思いますか？」と皆に質問した時に、当てられた訓練生の半分以上が「その笑顔はへらへらしているように思えます、電気という命がけの仕事をするのですから真剣な顔をしている人と組みたいです」など、講師の思惑とは逆のことを皆が言い出したのだ。講師が面接の挨拶のよい見本、悪い見本を見せた時、私も当てられれば

「その見本は職人さんには到底見えません。どう見ても接客のプロの挨拶です。私であれば職人さんとしての腕は信頼しません」と言ってやろうと思っていた。

全員皆むっつりとして、誰が誰とも軽口を叩かないまま1日目が終了した。私の性格とは到底合わない就活特訓。私は子供のころから無駄な整列訓練や理不尽な校則、皆と同じことをすることを強制されるのが大嫌いだった。

そもそもやろうとしてもできなかった。学生時代、他人に感じよく見られる訓練をしようと挑戦した居酒屋のアルバイトは3度くびになった。なぜなのか分からない。スナックのアルバイトは2度目に店に入れば今日でもう来ないでくれと言われた。おじさんと何を話せばいいのか。しょうもない雑談を受け入れて当たり障りのない話を優しく微笑みながらするのだろう。心にもないことを言えないからできなかった。そもそもそんな話を聞いて微笑みが意地でも動かない。能面のような顔をしてしまう。それからここは誰も口をきかない研修室。このままの状態が半年も続くのかと、絶望感で半泣きになりながらマンションに戻ると、ドアに弁当の入ったレジ袋がかけられていた。このマンションのオートロックの暗証番号とこの一室を知っているのは奴しかいない。

マコタンだ。

私は「おべんとありがとや、しかしなんやねん、わざわざ」とマコタンにメッセージを送った。

すぐに「おらっちは妊娠した奥さんおるし、高橋さんの件もヤバいし、もうそうそうコミュ子と飯食われへん、でもコミュ子に頑張ってほしいと思って。今日は飯作る余裕もないやろからかけといた。食うて元気出しや」と返事が来た。

　去年までくだらない会話をしながら当たり前のように晩御飯を食べていたマコタンは、家庭を持ち、さらに別事業で億を動かし、相手方に数年は刑務所に入ってもらうことになりそうなほど大きな裁判沙汰に飲み込まれつつあった。高橋さんの件とはそのことだ。返事の内容から察するに、警察や弁護士とのやりとりが日に日に増えているようだ。

　マコタンは精いっぱい時間を作って、今となってはこんなに遠いところに短く優しいメッセージを送るようになった。ほとんど毎日一緒に京都の街を歩き、お互いの家で目的もなくだらつき、金玉をふとんになすりつけるのをやめろとどれだけ怒鳴っても聞かなかった。晴れた日の鴨川のようにゆったりと一緒の時間を過ごした。そんな存在だったのに。

　部屋に戻って独りでお弁当を食べた。独りでお弁当をもぐもぐ食べていると涙がポロポロ出てきた。

　その後も「おみかんや。寒いからビタミンC取らなあかんで」とみかん袋が、「懐かしいやろ。王将よう行ったな」と王将のテイクアウトが、毎日家に帰れば何か食べ物が入ったレジ袋がドアノブに引っかかっていた。そして独りで泣きながら食べた。どうして悲しい時にごはんを食べると、涙がボロボロ出てくるのだろう。食べ物が自分の命を犠牲にして私を生かしてくれている。ごめんなさい、おいしい、ごめんなさいと思いながらボロボ口涙が出た。命を失って食物になったエビや牛たちに助けられているような気持ちになるようだ。

翌日から引っ越しの後片付けを始めた。一向に減らない段ボールの山に気が遠くなりながらも、片付けては玄関前に畳んだ段ボールを積んでいく。毎日玄関の段ボールで滑って転んで惨めさにべそをかきながら玄関と部屋を行き来した。段ボールを全部ばらして業者さんに引き取ってもらったのは２週間も過ぎてからだった。

その頃、ようやくマコタンと会うことができた。

先の引っ越しで、長年使って汚れが酷くなったカーペットを私が捨てたのを知っていたマコタンは「この部屋下駐輪場やねん。床寒いやろ、はよカーペットして、あったかくせなと思って買ってきた」と、こげ茶とエンジ、ベージュの色調で統一しているこの部屋に、水色が地で紺のダサいロゴが入っているカーペットを買ってきてくれやがったのだ。

それも、やはりお弁当と一緒に。

とはいえ、家庭を抱え、奥さんの妊娠が分かり、別事業で大きなトラブルに巻き込まれているマコタンには、もう私とふざけている暇はなかった。トラブルの件で２度も電話を受けながら、私との話もそぞろに30分もしないうちに帰って行った。

カーペットはダサい上に部屋に全く合わなかった。私は独りでちゃぶ台の下に買ってもらったダサいカーペットを敷き、お弁当を食べた。ダサいカーペットはただのカーペットよりずっと暖かく感じた。毎日、ありがとうと思いを馳せながら使うことにした。

土日を挟んだ2月4日から訓練が始まった。向こう半年間は、今までの超夜型の在宅生活から打って変わって7時半起きの通学生活が始まる。

なんとか起きることはできたが、時差ボケのように眠く頭が痛い。これは長引きそうだ。毎晩不安が頭を覆った。

ツイッター廃人である私のタイムラインは、10年もかけて役に立つ情報6割、癒し動物動画2割、バカツイート2割程度で構成されているため、暇があればツイッターを見て3分に1回は吹いてしまう。入所式の日に電車で恥ずかしい思いをしたので、今日はスマホで音楽を聴くことにした。

通学のテーマはならPerfume一択だ。中田ヤスタカがPerfumeに提供している楽曲には、ひたすら明るい曲調、美しい曲調の中に『もうすぐ消える』や『偽りの世界』など儚さを歌詞に載せてくるものがよくある。この絶妙なバランスの中で感じられる何とも切ない気持ちは、大人の本業とは呼べないたった半年のポリテクでの訓練生活を終えると、皆が本来いるべきところに散っていかなければならない無常に通じるものがある。それを感じたくて、スマホで毎日Perfumeを聴きながら通学することにした。スマートICOCAを京都―長岡京の定期にした。毎日同じところに通うなど何年振りだろう。

9時20分、授業の直前。誰も口を利かないまま決められた席番号の書かれた席について授業開始を待った。あいうえお順で私は12番。使用する工具箱もパソコンも、この番号が私の割り当てだ。

始業時間ちょうどに先生が入ってきた。50過ぎくらいの少し筋肉質な、とにかく実直、真面目そうな先生だ。カラオケなどではっちゃけたことがあるのだろうか。無理やり付き合いで参加して無難なJpopを歌っていそう。細かい自己紹介はなく、団藤という名前と担任である旨を伝え、よろしくと締めくくる簡単な挨拶だった。「いかめしい名前でしょ。実際はそんな怖くないですよ」と少し笑っていた。

次に一人ひとりが前に出て簡単にこれまでの経歴などを話した。お互いに全く知らないからか、誰も個性的なエピソードや職歴を語らない。無難にビルメンテナンスや建築業、職人、運送業などやってました、よろしくお願いしますくらいで済ます。電気の訓練を受けに来たのだから電気とは全く別業種だった人が多い印象があるくらいで、半分は聞き流していた。私も電気関係の自営でした、英語の塾講師も経験あります、よろしくお願いしますくらいで1分もかけたかどうかだ。その後、今後の予定についての告知があった。持参物や予定などの注意事項はホワイトボード右上にメモされる。メモによると水曜からは作業用手袋持参、19日からは作業服持参でC棟での工事の実習が始まる。授業は1時限が50分、休みが5分という決まりだったが、ほとんどの先生が10分休みにしていた。

授業で使用する分厚くてゴツい電電書院の第二種電気工事士・筆記試験受験テキストは、大変そうに思えるが練習問題と解答の解説にページを多く割いていて、学習するのは全体の4割弱にあたる実質80ページ。計算問題はルート、三角関数の超超基本、サインカーブとコサインだけ必要だが、それ以外はほぼ小学校で習う四則演算で何とかなる難易度だ。授業は、電流（I）では電圧（V）を抵抗（R）で割ることで求められるとするオームの法則・電気工学の超基本と、直列・並列につながれた抵抗の計算といった中学レベルの基本から始まった。思いきりゆっくり進めているのか、その内容だけで1日かかった。この内容なら自習できる。頑張って聴かないとついていけないということはない。ただ、年配の訓練生は義務教育から何十年も経っていることもあり計算問題に自信がないと漏らしている声がよく聞こえた。教室の後ろに置かれた『やりなおし数学』の抜粋コピーは、分数の割り算など四則演算の初歩から始まっていた。

第二種電気工事士試験を目指し、毎年合格率が60％前後で推移している筆記試験と70％前後の技能試験の両方に合格しなければならない。最終的に40％程度が合格するといっても舐めてはいけない。ポリテクでは、合格するのに独学で50～150時間の勉強が必要と言われている内容を2か月近くかけて丁寧に勉強する。

ただ、私の心持ちは授業どころではなかった。父親の安否を確認するメッセージをしょっちゅう母親に送り、「大丈夫よ」という返事に安堵を繰り返した。こちらから連絡をしていないのに向こうから連絡があればそれは父親に何かがあった可能性が高く、休み時間に見るスマホの緑色の点滅に怯えた。そして、母親からのメッセージではないことを確認して一人で突っ伏した。

効きの悪いエアコンが独りぼっちの私の身も心も冷やした。誰かが後ろで話をしていようが、ツイッターで面白いツイートがあろうが、父がいなくなってしまうかもしれないという不安を拭い去ることはできなくなった。新米のピカピカの白いご飯に脂ののった塩鮭をまぶしたものが大好きな父親の「うんまいぞおこれ！」と言って目を輝かせながら食べる姿や、山登りが好きで崖が危ないと言っても聞かずに景色を楽しんでいる姿を思い浮かべ、目にうっすら涙が浮かんだ。

ただでさえ女一人で目立つのに、休み時間のたびに携帯を見ては突っ伏し、まるでシリアの戦争を見てきたような表情で、誰とも目を合わせないのが原因なのか、私に話しかけてくる訓練生は誰一人としていなかった。「ヤバいことなってる女の人によう話しかけられへん」「女性に変に話しかけたら下心あるんちゃうかとか、セクハラなるんちゃうか」と皆思っていたのかもしれない。

腫れ物にでも触るような扱いをされている感覚がはっきりとあった。だから『一体どんなことがあってここに来たんだ』と思わせそうな雰囲気を隠したい気持ちもあり、エアコンの効きが悪いことを理由に防寒用にマスクを常用することにした。

他の訓練生との関わりといえば、隣の席の訓練生の分もと多少重たい工具箱を運んでいるとたまに誰かが代わりに持ってくれて、そのまま逃げるようにC棟に去っていくくらいだった。隣の訓練生とすら話をしなかった。隣の訓練生は就職を決めたらしく話をほぼしないまま2月半ば過ぎに退所した。就職ならめでたいことかもしれない。ただ、私の心は寒い盛りの2月に合わせますます冷えていった。

授業3日目。午後からの授業は作業用手袋を持参して、初めてドライバーやペンチなどの工具やスイッチ、コンセント、電源など電気工事で取り付ける器材を触る。ホワイトボード横にあるロッカーからは自分の番号が書かれた器材箱、工具が一通り揃っているC棟奥の倉庫からは工具箱を持ってくる。器材箱にはスイッチやコンセント、金属管などが入っている。工具箱は電工ナイフやドライバー、ペンチなど。それらの工具をさやに差し込んで、西部劇のガンベルトのように腰に巻くベルトが入っている。

一人二人と黙って取り出し席に着く。相変わらず挨拶もしないような隔絶された人間関係がよく見て取れた。

反対に、工具や器材は新鮮に思えるが実はお馴染みのものが多い。

実技試験でよく出る課題は電線相互の接続と、スイッチ・コンセントの取り付け、ランプレセプタクルと電線の接続の主に3つだ。電線相互の接続では、幅1㎝程度のリングスリーブと差込コネクタを使う2種類の方法がある。サイズの使い分けや電線の取りまとめ、圧着ペンチの使い方など、うまく作業するコツや間違いやすいポイントを学んでいく。

最頻出課題は被覆剝きと電線相互の接続だ。担当は大切なところだけ説明すると、後ろでずっと見学していた見習いの内田先生にバトンタッチした。内田先生は長身黒縁メガネで、まだ現場に出て2年目のいかにも初々しい先生だ。手元が見やすいよう教壇からではなく十人ごとに訓練生を集めて、少し嚙みながら緊張した面持ちで説明してくれた。電工ナイフで電線のシースと呼ばれる一番外側の灰色の部分を剥き、中にある電線の被覆の周りに刃を1回転させて被覆を剝いて電気の通り道である銅線を剝き出しにした。ただこれは昔の面倒なやり方なので、実際の現場では一度にその作業ができるストリッパーと呼ばれる道具を使う。実技試験では、電線の接続箇所は「A部分はリングスリーブによる終端接続とする」「B部分は差込型コネクタによる接続とする」等2種類の接続方法が指示されているのでしっかり確認しなければならない。ここでAを差込コネクタにすればそれでもう不合格だ。リングスリーブを使った電線同士をまとめて圧着することを「かしめる」という。電気や建築関係ではお馴染みの言葉だそうだ。電線は多くなるほど長さをまとめてかしめるのが難しくなり、実習生の困惑した表情が多く見て取れた。実習中は相変わらず誰も口をきかず、笑顔もなく、シンとしたよそよそしい空気の中作業が進んだ。

2月前半はそうやって午前は計算問題の座学、午後は工具を使ってコンセントやランプの取り付け方を学んだ。リングスリーブや差込コネクタ、VVF、IV線、黄色い圧着ペンチ、その他の道具が、私がここに来るまで使っていたマウスやキーボード、タブレットとのように、ポリテクではお馴染みの道具となった。

2月後半、オームの法則を済ませた座学は交流回路の話になった。発電・送電は交流が使われている。電気は、発電所で作られた時点では数千~2万ボルトで、そこから50万ボルトまでの超高電圧に昇圧して、まず超高圧変電所に送られる。超高圧の電気は送電線を通り、変電所で大きいビルや工場などには6600V、電柱にくっついている柱上変圧器により家庭では100Vと200Vに下げて供給される。

この交流を理解する際にサイン・コサインの三角関数やルートが出てくる。少なくとも試験対策では平方根の初歩くらいは分かっていた方がいい。ごく簡単なベクトル合成も少し出てくる。

しかし、そのあたりで予想だにしていなかった質問が飛び出した。

「ルートってなんですか？」

「ルートってなんでしたっけ？」ですらないのだ。そもそもルートが何かを知らないのだ。まず心配になった。この一言にどれだけの人生が垣間見えるだろう。ルートは中学で習う義務教育の範囲だ。引きこもっていたか、ドヤンキーで学校に行っていなかったか、完全に学級崩壊している中学にいたか。まず中学生活が全く普通ではなかったのは間違いない。

左から聞こえた声だけしか分からない。誰が言ったかまでは特定できなかった。義務教育をまともに受けていなかったはずのその声の主がこれまでどんな人生を送ってきたのか、これからの人生が心配になった。

他にも電線をブレーカーから各器具にどのように接続するかを具体的に示した複線図の書き方について学んだが、こちらは自分が途中で分からなくなってしまった。放課後、年配の訓練生がホワイトボードを使って若い訓練生に書き方を教えているところに此れ幸いと参加した。私はコツが分かれば理解できるようになったが、質問をしていた20代半ばもいってなさそうなおっとりした青年は、少しでも応用が入ると全く理解できていなかった。

何度やっても何度やっても、まるでザルのように何もかもが彼の中から抜け落ちてしまっているようにさえ感じた。

　結局その日はお開きにし、私はその青年と一緒に、途中で阪急側とJR側に分かれる交差点まで一緒に帰った。彼はずっとスーパーでアルバイトをしていたが、手に職をつけようとここに来たそうだ。ただ、計算問題も複線図も全く分からないと絶望的な顔をしていた。

　その翌週、彼は退所した。最初の退所者だった。ルートの声の主は退所せずに無事修了できるだろうか……。

　法規などの暗記物を後回しにして電気理論から入ったこの授業は、2月も後半に入ると今まで気にも留めていなかった電気のことが少しは分かるようになる。電気は文明を支えている。たった半月あまり、ゆっくり進めた授業でこれだけ眼に見える世界が違ってくるのだから、人生において有益な勉強の一つだろう。皆災害で停電してから慌てて水と食料と同じレベルで電気を求める。電気の重要性とこの程度の知識は義務教育にすべきだと思う。

　気に留めたことはなかったが、電柱を伝う電線や山の送電線は必ず3本ずつだ。そういえば少し空を見上げても電柱から3本ずつ電線が通っている。単純に考えると発電所から電気の届け先まで送る、戻るの二本でいいではないか。実際古い家庭用の配線なら二本の場合もある。でも今は3本だ。その理由を教えてくれたのが江頭先生だ。

江頭先生は真面目一徹そうな団藤先生とは打って変わって大声で初っ端からテンションの高い自己紹介をした。「これからしばらく授業とケーブル工事担当しまーーす！　江頭でーす！　よろしくお願いしまーす！」と、よく通る声で嫌でも目が覚める。とても明るい先生でこちらの気分も少しマシになる。体形が大変ふくよかなため年齢が分からないが若そうだ。

江頭先生によると、まず発電機は円柱の中で磁石が回っている。円柱の内部には対になるように鉄心に銅線を巻きつけたコイルが設置されている。360度ある円柱の内側でコイルがワンペアしかないのは非効率なので、120度ずつずらして全部で3ペア6つのコイルを置いて生じる電気を3倍にする。これで電線は6本になるはずだが、戻ってくる方の電線をまとめると電流が打ち消し合って電線が要らなくなる。つまり、送電する3本だけが残るわけだ。

一方、家庭用の電気も三線式だが、こちらは単相だ。100Vと200Vで受電する。単相三線式はまず発電所で生み出された3本の電線のうち2本から電線をつなぎ電気をとっている。その間からアースとなる中性線をとるのだが、これが3本目だ。普通のコンセントは100Vで、エアコンやIHヒーターは200Vを使う。授業や実習を1か月もこなさないうちに、電気の世界がどんどんリアルに、身近に感じられてきた。

中学の計算問題の授業に似た序盤を過ぎると、訓練生のノートを取る手もスムーズになっていった。教室の後ろで少しよそよそしい雑談をする訓練生も現れ出した。

ホワイトボード右上のメモによると明日19日は作業服と帽子、手袋持参。明日から26日まで休日をまたぎ6回、初めてのC棟、ケーブル工事の実習が始まる。作業服を着て工事するなんて当然、初めてだ。帰宅後すぐに帽子と手袋をリュックに詰めた。学生時代忘れものトップの座に君臨していた私は忘れそうだからだ。勉強よりも忘れ物の方が得意なくらいだ。

C棟は元々体育館だったところを改装したので無駄に天井がとても高く広い。たった一つある大型エアコンもほぼ効果がなく、コートを着て入ることがない場所なので屋外よりは暖かいはずなのにひどく寒い場所に感じる。

感電や高所作業中の落下など、電気工事は危険な作業だ。右側壁に貼られた「ゼロ災でいこう　ヨシ!」の標語が目につく。幅高さ1820㎜の正方形のベニヤ板が前と後ろに張られた実習スペースが横4×縦5で並んでいる。器材を取り付ける面材を造営材という。ポリテクではこのベニヤ板のことである。前と後ろで二人分なので、訓練生三十人全員が実習できるようになっている。この作業スペースの前方に、工具や器材が格納されている倉庫、隣に相談室がある。後方には訓練生用ロッカー、その隣にはキュービクルと呼ばれる、高圧で受電するための機器をまとめて入れてある一辺2mほどの四角い箱状のものが置いてある。玄関には一種・二種の技能課題の模範例が並んでいる。

翌日の朝、作業着を持参して着替えるのが面倒なので着ていくことにした。採寸した自分用の薄いグレーの作業服に初めて袖を通し、ズボンのチャックを上げた。これまでずっとマウスとキーボードとタブレットしか触ったことがなかった私が、今日からしばらくドライバーやメジャー、ハンマーなどを使うことになる。

教室に着いてみると皆作業服を着ていない。皆なぜかわざわざ着替えるのだ。午前は単相三相の授業の続きをやり、午後からが初めてのC棟の実習だ。

C棟には当然椅子がないので実習開始は勿論起立礼着席ではない。訓練生番号順で2列に横に並び、脱帽、気を付け、礼、よろしくお願いします、そして着帽だ。訓練生を招集する江頭先生の明るい大声にシャキッとする。その後に3つのグループに分かれて安全確認をする。まず号令をかける人を決めて、皆がそれに応える。

号令「安全確認！」
皆「安全確認！」
号令「体調よし！」
皆「体調よし！」
号令「服装よし！」
皆「服装よし！」
号令「帽子よし！」
皆「帽子よし！」
号令「それでは今日も、ご安全に！」

最後の号令はなああにする人もいて色々だが、これまでもどこかで聞いたことのある『ご安全に』の挨拶には、毎日パソコンに向かうだけで危険といえば鬱病か運動不足によるメタボリック症候群しかない私にとって憧れがあった。戦場に向かうような心地があり、少し武者震いがした。

ケーブル工事の施工図は午前中にもらっている。その施工図を見て各自複線図を描き、まず必要な器具、線材、ケーブルの必要な長さを書き出す。

次に、各自自分の工具箱を倉庫に取りに行き、工具を装着した腰ベルトに通し、腰に巻く。合計3キロはありそうなこのベルトを腰に巻く時は、ウエストに縛るような要領で巻くと体にダメージが来る。腰骨に乗せるような要領でバックルを締めるのがコツだ。それほど重さは感じない。これを締めるといっぱしの電気工事士になったような気分でテンションが上がった。まだ何ひとつしていないというのに。

電工バケツに必要な器材を入れ、各自自分の作業場に就く。最初はケーブルを一人ずつ測っては持ち帰りしていたが、それでは非効率だ。一度メジャーで正しい長さを測ったケーブルを押さえる役、それと同じ長さにペンチで切る役を買って出る訓練生が出だした。

「こっち3芯まだありまーす」

といった声掛けも聞こえ始めた。皆がもらって帰る。クラスのチームワークのささやかな始まりだった。

作業場でまず最初にやることは器材の位置を決めるための印をつける作業だ。大概の器材は横なら横一列、縦なら縦一列に綺麗に並べるため一直線に線を引く。その道具がチョークと墨つぼだ。墨つぼは本体と持ち手つきの針が糸で繋がっていて、器材の位置を示したチョークの跡に合わせて墨付きの糸が直線を描くようにした道具だ。

「菅野さん、針危ないから元に戻しとかないとだめですよ～」

作業後ふと後ろから穏やかな声がしたが、いきなり名前を呼ばれ飛び上がった。

振り向くと40歳くらいか、辮髪ちょんまげに似た体格で、坊主頭でアザラシが格闘家になったような風体の、後ろの造営材で作業をしていた訓練生が声をかけてきた。私は針を本体に刺して戻しておかずにプラプラさせたまま床に置いていたのだ。確かに危ない。見た目が格闘家なのでびびったが、責める様子ではなく親切に教えてくれた。そしてやたら手際がいい。経験者なのだろうか。名前を知っていたのは女性が私だけなので出席点呼で分かるからだろう。

次に行うのがアウトレットボックス、スイッチボックスなどケーブルを収めるボックス取り付け。木材にはネジで取付をする。墨の直線の交点に各ボックスの中央を合わせ、ネジ留めする。

その作業中、誰かが「ドラえもーん、ちょっと来てー」と胃にズシンとくる重低音で江頭先生を呼びつけた。確かに講師用作業服は真っ青だ。そして江頭先生の体形は失礼ながらドラえもんに似ている。江頭先生は「僕ドラえもん、じゃないし！」と苦笑しながらどたどたとその声の主のところに走って行った。

その後も何度かよく通る重低音でドラえもんと呼びつけていたので声の主が分かった。背丈は普通だが、声だけでなく顔つきも眉がやたら太く口がへの字、鼻筋がやたら通っていて「俺の後ろに立つな」と忠告する殺し屋を思わせる極道だ。そしてポリテクで取り寄せたグレーの作業服ではなく紺の作業服を着ていた。前職のものだろう。作業は手慣れた様子で運動神経がよさそうだ。

ドラえもんの呼び方には悪気はなく真面目な質問をしていた。先生も「ドラえもーん」と呼ばれるとついに「ハーイ！」と真顔ですたすた行くようになってしまったのだ。皆からの「先生！　先生としての威厳はどこですか！」とでも言いたげな笑いがC棟を覆った。事務的に粛々と進められていた実習の空気が初めて変わった気がする。初めて多くの訓練生の笑顔を見た。私も初めて吹きだした。胸中にストレートに「ヤクザ」と自分だけであだ名をつけていたが、朝の出席取りで声の主の名前が分かった。先生が「伊藤さん」と点呼すると「はい」とその声がした。

次は配線作業。江頭先生の説明を聞いてから数分後、C棟全体が「バン、バンバン！」というケーブルを固定させるために叩きつけるハンマーの音で覆われていった。そしてランプやスイッチなどの器材の取付作業に移る。

いつも何気なく見ている白い角丸長方形のスイッチやコンセントの裏側は複雑だった。ミルフィーユのような4重構造だ。さっき声をかけてくれた後ろのアザラシ格闘家訓練生の仕上げを何度も盗み見しながら取り付けした。他にも数人、彼の作業を見に来ていた。

未経験が過半数の訓練生三十人に対して教える側は江頭先生と見習いの内田先生だけ。作業が分からなくなっている訓練生は、先生がつかまらなければ前職でやっていそうな仕事の速い訓練生を見よう見まねで進めるようになった。

訓練が始まって半月あまりで、家についているスイッチのプレートを試しにはがしてみようと思うなどとは予想していなかった。はがしてみたところスイッチから芯線が1㎝以上もはみ出しているではないか。1㎜出てもいけないのに。施工不良だ。大家に言いつけてやろうか。

最後に残るのは結線。リングスリーブや差込コネクタを使って、中央のアウトレットボックス内に集まったケーブルを複線図通りにつなぐのだ。リングスリーブを使った場合は絶縁のためテープ巻きをする。テープも、どの部分もかならず2重以上になるような巻き方があるのだ。これもややこしい。後ろのアザラシ格闘家訓練生に教えてもらいながらやった。これで作業は終了。竣工だ。

しかし、ここからが長かった。実際に通電する前に、正しく配線が行われているかどうか確認する竣工検査を行うのだ。目視で複線図通りか確認し、次に絶縁抵抗計（メガー）を使い、短絡（ショートとも言う）や地絡がないかを確認する絶縁抵抗試験。そして本来接地抵抗試験。電圧・電流・抵抗値3種類測れる回路計（テスター）を使う導通試験。ここまでして、ようやく通電できる。

「テスターって赤黒クロスしてどうするんでしたっけ？」

「佐藤さん、ここアースでいいすか？」など、数人が質問していた。何度でも丁寧に説明してあげていた。佐藤さんというのか。いやこの実習、アザラシ格闘家訓練生、いや何度も説明してくれる佐藤先生が後ろにいて有難かった。

そして最終日はその試験と後片付け。大量のネジとステップルを外さなければいけなかった。私は6日間の実習で疲れ果てていた。女一人なのでどうしても皆より遅れる。脚立に乗って上の器材を外すのに必死になっていて気付かなかったが、下の方では、いつの間にかメガネで軽いぼっちゃん刈りのような、真面目そうな人がよさそうな、ちょっと太った訓練生が黙って片付けてくれていた。

「あっすみません！　手伝わしてしまって。私一人でやりますんで大丈夫」

「いっす」

こちらを見上げようともせず手だけ軽く上げて取り外し作業を続けていた。余りにも遅れていたのでありがとうございます、とお言葉に甘えることにした。

上は終わった。さてもう終盤だ。後は真ん中のアウトレットボックスと…。

脚立から下を見下ろした。アウトレットボックスも下の器材もなかった。そして、メガネの訓練生もいなかった。もう後は一人でできるだろう、と判断して帰って行ったのだろう。お礼を言うことすらできなかった。この人は数日前も食堂で、万札しかなくて食堂のおばちゃんも私も困っているところに後ろから500円玉を黙って差し出し、お礼を言っても振り向きもしないで「いっす」と手を挙げて去って行った人だ。脳内で「善人デブメガネ」とあだ名をつけていた人だ。これが初めてのC棟、ケーブル工事だった。この先の工事の実習も手順はこの形だ。

2月27日。今日から新しい単元に進み、新しい先生が担当となる。ホワイトボードに「田宮」と書き、無表情、棒読みな声で当たり障りの欠片もない自己紹介をした。何を言っていたか全く覚えていない。教室一番奥の窓側でたむろっている生徒達とは真逆の、廊下側の隅っこで黙って独りで座っていそうな文科系ぽい先生。パーマどころかワックスさえ絶対に経験していなさそうなラフな七三分けの黒髪に、細い銀縁眼鏡。学生時代は制服を着崩すなど絶対にしていなさそうな、きっちりとした講師用作業服の着こなしに、高校以降に海水浴その他アウトドアで日焼けしたことなど絶対になさそうな色白。先生を見た初印象は失礼ながら正直こうであった。

「うわ、めちゃ地味！　幸、薄そう！　いかにもな理系にいちゃん来たよ、これこの人冗談とか言ったことあるかな？　ドラえもんの声は嫌でも起きるのにこれ、眠い！　帰ってきてドラえもーん」という叫びが心の中で木霊する。

「ザ・理系」みたいな雰囲気の人は経験上、取り付く島もないか天然でめちゃくちゃ面白いかどちらかだ。田宮先生の第一印象は間違いなく前者だ。

ブレーカーの設置場所や、接続された電気機器のうち普段どれだけの割合を使っているのかを表す需要率、電線の太さと流してよい電流の値など、ブレーカーやヒューズについて授業をされたが、全く離れたページを開いて「ここと ここまとめて理解したらここらへんなんでも解けるので自分でやってみてください、分からなかったら聞きに来てね」と訓練生に応用力をつけさせる注文がついた。「自分で考えろよ、分かりたい奴には分からすぞ」と言われているようだった。なぜか時々タメ語が混ざるのを耳ざとく捉えては「これは天然の方かもしれない」とは思ったが、今のところ地味以外の感想がない。聴くと授業は分かりやすい。ほんと、地味だけど。

2月27日から3月1日までのうち3日間で金属管を切り、90度に曲げる方法を学んだ。金属管は素材や設置場所、折り曲げられるかどうかで分けられる。屋外で使用する肉厚の厚鋼電線管（G管）、薄鋼電線管（C管）、金属管の端にねじを回す要領で他の器材と接続するための斜めの切れ込みを入れられない「ねじなし電線管」（E管）などがあって、実習ではC管やE管を使うようだ。

号令の後、十人ずつ3班に分かれて作業をするが、手順が持ち回りなので、「僕、油たらします」「僕向こうで（金属管を）持ってまーす」と、自然に役割の交代ができるようになっていった。前回と違って、実習の雰囲気を知っている分、スムーズに交代できている感じがした。

田宮先生はパイプベンダという重い鋼鉄製の布団たたきのような長さ1m程度の道具を使って「こうやって曲げます」とテコの原理を使って金属管を軽々と曲げていた。「では、皆さんもやってみてください」と号令がかかると、各々がC棟後ろのパイプベンダ置き場から道具を持ってきて実践していく。

ここでも私は女の非力さを痛感することになった。私と同じくらいの背格好の、小柄で年配の訓練生ですら軽々と金属感を曲げているのに、私はピクリともしなかった。ホワイトボード用マーカーかマウスより重いものをあまり持たないで働いてきたこともあって、普通の女性よりも腕力はない。体重をかけると逆に私の方が浮いた。

見習いの内田先生と田宮先生に相談に乗ってもらっているうちに、自分の作業を終えた訓練生が数人集まって「もっと左足を前に出したらどうですか?」「後ろ向いたら体重かけやすいんちゃいます?」とアドバイスをくれた。これまでどれだけ力を込めても曲がらなかった金属管だったが、アドバイスに従ってパイプベンダの先を左足の内側に据えて、手をできるだけ金属管の端に置き、毛細血管が切れたのか顔がチクチクしてくるくらいきばったらようやく曲がった。

「あ、いけました」

わーとささやかな拍手が起こった。力のない私が頑張って乗り越えると起こるささやかな拍手を聞くと寒い2月のC棟で初めて暖かさを感じた。

結局19㎜のC管は相当いびつな弧を描いてめでたく90度に曲がった。次はさらに力が必要な25㎜のE管を曲げなければならない。同じようにやってみたが、ピクリともしなかった。分厚い鉄板を殴ってひん曲げろと言われているような絶望感があった。

こんなもの私が頑張ったら死ぬと思った。無理ですと言いたかった。倍の力があったとしても変化を与えられるとは到底思えなかった。

皆は多少手こずりながらも曲げている。何をやってもたわみすらしない25㎜を曲げようとしているうちに、絶望感と疲れと悔しさで眼に涙が滲んできた。田宮先生の発案で特大のパイプベンダを金属管のできるだけ端にジョイントさせて、パイプベンダを握りしめて思い切り下に下げることでようやく少し曲がった。

家に帰って鏡を見ると「何したんや？ 便秘か？ 大泣きしたんか？」と聞かれそうな小さく赤い斑点が顔にいくつもできていた。

パイプベンダは重たく、下に滑り止めのゴムがついているわけでもない。力の入れ方を間違って何度か倒してしまい、ついには特大パイプベンダが足の甲に思い切り直撃した。金属管はいまだにトラウマだ。だが、実習では金属感を曲げるのに手動のパイプベンダを使うが、現在の現場では電動らしい。

この実習のせいで一時期、電車の中などやたら街中の90度に曲がっている金属管が気になってしょうがなくなってしまった。

3月1日。これから月初めの授業は席替えから始まる。前に行きたい人が優先してくじを引いて、残りの人が後ろを埋める。

このクラスで女性は私だけ。男性達の座高に阻まれホワイトボードが見にくかったため前を希望した。私が引いたのは5番。右から二番目の席だった。隣は、悠々リタイヤ後の生活にスキルをプラスしようと考えていそうな年齢とニコニコした雰囲気の、大村さんという優しそうなおいちゃんだった。後ろを引いたのがあの、「いっす」の善人デブメガネだった。名前は初宿さんといった。この漢字でしやけさん。珍名だ。初宿さんの隣、「ドラえもーん」でC棟を沸かせた伊藤さんが斜め後ろ。作業の遅い私をいつも黙って手伝ってくれる初宿さんがそろって後ろの席だ。関わってくれたり、キャラが濃かったりした二人が後ろだ。奇跡的な席順だ。

顔つきも声も極道で、和柄のTシャツをめくれば桜吹雪か般若が垣間見えそうな伊藤さんと、黒ぶち眼鏡の太り気味の大人しそうな、善良そうな初宿さんはなぜかすぐに気が合ったらしく、席替え直後から伊藤さんが初宿さんに無駄話を持ち掛けては初宿さんも乗って返しているのが後ろから聞こえる。授業中の伊藤さんの「アヒャヒャヒャヒャヒャヒャ」という笑い声やパチンコの話、パズドラの話、カツ丼屋の話、授業へのツッコミが毎日嫌でも耳に入ってくる。また、バイクという共通の趣味があるようだった。伊藤さんはトンダのフォルツァ、初宿さんはカワハのXMAX。ライバル車種らしく会話に花を咲かせていた。

「え伊藤さんフォルツァですか⁉　ビグスクは決めてて僕もフォルツァと迷ったんですよ。インスピレーションですね」

「フォルツァの方がかっこよない？　XMAXカラーリングからして地味やん、おもくそ真っ青なフォルツァ買おたったわ」

「伊藤さんバイク歴長そうっすね。あ、いや、偏見入ってへんすよ」

「いや予想当たってんで、バイクな無免で中学んとき知らん奴の乗り回してコカして壊してもうて、家裁行ってそれっきりやったわ。半年前やで二輪取ったの！　アヒャヒャヒャヒャ」

余りにもうるさく、しかも楽しそうなのでさりげなく後ろを眺めてみることから始めてみた。

ぼちぼち椅子ごと振り向いて会話を聞いて、

「電工手袋手の先余るんですけどやりにくいですね」と話しかけてみた。

「それ、換えた方がいいですよ。指先ぴったりつかへんと細かい作業無理ですしね」と初宿さんからアドバイスが来た。伊藤さんは私がどこでどんな手袋を買ったのか正確に言い当ててきた。

「100均の使えへん奴買おてんちゃう、それ」

「あ、当たりです」

「現場は道具大事やでーええのん買うときやー」と訓練の話から、次に向こうから話が、

「菅野さん作業着で来てるんですか？　着替えないんですか？」

「恥ずかしいてやめとき、電車乗ってきてんやろ？」

「女子用更衣室本館5階なんですよ、めんどくさくて」

「いっすねーバイク、自転車しか縁がないからバイクあこがれてるんすよ、彼氏とニケツとかもいいなー」

「菅野さん彼氏おらへんの？」

「いやずっとぼっちですよ、振られてばっかです」

「はよ作っとき、楽しんどかなー」

「私挙動不審でモテへんといえばすげの土日予定ないといえばすげので、いじられっぱなし振られっぱなしなんですよねー」と、あのやかましい会話に私も少しずつまざっていった。

　隣の大村さんはいつもニコニコと「若いってええのお」とでも言いたそうな顔で、聞くようになっていった。私達はそう若くはないが。


　土日をまたいだ3月4日から11日までの6日間、午後の実習が金属管工事に突入した。最初の3日間で、各自がケーブル工事に金属管を加えたような工事をし、残りの3日で約十人ずつの3班に分かれて造営材パネルの間に二つ照明をたらす工事をする。この実習では天井裏を模した配線にプリカチューブと呼ばれる蛇腹状の薄い金属でできた管で、自由に折り曲げができるものを使う。

　よりリアルに近い内容になってきているように感じた。

午前のうちに配られた施工図を見ながら前半の作業を進めていく。実習も慣れてきて勝手が分かっているので、必要な長さのケーブルやⅠⅤ線の切断や配布も各自名乗りを上げてスムーズに進んだ。

90度曲げは細い方の19㎜だったこともあり私の手際もだいぶよくなった。後は照明のソケットとスイッチの取り付け、アウトレットボックス内のリングスリーブと差込コネクタを使った結線作業だけだ。一度経験しただけで竣工検査以外はだいぶ慣れるものだ。工具ベルトを巻いて、実際に手を動かすというのは大事だと実感する。座学で二種とればいいや、とポリテク行きを嫌がらなくてよかった。皆もテキパキしている。

そして、相変わらず初宿さんが黙って片付けを手伝いに来てくれた。

「申し訳ないです、実習だから自分のこと自分でやらなきゃ。なのにいつも助けてもらって。力なくてどうしても遅れるんです」

「いっす、はよ終わらせましょ」

「いいのに、わたs……」

「実習は仕上げまでは自分の手でやらないと意味がないけど、片付けしてサラの状態に戻すなんてこと現場ではないから、仕上げまでは手伝いませんよ。でも片付けなら早く終わらせた方がみんなを待たせずにも済みます。気にしないで」

と相変わらず手際よくプラスドライバーを動かしながら、いつものように片手だけ挙げてこちらを見ようともせず言ってくれた。私にそれ以上何も言わせないように。

次の金属製可とう電線管を用いたチーム工事は、教室の授業で3列に二人用のテーブルが並んでいる席順そのままに3班に分かれた。隣の大村さんや後ろの初宿・伊藤コンビも勿論同じ班だ。午前中に配られた施工図は9枚もあった。造営材パネル3枚にA・B・Cと名前を付け、A立面図、B—B断面図、電灯設備施工図など様々な角度から、器具の設置位置などを詳細に図示されていた。班内で役割分担を決めた。現場作業に慣れている伊藤さんが班内の役割分担をした。

「あー。Aは水町さんと高橋さんと俺。Bは前田さんと初宿さんとおえ、お前やって、どこ向いとんねん。人の話聞けや、Cは大村さんと菅野さん。後の奴IV線上から確認。脚立もってきてー。はい開始ー」

私はチームで何かするという経験をほとんどせずに仕事をしてきた。役割を与えられ、自分のしたことがチームにとって正解だったという経験も少ない。大村さんはニコニコおっとりしたおいちゃんで、テキパキ迅速に作業を進めるタイプではない。

「なんでここうちら二人なんでしょうね？　自信もってできます？」

「うーんどうやろね……」

チーム作業となると複線図を描くにも自信がなくなる。恐る恐る自分の割り当てのCだけ複線図を描き、恐る恐る絶対に間違いがなさそうな墨出し、ボックスやサドル取り付けのねじ回しなどに時間をかけていた。そこに、

「菅野さん、ちょっとええか」あの重低音でこっそりと私を呼び出した。

「うわ怒られる」と思った。実際怒られることをしていたからだ。これでいいですかね、と確認するため他の訓練生に声をかけるのも怖いくらい自信なく作業をしていた。

「菅野さん、これ十人でやってる実習やけえ、もっと全体見ながらやった方がええで。できるやろ、こんなんくらい」

見抜かれていた。そしてこんな顔色と手際の悪い女をやればできると信頼してくれた。こういう現場に慣れていて、できる人なのだからだろう。顔と声は極道みたいだが。他の訓練生とも作業状況の確認をすることにした。

「Cですけどここから出るＩＶ線3本で合ってますか？」

「ちょっと待ってくださいい複線図見ます。はい、大丈夫です線の先上にたらしといてください」

「了解です！」

これで合っている。作業にも自信がついてきた。

3度目の経験となる90度曲げは、我ながらほれぼれするほど綺麗に曲がった。最初の絶望感が嘘のようだ。皆とそう仲良く話せていないのでビクビクしながら遠慮がちに「あの、これめっちゃうまくないですか？」と初宿さんと伊藤さんに声をかけた。

「よっしゃそれ採用！　それ取りつけよ！」

初宿さんは拍手をし、伊藤さんは嬉しそうにほめてくれた。

私が苦戦していたのを知っていた他の訓練生達は、知らず知らずのうちにリーダーとなった伊藤さんが発した明るめの声に続いて「あ、すごいやないすか！」と喜んでくれた。

初のチーム工事実習では訓練生同士の打ち合わせがあり、コミュニケーションが多くなった。テンションの高い明るい声の江頭先生のおかげもあって、この工事実習で明るい冗談もよく出るようになったし、それにつられて教室も授業中時々誰かが軽口をたたき、講師も含めて皆が笑う場所になっていった。皆がどんどん入所前ガイダンスの時の「知らない人」ではなくなっていった実感があった。


3月に入って9日までは引き続き教室での授業は田宮先生が担当する。内容は3相で動かすモーターの話、3相の結線の話。3相の結線にはスター結線、デルタ結線の2種類がある。スター結線はY状で、デルタ結線はコイルの両端が他のコイルと繋がっており三角形になっている。

この2種類の結線はモーターの始動に深く関わってくる。こぎ始めはきついが徐々に楽になる自転車のように、最初は大きな電流でモーターを動かし、徐々に安定していく。

モーターを始動させる際、スター結線を使うことで必要な電流をデルタ結線の3分の1に抑えられる。しかし、一旦安定すればデルタ結線で大きい電流を流す方が効率がいい。そのため、工場で使うような大型のモーターでは始動時にはスター、その後はデルタに切り替えるスター・デルタ結線が用いられる。

田宮先生は見た目は完全に堅物だが相変わらず語尾に時々タメ語が混ざる。先生が「最初って動かすの大変じゃん」と言った時、

「なんやねん、じゃんて！　湘南か？　ここ京都やで！　関西やで！」と伊藤さんがツッコみ、笑いが起こった。

関西では『じゃん』は違和感がある。『やん』だ。つまり、田宮先生は関東の人らしい。伊藤さんは江頭先生だけではなく、堅物のお手本のような田宮先生にも容赦がないのか。田宮先生にツッコミを入れるなんて大丈夫かと心配になった。

「……」

何事もなかったかのように授業を進めるかと思ったのに、田宮先生は黙ったままプルプル震えながら下を向いてしばらく笑いをこらえていた。江頭先生のように打たれた球を全てホームランで返すようなノリではない。しかし、どうやらいじっても良いようであった。あの田宮先生にツッコミを入れるなんて伊藤さんは本当にすごいと思った。

もう教室には静まり返った雰囲気はない。下を向いて震える田宮先生を笑いながら皆で優しく見守った。

それ以降、田宮先生はラジオ体操で私達と目が合ったらなぜか逃げるようになった「せんせー何逃げてんのー」と皆で呼んだら壁から顔だけピョコっと出して口だけ笑って、またどこかに行ってしまったり。そんな地味に面白い先生であり続けた。

田宮先生ほんまかわええなあと皆で話した。

3月7日から二週間は、実際に使われているキュービクルや電柱を見ながら仕組みを学ぶため、外に出る授業が増えた。

「さー、そろそろ散歩がてら外出ましょうかー。今日は電柱見まーす！」

江頭先生が元気な声で皆を外に誘導し、食堂裏にある1号柱と呼ばれる電柱を見に行った。電力会社からポリテク敷地内に電気を引き込む最初の電柱だ。ここまでが電力会社の管轄、ここからはポリテクの管轄で、ここから各建物に電気を運ぶ。

3月も中盤に差し掛かるとコートやジャケットで寒さを防げるくらいまで暖かくなる。ワイワイ雑談しながら歩く心持ちは、小学生の遠足気分に近い。

「ええ天気やなー」

「あれの名前知ってますー？」

江頭先生が天井でケーブルを何本も支えている格子状の構造物を指さしたが、そもそも天井になどろくに気を払ったことがない私には皆目見当がつかなかった。

「ケーブルラック！」

やはり近い職種にいた人が何人か即答していた。

「あっ、先生は花山君派すか！　僕、外伝の体力測定好きなんすよ！」

「いやー宮本武蔵出てきてからはなんでもありすぎじゃないすか……」

どこからか刃牙の話をしているのが聞こえる。いい歳してどこからそんな話になったのだ。

翌日も皆を連れ出しC棟裏の危険物屋内貯蔵所や高圧ガス貯蔵事業所の中を見学した。

「今日は危険物屋内貯蔵所見て、裏のラジアスクランプでボンド線つないであるの見に行きまーす！」

表には「火気厳禁」と真っ赤なプレートが貼ってある。五人ずつ中に入り、電気関連の器具がすべて防爆用になっているのを確認した。何も起こるわけがないのに、皆どこか恐る恐る入って中をキョロキョロ見まわした後、注射を終わらせた小学生のようにほっとした様子で外に出てきた。

それから接地抵抗測定も体験した。接地された導体と地面の間の電気抵抗を測る。本体の接地電極から何十メートルものコードが3本伸びており、それぞれの先端にはE・P・Cの3つの電極、接地極がついている。直線状に10m離して3つとも地中に差し込まなければいけない。

まず裏がコンクリート敷きになっていない食堂の接地抵抗測定をするため、皆で食堂に移動した。

江頭先生は明るくテンポのよい説明をするが、同時におっちょこちょいだ。食堂の中から窓にコードを通して電極・設置極を打ち込むのだが、接地極のコードが何十メートルもあるせいで、イヤホンのコードよりもずっと複雑にからまってしまう。

先生は電線を揃えるというよりも、絡まりすぎの電線玉を作っていた。

「うわー電線すごいからまったー！」

「先生下手すぎますよ。俺らやりましょか？」

「じゃみんなでやりましょう。らちあきませんわ、申し訳ない！　こっちの極ばらしてもらえます？」

ようやく線が揃うと今度は「補助棒届かない届かない！」と丸い体で走り回っていた。

「先生まだー？」

「どこまでいってんすかー」

「これ壊れてんちゃいます？」

訓練生は笑いながらドつき倒した。江頭先生のような人を見ると関西人はドつきたくなるのだ。ようやく正しく測定値が出たら皆でどよめき、表に値を書き込んでいく。

次はC棟の接地抵抗測定をする。C棟前はコンクリート打ちなので、補助接地極が地面に打てない。水を撒いて電気が通りやすくし、銅製の網の上にE・P・Cを置く形にした。うまく動作しなかったので江頭先生は言ったり来たりしながら水を撒いていたが、見習いの内田先生はずっと立って見ていた。

気が付かず棒立ちで見ているのは新人によくあることだろう。それから仕事のできない人間。私は居酒屋でバイトをして、金をやるから帰れと500円を投げつけられた時のことを思い出した。

「内田先生なんもしてへん！」

「めんどがっとるで！」

「なまけものやなまけもの！」

「なまけものって言った！　なまけものって言った！　グスン」

下唇をひん曲げながら内田先生が真顔ですねている。いかにも初々しい佇まいだが関西にいるせいかボケは上手だ。

「水どんだけぶっかけてもここだめっすね。値出ませんわ」

「なんやねんそれー」

これで学級崩壊はしていないところが大人たる所以だろう。

入所式の頃とはもう皆全然違う。打って変わって楽しんで授業を受けている。

一方、教室での座学は、江頭先生の担当のうちに第二種電気工事士筆記試験の前半30問が終わるように授業が進んだ。最も大事な工事法とそれができる場所についての知識。工事種別は、金属線ぴ工事、金属管や合成樹脂管の電線管工事、ダクト工事、ケーブル工事。金属管は、電線管が丸い、ダクトが四角い、小さいダクトが線ぴと大まかに覚える。

それぞれの工事における電線相互の距離などの詳細も学ぶ。感電防止のための接地工事の種別、工事が省略できる場合が記載されている90ページと92ページも丸暗記。その他の法規や電気工事士しかできない仕事一覧、電気工事業者の義務やらＰＳＥやら、決まり事も全部暗記する。

かくしてテキストの１１３ページまでを隙間なく網羅できているかを確認しながら授業

を終えた。

金属管工事が終わると、次は3日間かけて合成樹脂管の実習を行う。担当は続いて江頭先生だが、田宮先生と見習いの内田先生もヘルプで入っていた。

ポリテクで学ぶ合成樹脂管は主に3種類。まず真っすぐで曲がらないVE管（硬質ビニル電線管）。それからスムーズに曲がるように波がついた合成樹脂可とう電線管。電線管にはPF管とCD管の2種類がある。PF管は自己消火性がある。近づいた火は離せば自然に消える。それに対してCD管はそのまま燃え広がってしまう。そのため、露出したところでは使わない。コンクリートに埋め込む時しか使わないと覚えた。

実習で用いるのはVE管だ。ペンチとハンドグリップが結婚したような合成樹脂管カッターでまずVE管を切り、次に管同士を接続して90度に曲げて終わりだ。

工程は単純だが、実際にやると難しい。片方の管にガストーチランプで熱を加え柔らかくしてもう片方の管に柔らかくした管を差し込むのだが、3月でもC棟はまだ寒い。せっかくガストーチランプで柔らかくしても、手際が悪く接続に手こずっているとすぐに硬くなってしまう。一方、それならと温め過ぎると焦げついてしまうのだ。あちこちから「これ無理やで～」という絶望の声が聞こえた。

VE管の90度曲げは、50㎝ほどのVE管を万遍なく往復するようにガストーチランプを当てる。焦げないように注意しながら柔らかくなったタイミングで、くの字になるよう角材が取り付けられている50㎝四方ほどのベニヤ板に押し当てて冷えるのを待つ。ガストーチランプの当て方が弱いといびつになり、曲げた内側がへこんでしまう。当てすぎるとやはり焦げて見栄えが悪い。

江頭先生は「これ僕、苦手なんですよね～」と言いながらお手本を見せようとした。しかし、江頭先生は本当にVE管の90度曲げが苦手なようで、何度やりなおしてもできない。

「先生ができひんもんを俺らにやらすんすか！」

「おかっしいなあ～。ひさしぶりだからなあ～」

「あーまた焦がした！　いまのはなし！　もう一回やりますね」

そう言って10回目を超え、作業場の脇には焦げたかへこんでいるVE管のスクラップが積み上げられていた。もはや完全にいじられキャラとしての地位を確立してしまった江頭先生は、訓練生皆からの笑いながらの非難を受けていた。

「先生！　江頭先生とVE管曲げ対決してくださいよ！」

「田宮先生もできひんかったらおもろいっすよね！」

傍で体重を片足にかけて腕組みをしながら悠々と見物していた田宮先生を煽ったところ、田宮先生はえらいかっこよく返した。

「まあ、ドラえもんは下手だからね。手加減しときますか」

田宮先生までドラえもん呼ばわりしている。しかも上から目線で生意気だ。

田宮先生はVE管を刀でも抜くように取り出し、正確なストロークでガストーチランプを動かした。期を窺った刹那、治具にVE管を押し当ててVE管に90度の美しい弧を加え、熱が冷め硬化したそれを隣にいた訓練生にポイと渡し黙って去って行った。

拍手喝采であった。訓練生達がノリのいい素の姿を見せだしていたが、講師達もそれを「授業ですから」となだめることなく、「授業ですよ？」とすました顔をしながら思い切り乗っかってくれていた。

3月の訓練生活は、本当に楽しくなった。2月のどんよりした失業者のための職業訓練が、誰かがおどけ、つっこみ、講師がそれを温かく見守る、絵に描いたような楽しい高校生活のノリへと変わっていった。生徒はほぼおっさんだが。

そんな中、一つ残念な知らせがあった。江頭先生との別れだ。ポリテクの講師はおおよそ5年おきに転勤がある。江頭先生は4月から広島のポリテクに行くそうだ。

この頃になると訓練生一人ひとりの性格が少しずつ見えてくる。

ある日の休憩終了後、教室に戻る私の前を、身長190cm、体重100キロ程度と思われるあのヤクザみたいな辮髪ちょんまげが教室に入ろうとしていた。「君の前職はなんや！！」と心の中で絶叫したことがあるほどに威圧感がある。

ふと後ろを向いた彼と目が合った。足がすくんだ。逃げようと決心した。

やっぱりトイレに行っておこうと引き返すふりをした瞬間、彼は腰をかがめてお姫様をエスコートするように右腕をドアに差し出し、甲高く穏やかな声で「どうぞ～」と微笑みながら私に教室への入り口を譲ってくれたのだ。開いた口が塞がらなかった。

「いや、ありがとうございます。教室くらいみんな自由に入ったらいいですよ。お気遣いほんとなさらず」

「いや、自衛隊時代の癖がでちゃってね～。そうしてまうんすわ～そちらこそお気になさらず」

見た目とギャップの差がこれほど激しい人を見たことがこれまであっただろうか。ポカンとした顔をしばらく直せなかった。

伊藤さんはいつも教室で手弁当を食べていた。友人が多そうだが群れるのは嫌いなのか一人だった。これまで授業中や実習中の雑談に混ざることはあったが、サシで話すことはなかった。『ドラえもーん！』の一声から、一体何者なのか知りたくてじっくり話す機会を窺っていたが、何と話しかければいいのか分からなかった。

こういうタイプの人に通りいっぺんの「いつもお世話になってます。愛妻弁当ですか？」とか言ったところでこちらを向きもしないで「せや」で会話は終了だろう。

少し考えて、ちょっとだけ攻めてみた。

「伊藤さん絶対バツ2独身って踏んでたんですけど、手弁当ってことは奥さんおられるんですね。意外です」

「おい、バッはそらついとるけどな。1やで？　なんで1飛ばしていきなり2やねん？

この弁当は彼女のや」とりあえずツッコミは返ってきた。

「絶対バツ1じゃ済まねえなって思って……1で懲りたんですね。納得しました。一体どんな半生だったんですか？　やっぱり中学ガラス割りまくったりとかヤンキードラマであるみたいな？」

「せやで、完全に学級崩壊しとったけどな。俺にはすげえ怖え兄ちゃんおんねん。今は雀荘経営しとる。兄ちゃんのお陰で中学舐められへんくてな。特攻服着て無免でバイクのっとった。そこから悪いこと高校卒業までに全部やったったな」

「よくまあカタギでいられましたね」

「悪くて家裁までやったな。院は行かずにすんだわ。ヤクザも性に合わへんし」

「院て大学院じゃなくてもちろん少年院ですよね？」

「なんやねん大学院て。どうやったら入れんねん。高校卒業してからおべんきょうなんかしてへんで」

「こっちはなにをしたら少年院入れるんかとか、学生時代に想像したことすらありませんでしたわ……」

その後もお昼に何度か伊藤さんを捕まえて彼女とは同棲しているが結婚は懲り懲りとか、結婚したいなら他を当たってくれと言ってあるという話とか以外にも、高校卒業後はパチプロで月30万稼いでいた話、鳶や建築から電気に興味を持ってここに来た話などを聞いた。

「おべんきょうか、そういえば鳶んとき東大出た奴おったわ。一緒に作業着着てな。一生懸命やっとった。無口で人寄せ付けへんかったけど、なんか憎めへん不思議な奴やったわ。今頃どうしとんかな」

「勉強の出来と大企業で求められる能力は実質違いますからね……コミュ力って奴ですか、私もないんです」

ペーパーテスト以外に何もとりえがないと自己紹介したら、そこからも話を広げてくれた。勉強をしてきた人間にも偏見がないようだった。

喫煙所では「伊藤さん、また菅野さんに捕まってましたね」「バツ1いきなり飛ばされたんすか！」と物笑いの種になっていたらしい。怒られた。

しかし、私の地元はおっとりした土地柄で、ガラスが割れてる中学校や授業中に私語をする生徒が存在するのか半信半疑だったたし、ヤンキーという人種を見たことがあるかなという程度だったので、伊藤さんの話を不謹慎ながらワクワクしながら聞かせてもらっていた。ただ、『ドラえもん』というあだ名を伊藤さんが考えに考えてつけた話には少し真顔になった。

「あんな失業者集団の暗いクラスでな。黙々と作業してどうすんねん！　おもんないやん！　誰が盛り上げんねん。多分俺やん？　やからどう見たっていじられキャラのドラえもんいじり倒そ思てな。デブやからアンパンマンかドラえもんか迷った。ドラえもんはのび太に何かいつも教えてる。先生らしい敬意が出せる。作業服の青もドラえもんや」

ガラ悪いおっさんが冗談で言い散らかしてるのかと思っていたが、クラスは伊藤さんの目論見通りに賑わったのだった。あの「ドラえもーん！」から、見た目はおっさん中身は高校生の学園生活が始まりだしたから。

3月の半ば。江頭先生に質問をしている私に入所試験で私の前にいたと思われる青年が話しかけてきた。

「菅野さん、二十……スの飲……………けど、も……ら…かぐ…さんか原田さん……言っ……い」

「えっ、なんですか？」

英語のリスニングより難しい聞き取りであったが、「菅野さん、22日にクラスの飲み会あるんですけど、参加希望なら岡口さんか原田さんに言ってください」というものだった。

彼の名前は分からないが、やはり女一人ということもあって一方的に名前を知られている。大人しくて善良そうな顔つき。長身で細身、いかにも非力そうだ。凄まじい小声で、今時の丁度いい若者らしい服装だ。この青年には「伸びすぎたモヤシ」と脳内であだ名をつけている。

実習中に「あの、3倍のボリュームで話してもらっていいですか？　3回聞き返すとこちらが申し訳なくなるので」と言いたかったくらいだ。ましてや「すみませんお名前なんでしたっけ」とも聞けなかった。飲み会の企画の件も2回の聞き返しでようやく把握した。

私は人の名前を覚えるのが苦手だ。岡口さんも原田さんも分からなかったので、こちらはさすがに聞いた。

「すみません岡口さんと原田さんってどなたでしたっけ？」

「おか……はあのお……かわ……です。はら……ちょっと……です、ろく……す」

岡口さんはあの大きい変わった髪型の人です。原田さんはちょっと説明難しいです。60歳くらいの人です、と耳を近づけてやっと聞くことができた。

あの見た目がヤクザで性格が正反対の善良で謙虚な辮髪ちょんまげが岡口さんか。

「ありがとうございます聞いときます！」

早速、喫煙所へ向かう岡口さんに声をかけた。

「あの、22日飲み会らしいんですけど私女一人参加希望大丈夫ですか？」

そしたら。岡口さんにすごい勢いで両手を合わせて拝み倒された。岡口さんの後ろにいたいかついおじさんがたぶん原田さんだ。

「いや、ほんと、ほんとに参加したかったらでいいんで！　強制参加じゃないんで！　こんな男ばっかんとこ嫌やわおもたらほんといいんで！　いや、ほんとむさっ苦しいでしょ！」

原田さんと二人でこちらが反応不可能なレベルで拝み倒された。

「いやあの、参加で…」

その後も拝んでいた。なんにも悪いことされていないしてないのに。どう解釈すればいいのか。伊藤さんに相談してみた。

「なんか飲み会出る言うたら岡口さんと原田さんにめっちゃ謝られました。どういう意味ですかね？　男同士で下ネタとか言い合って気楽にやりたいから来んといてくれですかね？　女一人で来にくいだろうけど来たかったら来てくださいねってことですかね？」

「あいつらそんなんわざわざ考える奴らちゃうやろ、行きたかったら行ったらええやん」

本気でどうでもいい、とでも言いたげな顔で返された。私も図々しさには自信があるのでその言葉に従った。

数日後、佐藤さんが教室の後ろの壁に出欠表の紙を貼ってくれていた。そして瞬殺で参加希望の○が並んだ。既に二～三人は早期退所しているはずだが、25人は参加を希望していたのではないか。この出席率には驚いた。みんな暇か。さみしがりか。自分もだけど。


3月15日から3日で空冷式エアコンの原理を学び、設置の実習を行う。電気と同様、エアコンも散々お世話になっておきながら空気のように気にも留めない存在だ。

冷媒の気化熱で気温を下げる冷房と、気体が凝縮して液体になるときに放出される熱を使った暖房の仕組みについて学んだ後、教室でフレア加工の実習を行う。エアコンの冷房を使用する際に必要な冷媒が循環する管は、空気が入り込まないように銅管の端をラッパ状に拡げて、室外機の配管を包み込むようにして接続しなければならない。このラッパ状に拡げる作業がフレア加工だ。

まず、チューブカッターで銅管を室外機と丁度良く接続できる長さに切って、次に銅管を挟み込むクランプバーと、回すことにより銅管がラッパ状に拡がるハンドルが組み合わさったフレアツールを使用して加工するだけだ。チューブカッターは銅管にかませて回せばすぐ切れるが、フレアツールが難関だった。

銅管の先端を適切なサイズの穴に合わせた後、「カチッ」と加工ができた合図の音が鳴るまでハンドルを回すだけ。しかし、私の力では「カチッ」という合図の音が鳴るまでハンドルが回ってくれないのだ。どれだけ力を込めても数周回した後、それ以上1㎜も動かなくなる。25㎜E管の加工の時と同様、顔に内出血を作りながら雑巾を思い切り絞るようにハンドルを回すがハンドルは意地でも動かない。「それなら」と、ハンドルを体重をかけて押すが、やはり私が浮いてしまうのだ。

きばるため頭も回らなくなる。それに普段は格納されているハンドルをカチッと押せるような形状にするのをどうしても忘れる。

「えと穴合わせて次えっと……」

「ハンドルこうやって。何回目やねんアヒャヒャヒャヒャ」

「ふんぬ！」……

「だめです、私が浮きます」

「もはやギャグやな」

後の三人は、これまた金属管同様どうやったら私ができるか一緒に懸命に考えてくれた。

「できたことにしよう」とか「代わりにやってあげるよ」とは絶対に言わなかった。

「菅野さんハンドル立てて押すのと横向きで押すのとどっちが楽？」

「なんかもう、自分がなにをやってるのか、力入れるのに脳がステータス全振りしてて分かんないす」

「いやそんなん言うたらあかん、がんばろや」

「体重かけてあかんのやったら別の方法考えなあかんすね、こうしたらテコの原理でいけるんちゃいます？」

「はいやってみます。で、次なんでしたっけ。あーもうあかんわ」

散々足を引っ張っただろうに三人で何度も提案をしてくれた。そして、ハンドルを横に倒して膝でクランプバーを押さえ、思い切り体重と力をかけた時、ようやくフレアツールは「カチッ」と言った。

「わーカチ言うた！」

「おーできたやないすか！　よかったよかった！」

「よくがんばりました！　アヒャヒャヒャヒャ」

三人はささやかな拍手をしてくれた。中でも初宿さんが、下を向きながら、そして淡々と本当にうれしそうに拍手をしてくれた。初宿さんは、ケーブル実習のときからずっと、淡々となんの見返りも求めずに助けてくれた。片付けになると黙って私の作業場に来るのだ。

「いつもありがとうございます！」

「いっす」の、このやり取りは日常となった。

そして私が実習を無事こなせたらいつも淡々と、でも本当に嬉しそうにしてくれた。

教室でのエアコン実習で同じグループになったことをきっかけに、四人で雑談することが日常になっていった。

「まあ月清じゃなくてペヨングでもいいんすけどねー、1000キロカロリーの奴、つい買っちゃうんです」

初宿さんはカップ麺マニアだそうだ。このどっしりとした体格も頷ける。しかし、伊藤さんも負けてはいなかった。

「いや、UFOのあんかけ中華風一択。俺もカップ麺にはうるさいで」

「いや、ダブルマヨソースやないすか?」

「いや、あんかけ中華風な。あれマジでうまいで? あれに勝てる奴ないで?」

「それそんなうまいんすか?」

「まじうまいで、食うてみ? 買って帰りや」

話に途中から参加した私を見る伊藤さんの目は真剣だった。

スーパーやコンビニをいろいろ見てみたが、あんかけ中華はなかった。どこを回っても濃い濃いソースしかないのだ。

次の日、伊藤さんに報告した。

「あんかけ中華はどこ探してもありませんでした……。濃い濃いソースしかないんです。販売終了みたいです」

「え？　ないて？　そういや最近見かけへんなあ。見つけたら買ってきてあげるよ」

そんな小さい約束、『ありがとうございます！』と言ったもののすぐに忘れた。

しかし、次の日。伊藤さんは教室に入ってくるなり私に紫の円盤をポイと投げてよこした。一瞬何か分からなかったが、手に取るとパッケージに月清UFOあんかけ中華焼きそばと書かれていた。

「それな俺も色々見て回ったんや。でもなくてな、ラス1やったでやばかった。箱買いさせたろ思たのに」

小さな口約束なんて守る必要もない些細な社交辞令だろう。それなのにいろいろ回って最後の一つとなった月清UFOあんかけ中華焼きそばを買ってきてくれた。

笑いがとまらなかった。そしてやたら嬉しかった。

「そんなんもったいなくて食べれへんすわ。飾っときます」

「アヒャヒャヒャヒャアホか！　賞味期限内にちゃんと食え」

このあんかけ焼きそばを3月の思い出として部屋に飾っておくか、ありがたくいただくか相当悩んだ。結局、体力仕事の実習からくる食欲に負けてしまったが、パッケージは捨てられないままだ。

教室でのフレア加工の実習が終わると、造営材パネルにエアコンを取り付ける工事実習に移った。

C棟に行くと伊藤さんが両手の人差し指と中指で佐藤さんに浣腸をしようとしている場面に出くわした。佐藤さんが逃げ回り、岡口さんが笑っている。中身はどうあれ、見た目が怖いのは仲良くなるらしい。それから見た目の怖さと精神年齢には相関がない。

実習はエアコン用の配管通し穴やコンセントが付いている場所のすぐ横にステンレス製の板を取り付け、室内機の配線を整える。次に室内機から出した配管をフレア加工とナット締めで室外機と接続する。真空ポンプでガス管からの内部から空気をなくしてから冷媒を流し、最後に接続部分のカバーをしたら作業完了だ。

フレア加工には相当苦労させられたが、ナット締めも力が要る。管からガスや液が絶対に漏れないように男性訓練生も「クッ……」と体と腕を震わせてトルクレンチで締めている。

私は疲労困憊であったのと、女性の力では無理だと悟ったので男性に任せることにした。エアコン取付工事はお金になるらしいだけに悔しい。

私達の班はこういった体力作業が得意な伊藤さん、機械に強い初宿さんがいたが、管の中をいったん真空にして後で冷媒を流す作業などは多少てこずった。ゲージマニホールドという、アナログの温度計のような形の気圧を測る装置を取り付け、さらに真空ポンプを取り付ける。ゲージマニホールドの値がマイナスになれば管の中は真空なのだが、なかなかマイナスを保ってくれないのだ。

「おっかしいな。マイナスならへんすよ、これ」

「伊藤・初宿コンビを悩ます作業があったんすね」

「俺、現場の機械とか工具はすぐやり方を覚えんねんけど、これはよう分かれへんわ」

接続を何度も確認し、ようやく作業完了。コンセントを入れ、リモコンを「暖房」にし、暖かい空気が出るのを確認してから皆で拍手をし、みんなで珍しくもない温風に手を向けて浴びた。

隣の班に目をやると相変わらず佐藤さんの独壇場講義が行われていた。エアコンのガス管液管の説明、フレア加工の重要さ、ゲージマニホールドの説明はもとより、座学でやったエアコンの原理も講義していて、皆も代わる代わる講義を聴きにいった。

佐藤さんは誰が何度聴きに行こうとも丁寧に講義をし、皆の人望を集め、クラスのティーチングアシスタント兼学級委員長の地位を確立していった。

「佐藤さん何してはったんですか？　ポリテク出た後は何をするんですか？」

「うちね結構大きいペットショップしてるんすわ。爬虫類とかインコの雛とか温度管理めっちゃ大事でね。冬停電なんかしたら即死亡ですからね。電気の知識も必要やな思てここ来てみたんですわ〜」

さらに佐藤さんの商売はペットショップだけではなく、建築関係にも関わりがあり、これから何か畳のような資材を運ばせる人夫出しの仕事を月100〜150万の報酬でやるそうだ。俗にいう一人親方だ。土木や電気工事系で能力と人脈があり、人をまとめる立場に立てればそれだけ稼げるのだ。もちろん簡単になれるものではないそうだ。佐藤さんも「僕にもようやくお誘いありました」と言っている。

「えー、いいなあ。私も目指したいなあ」

「いや難しいすよ。僕やからお誘いあった感じですわ」

自分の仕事に相当自信を持っているようだ。実際、佐藤さんの周りには自然と人が集まる。ただ、日本が誇る四菱商事でも平均年収は1607万という記事を読んだことがある。3大難関国家資格のうちの1つ、公認会計士の平均年収が1080万円。いくらなんでもそれよりは簡単だろう。高給取りになる方法にもこういうものがあるのかと感心した。


3月20日からは、コンセントやブレーカー・電線など電気にかかわる器材、電線を記号化した図記号と形状、名称をひたすら覚える暗記授業だ。第二種電気工事士の筆記試験50問のうちの20問を占める屋内配線図問題の対策をする。ビルや家屋の平面図に図記号と配線がなされていて、「⑦で示す記号の器具は」「⑱で示すVVF用ジョイントボックス内をすべて差込形コネクタとする場合、使用する差込形コネクタの種類と最小個数の組み合わせで適切なものは」など、4つの肢から正しいものを選ぶ。この20問は、これまで学んだ複線図や使用される電線管、抵抗の許容最小値など総ざらいをすれば対応可能だ。

アルファベットの略字が多く、実習で散々扱ってきたこともあって図記号は覚えやすい。シャンデリアはCHに丸、防爆型コンセントは右下にexと付いている。

RPGゲームをしたことがあれば、explosionやelectricあたりは分かるはずだ。その証拠に他の訓練生が教科書の問題を解くカリカリという音が断続的に聞こえる。計算問題のときのように、ただノートを広げて座っているだけの訓練生はいない。ただ、覚えるべき名称は158個もあり、手にしたこともない器具は覚えにくい。スイッチやコンセント、ケーブルは予想をはるかに超えて種類が多く紛らわしい。

朝型に慣れない生活で毎日が時差ボケ状態で、軽い頭痛が一日中続く私の頭にはきつかった。

3月22日。屋内配線図2日目の授業の後は親睦会だ、この飲み会でもっと友達ができるかな……と期待しながら寄り道しつつ、私は長岡天神駅前の居酒屋に向かった。

部屋は喫煙者と非喫煙者を分けて着席した。四人席の私の向かいは初宿さん。隣は大村さん。斜め前は初宿さんと仲のいい棟居さんという訓練生。初宿さんと同じ元IT関連で穏やかな無口な人で、歳は50を超えているようだ。棟居さんを除けば、いつもとほとんど変わらない。

伊藤さんの声が聞こえないなと気にしていたら来ていなかった。出席に丸がついていたのに機嫌でも悪いのかなと思っていたら、体調が悪かったらしくドタキャンしたらしい。

向かいが初宿さんでなぜかとても嬉しかった。ほぼいつものメンバーだから、いつもの会話に花を咲かせた。

　途中で、あの就活特訓で相当奇抜な自己紹介をした上にその自覚がなかったコンニャク青年が初宿さんに話しかけに来た。

「初宿さんはじめまして〜」

「ああ大谷君。はじめまして、就活特訓で何者やコイツおもたけど、実習しっかりやってますよね」

「そら、なんしにきたか分かれへんすしね。真面目にやらな」

　私もあの個性的な面接シミュレーションには興味があったので輪に入ることにした。

「あの、就活特訓でものすごくだらしなかった人ですよね？」

「あ、はいそうです」

「ごめんなさい、めっちゃヤバくて笑い堪えるのほんと辛かったです」

「だって、あんなんやり方教えてくれへんと分かれへんすよ〜」

　冗談なのか皮肉なのか本気なのか分からない。大谷君は東京のクラブでドリンクを出していたが、その仕事を辞めて京都の実家に戻り、資格をとる勉強をしにポリテクに来ているとのことだった。クラブのスタッフから電気工事士。人のことは言えないが、彼も随分思い切った身の振り方をしている。

　面接特訓はあの有様だったが、訓練や勉強は打って変わって真面目にこなしている。高卒認定試験を受けて関東の大学に行ったそうだ。高校に進まなかったのか、高校で何かがあったのかまでは聞けなかった。長い話がありそうだ。

「菅野さん初めましてー。僕、芦部です。女性で電気こられるてどんな方かって気になっててね」

私が乗って話すようになったのを見計らったように、さわやかな長目のスポーツ刈りが特徴的な整った顔立ちのイケメンが隣に来てくれた。年齢はよく分からないが少年のようにキラキラした目が印象的で、純朴さや誠実さが窺える。

「あ、よろしくお願いします！　前職なにしたはったんですか？」

「僕ね、名古屋で家具職人してたんすよ。でも母親が認知症入りだして、介護が必要になって。嫁と京都戻ってきたんすわ。でも家具職人の求人はないすね。それで、電気人手不足いうから挑戦しようと思って。菅野さんは？」

「私、ほんとコミュ力ないんで、大学でも就活する気が全くなくて映像作家なりたかったんすよ。でも紆余曲折あって、電気屋の商売リニューアル中なんで来てます。めちゃくちゃでしょ」

「映像作家って珍しいすね。大学てどこの大学出はったんですか？　やっぱ美大ですか？」

「いや、京大です」

「京大!?」

京大というワードを耳にした人の視線が一気に集まったのが分かった。初宿さんの反対側の横にいたやんちゃそうな訓練生が話に混ざってきた。

「何学部だったんですか」

「法学部です」

「工学部」

「いや法学部」

「ほう？　こう、じゃなくてほう？」

「ほう！」

工学部と法学部の聞き間違いはよくあることだ。ただ、ポリテクの飲み会で法学部とはそりゃ叫ばないと誰にも伝わらないのは当たり前だ。

「あの。なんしにきたんですか？」

「自営リニューアルしてまして、その間に実践的な電気の勉強を少しでもと」

「それで、京大法学部出て金属管曲げとると」

「はい」

「ええんすかそれ」

「まあ、とにかくなりゆきで」

京大法学部出身が電気工事という肉体労働の世界に足を踏み入れるのは違和感があるし、何をしにきたのかという感想は至極まっとうなものに感じる。学生時代の自分に「将来、職業訓練校で泣きながら金属管を曲げている」と言ったら「んなわけねえだろ」と自分も

料金受取人払郵便

新宿局承認

2523

差出有効期間
2025年3月
31日まで
(切手不要)

郵便はがき

160-8791

141

東京都新宿区新宿1－10－1

(株)文芸社

愛読者カード係 行

お名前《ふりがな》		明治 大正 昭和 平成 年生 歳
ご住所《ふりがな》	□□□-□□□□	性別 男・女
お電話番号	(書籍ご注文の際に必要です)	ご職業
E-mail		
ご購読雑誌(複数可)		ご購読新聞 新聞

最近読んでおもしろかった本や今後、とりあげてほしいテーマをお教えください。

ご自分の研究成果や経験、お考え等を出版してみたいというお気持ちはありますか。

ある　ない　内容・テーマ(　　　)

現在完成した作品をお持ちですか。

ある　ない　ジャンル・原稿量(　　　)

書　名			
お買上 書　店	都道　　　　　　　市区 府県　　　　　　　郡	書店名 ご購入日	書店 年　　月　　日

本書をどこでお知りになりましたか?
1.書店店頭　2.知人にすすめられて　3.インターネット(サイト名　　　　　　　)
4.DMハガキ　5.広告、記事を見て(新聞、雑誌名　　　　　　　)

上の質問に関連して、ご購入の決め手となったのは?
1.タイトル　2.著者　3.内容　4.カバーデザイン　5.帯
その他ご自由にお書きください。
(　　　　　　　　　　　　　　　　　　)

本書についてのご意見、ご感想をお聞かせください。
①内容について

②カバー、タイトル、帯について

弊社Webサイトからもご意見、ご感想をお寄せいただけます。

ご協力ありがとうございました。
※お寄せいただいたご意見、ご感想は新聞広告等で匿名にて使わせていただくことがあります。
※お客様の個人情報は、小社からの連絡のみに使用します。社外に提供することは一切ありません。

■書籍のご注文は、お近くの書店または、ブックサービス(0120-29-9625)、セブンネットショッピング(http://7net.omni7.jp/)にお申し込み下さい。

返すもの。

「なんしにきたんですか？」には悪意を感じられなかった。すごいですねと持ち上げることも鼻持ちならないお勉強女扱いする気もなさそうだった。有難かった。実習中も女だからと気を遣って無理にちやほやすることもなく、見下されることもなかった。「力がないから」助けてくれていた。学歴でも扱いを変えなかった。同じようにありがたかった。ここは地位も学歴も性別も関係がないようだ。

芦部さんが今話しかけてきた訓練生を紹介してくれた。

「この人水町さんです、もうねめっちゃおもろいんすよ。いっつも西谷君と三人でアッホな話ばっかしとるんすわ。水町さんの漫才に助けてもらってへんかったら僕退所してましたわ、2月の計算問題マジきつかったすもん。僕ね、ルートすら分かってへんかったですしね」

ルートってなんですかって聞いてたのはこの人、芦部さんだったのか！　声だけ聞いていて一体この人どんな学生生活、人生だったのだろう、と心配していた人が、こんな実直そうな、元ヤンでもなんでもなさそうな人だった…。

「おいくつですか？　なんか昔の少年マンガみたいに目キラッキラして年齢不詳」

「42ですわ今年3なります、ロスジェネ世代いう奴ですか、職つくの大変でしたわ。僕ね、手動かすほうならなんとかて思って職人なったんです。それはわりと向いてて助かりました。勉強はほんまできひんくて」

でも本気で学びたいと思って恥じずに怖じずにあの質問ができたのも誠実で真面目な人だからだろう。偉大なことだ。教室では基本授業中の質問は誰もしない。休み時間になって中学レベルの計算問題が苦手だとぼやいている人が沢山いるのに、私が一番質問していたくらいだ。それなのにルートそのものを知らないと皆の前で言うのは恥ずかしいことだったに違いない。

「すみません名前覚えるの苦手で。西谷君てどの人ですか？」

「あの若くて細くてめっちゃ大人しい子ですよ、分かります？」

この飲み会の話を通しに来てくれた伸びすぎたモヤシの子だった。あの長細くておそろしく声の小さい。ニキビがまだたくさんあるので学生さん上がりかと思っていたが、26歳だそうだ。

「はいあの声小さくて何べんも聞き返すの悪いなあっていつも思うあの子ですね、分かりますよ、水町さんは前何してたんすか」

「僕は～印刷工場で働いてましたよ、あとずっと音楽やってたんです、作曲とボーカルとギターとかもやってて」

「え音楽、めっちゃすごいやないすか！　今度歌ってくださいよ！」

「いや、やめちゃったんでね…」

曲が作れて歌えてギター弾けるなんて、ド音痴の私には憧れだ。もう諦めてやっていないのか。休みの日だけでもやればいいのにもったいない。音楽の夢を諦めて電気に来た元バンドマン。今は別の夢があるのか、ないのか。

喫煙者組の岡口さんや佐藤先生のところにも行ってみたかったが、2時間過ぎ、水町さんの哀愁に触れたところでお開きとなった。外に出るときに、いつもアフリカンぽいアクセサリーをじゃらじゃらとつけ、染料で染めたようなジャケットを身にまとっている背の小さい50代くらいの男性と話をした。松尾さんといい、海外放浪の経験があり、ITエンジニア歴も長い。それでいて現在の本業は陶芸作家というとても多彩で面白い経歴の人だった。

スマホで作品を見せてもらった。

滑らかなカーブを描くボウルに、どれだけ細い絵筆を使ったのかとても繊細かつカラフルな鳥や花の絵付けがされている。相当な腕の持ち主だ。

今日話せたのはこれだけだが、他の訓練生もこのように色々な背景があるのだろう。普通に暮らしているだけでは出会わないはずの人達が一つのクラスに集まったようだ。面白い。

「とりあえず解散しますー。ご参加ありがとうございましたー。二次会に行きたい人は各自で集まっていってくださーい」

幹事の佐藤先生からお開きの報告があった。しかし、ほとんどが二次会なしで帰るようだった。少し悲しい。

JR長岡京に戻ろうとすると、芦部さん、水町さん、西谷君の三人も同じ方向だった。

「みんなJRなんですか？　ご一緒していいですか？」

「もちろん、一緒に帰りましょ」

いつも落ち着いた優しい笑い上戸の芦部さん。コテコテの関西弁のバカでかい声で人をツッコミ倒す水町さん。伸びすぎたモヤシのような痩せた長身で、内気でひたすら大人しいと思いきや、キツイ悪ふざけにもそっと混じってボソッと毒を吐く西谷君。このゆかいな三人組と私も一緒に帰らせてもらうことにした。

「菅野さん、そんなようしゃべる人やと思ってませんでしたわ。よかった。2月の菅野さんの顔、真っ青でしたよ。『女やからなあ。で、あの人寄せ付けへん雰囲気、なんかあったんやろなあ』て皆で言ってて」

「あー、あんときは実家がちょっと大変で授業どころじゃなかったんです。逆に計算問題で助かりました。一日中C棟だったら辞めてたかもですわ。私はほんとはよくしゃべるところじゃないっすね。『そこまで聞いてへん黙れ』てドツかれるまで話します」

「うわ、めんどくっさいっすねそれ」

水町さんがそろそろいじりだしてきた。

「でも、うちらほんまアッホな話しかしてへんすよ。水町さんの木村さんいじりには腹よじれますよ」

「木村さんて誰でしたっけ？」

「あ、あのメガネの背の小さい丸い人です。とにかく丸い人思い浮かべれば分かります」

「分かりました。あの黒ぶちメガネをかけた布袋さんにしか見えないあの人か。話したことなかったけどいじられキャラなんですね」

木村さんは、とてもふくよかな顔と体つきで黒ぶちメガネをかけている。そして謎の微笑みをいつも絶やさないので布袋さんみたいなのだ。休み時間「ハッハッハッハッハ」と特徴的な笑い声がすると思ったら木村さんだ。会話中に『らりるれろ』が入るとなぜか巻き舌になるのも、いつも変わったTシャツを着ているのも個性的だ。福本伸行の『ざわ……ざわ……』とか、古いネットスラングの「だが断る」とか、富嶽三十六景の波の奴とポケモンのコイキングを組み合わせた奴とか、変なTシャツが大好きであろう丸い人は、めちゃくちゃ面白いのか。変なTシャツが余程好きなあの丸い人、めちゃくちゃ面白いのか。

「いじられキャラどころやないっすよ、ほんまおもろいわあれ」

芦部さんが今も笑いをこらえられないといった面持ちで笑った。

もうみんな酔いが回っていて、言いたい放題になっていた。水町さんにもツッコまれた。

「菅野さんな？　作業服着てくんの、恥ずかしいすよ？　こないだな？　作業服だけやなくて『電気設備技術科』の名札までつけっぱで帰ってたやん？　絶対近寄りたないで？」

「作業服着てくんのそんな恥ずかしいって思ってなくて……確かに名札は恥ずかしいけど外し忘れて……」

電車の中や王将などで、普通に作業服を着ている人を見かけるが、そうではないらしい。

私が実習の日に作業着で通学することを皆からツッコまれることになった。

ガテン系女子だぜ！　ドライバー使い慣れたぜ！　と嬉しかったし、手際よく工具ベルトを巻くとテンションが上がるが、作業服での通学はだめなのだろうか。

「いや、もうはたらくの嫌やわあ。毎日雇用保険もうて3時過ぎたらかえりたいねん。ずっと！」

「そっすよ。ポリテクほんまええとこすわ。ビルを燃やしたら土下座すんの、わし！　君ら労働者！　こちら商売人！　生き血ぜんぶすすったる！　それがしょうばいにん！　それがしほんしゅぎ！　クソッタレがあ！」

「そこまで言われると逆にすっきりしますわ」

三人とゲラゲラ笑いながら長岡京駅までを歩いた。

数日前に父親が退院したと母親から連絡があった。ずっとラインや電話では「大丈夫よ」と言い続けていた父親は、実際はあれから意識がなく三途の川を行ったり来たりしていたことを母親は白状した。今は少しずつだが食欲もわいてきて、快方に向かっていると。この連絡とこの飲み会で、私は心置きなく楽しく訓練に励むことができるようになった。

3月も下旬に入り、桜のつぼみがつぼみらしく固まっていった26日。リモコン配線の実習に突入した。リモコンは第二種電気工事士試験、実技の候補問題でも1題登場する。リモコンと聞くとテレビやエアコンといった手持ちのワイヤレスリモコンを想像するが、この実習ではスイッチ状のリモコンを対象にしており、照明のオンオフの制御法を学ぶ。間引き消灯や窓際消灯などのパターン制御、調光制御や人感センサーが実習の中身だ。

実習はいつもの四人で実習を行った。

配線がややこしい上に、設定器を使っての課題「T／U付き6Aリモコンリレーユニットを53chに設定しなさい」「リモコンスイッチのアドレスch0-1に一時点灯制御30秒を設定する」など、どんどん複雑になっていく課題をこなしていかなければならない。

元々、IT系でハードをいじってきた初宿さんがキパキとできるのは分かるが、門外漢のはずなのに伊藤さんが緻密に頭を使う配線の手際がいいのは腑に落ちない。初宿さんとあっという間に組んでしまう。

悪化し続ける睡眠障害にやられた私は、ニコニコ笑顔の大村さんと後ろの二人がやることをポカンと見ていた。

リモコン実習の最終日に図記号の抜き打ちテストがあった。私は元ドヤンキーの伊藤さんと同点。福井大を落ちて専門学校に行った初宿さんが17点で優勝。無駄にお勉強女の私と元ドヤンキーの伊藤さんは、解答用紙を他の三人の鼻先にちらつかせながら威張り倒す初宿さんを横目に思い切り悔しがった。しかし。どうしてお勉強女と元ドヤンキーの伊藤さんが同じ点数なのだろうか。

伊藤さんが私の家に生まれていたらどんな人生を送っていたのだろうか。

ふと小さく、ただいつまでも心に残った。

3月も終盤、桜のつぼみがどんどんピンク色に変わっていった。リモコン配線の実習を行うので最後、28日を過ぎれば金曜は訓練休、28日でこの席順は終わりだ。4月1日、くじを引いてこの皆とはバラバラになる。繋ぎをつけておきたかった。伊藤さんや大村さんは話しかけやすい。でも初宿さんはこちらからの何の見返りも求めずに手伝ってくれて、喜んでくれて、すぐいなくなってしまう人だ。4月から席が離れれば、また黙って手伝ってくれていつの間にかいなくなってしまう人に戻るかもしれない。それが辛くてしょうがなくなっていた。

どう考えても恋愛経験豊富でしょ、遊びも相当したでしょ、としか言いようのない伊藤さんに相談を持ち掛けることにした。相変わらずお昼を一人で食べている伊藤さんに、

「伊藤さん、もし時間あったらちょっと人生相談に乗ってほしいんですけど、イズミヤのフードコートとかでお話可能ですか、ちょっと教室ではしにくいんです」

「あ？　じんせいそうだん？　まあええよ、どうせガキみてえなことなんやろな」

と快く?応じてくれた。

放課後イズミヤのフードコートで伊藤さんを待った。だいぶ遅れてきたが化粧品売り場を通り越して伊藤さんは来てくれた。

「いやバイク置き場所困ったわ、遅れてごめんな」

「で、なんやねん」

「あの、本当に柄にもないことなんで困ってて…恋愛相談なんですけど」

「初宿か」

「……はい」

「まあ、あいつはいい人のかたまりみたいな奴やからな」

さすがこの物怖じしなさはどう考えても生来のものだ。恋愛経験も豊富なのだろう。察しが早かった。

「はい、私ほんと周り男ばっかだったくせに逆にこういうの苦手になるんですよ、男ばっかの場所だと女子力ない方が楽ですからね。たぶん確かにお前中学生かよって相談です」

「で、どうしたいねん」

「あの、どうやったら気持ちが伝わって受け入れてくれるもんなんですか？」

「アヒャヒャヒャヒャヒャお前ほんま中学生か？　小学生でも自分で考えんで？　べんきょう、できるんやろ？」

「受験勉強とこれとは別ですよ…」

「とりあえずポリテクの外で会う約束つけれ。花見のシーズンやろ誘いやすい。金曜から休みやけえ、その間に花見でも誘えや」

伊藤さんは広島から京都に来て6年。広島弁交じりの関西弁が重低音に余計威圧感を与える。

「分かりました、大阪から来るから梅小路公園で花見・京都水族館とか完璧ですよね。ただ、私女子力ある会話ってのが全くできなくて」

「しゃあねえな、俺がその日はラインでナビしてやる、男心つかみたいならこう言われたらこう返せって指示するから、お前はその通り言え」

その他細かい服装・髪型・メイク・言葉遣い等大量のダメ出しが入った。伊藤さんの恋愛経験、その上でお前はこうしろ、とイズミヤのミスドを食べながら熱く長く語ってくれた後、花見計画がほぼ固まった。

そこで。4月5日の訓練休の日に、伊藤さんからのラインナビを受けつつ初宿さんとの花見計画がほぼ固まり、スタートした。伊藤さんは花見中ずっと男心をくすぐるセリフを送ってやると。

「伊藤さんすみません、これだけ相談に乗ってもらってるのに何も返せなくて。できるとしたら計算問題を教えることとくらいですけど、計算問題を捨てって言うてたから教えるって言っても断るでしょ?」

「いらん！　それに謝られるような嫌なことならやってへん、謝んじゃねえ」

何故だかいつもの重低音で静かに怒鳴られた。

「なんもせんでええわ、お前が幸せになったらそんでええんやぁ。うまくいったらあんかけ中華食うてるツーショットの写真でも送ってこい！」

映画のヤクザの親分が、子分に抗争中のヤクザのタマを取ってこいとでも言っているかのような口調で怒鳴られた。

「伊藤さん、そこドス利かせて言うとこちゃいますよ。ギャグすよ、それ…」

私は口調と内容のあまりのギャップに苦笑した。なのになぜか泣きたくなった。

「おいこれもう3時間やで？　中学生の恋愛相談にいつまで付き合わなあかんねん、そろそろ帰ろや」

「私もポリテクで青春恋愛相談するとは思いもしませんでした、ありがとうございました」

私達は席を立った。

「いい加減作業着で通学すんのやめろ言うてるやろ恥ずかしい、そのカッコでJR乗るな送ったるわ」

春分の日はとうに過ぎて3月ももう終わる。3時間の人生相談の後でも外はまだ明るかった。

「憧れのバイク2ケツ初、初宿さんから奪ってもうたな、悪いな」

へっへっ、と笑いながら彼女さん用のメットを渡され、青のフォルツァにまたがった。

予想通り元特攻隊伊藤さんの運転は荒っぽいにも程があった。

「こんな角曲がるのに車体を倒しすぎ。アクセル急すぎ、首おもっくそ持ってかれてるムチ打ちなりそうやし、怖すぎる！　殺す気ですか！」

エンジン音でかき消されるのをいいことに、送ってもらっておきながら散々喚き散らした。

「これでも安全運転やで、人乗せてるしな」

「コラどこがすか！　ねえ伊藤さんうちらドおべんきょう女と元ドヤンキー今何してるんすかね？　接点なんなんすか？」

4車線のど真ん中で大声を張り上げた。

「アヒャヒャヒャヒャヒャヒャ知るか！　ドヤンキー言いなや！」

「ギリ少年院免れた奴のどこが真人間なんすか！」

なんの接点があるのか本当に分からなかった。ただ、あの爆走はやたらと楽しかった。

伊藤さんに相談に乗ってもらった次の日、私は初宿さんにとりあえずライン交換を申し出ることにした。

「初宿さん、この四人組めちゃ楽しかったですけど、4月入ったらもう終わりですよね、ライン聞いてもいいですか？」

「ほとんど家族くらいしかやり取りしてないんですけど…まあいいですよ」

快諾とまでは言わないが、とりあえず今後のつながりはついた。ここから伊藤先生によるナビ付きの作戦開始だ。その日の夜早速花見のお誘いのラインを送った。

「こんばんは菅野です！　早速なんですが、月曜金曜日って訓練休なの忘れてましてとても暇なのです、そろそろ桜が咲きますからお花見でもどうでしょう」

とりあえず承諾しやすいように『暇だから』をアピールしておいた。

「お弁当、作ってくれるんですか？」

返事一発目でいきなり手弁当要求が来た。憧れでもあるのかしら。

「もちろん作りますよ！　5日金曜の方が桜綺麗そうだから5日にしましょう」

弁当作れなら、もう来てくれるだろう。迷う暇を与えまいと日付まで指定しておいた。

場所は梅小路公園で桜の下、お弁当を食べてから京都水族館。完璧ではないか。伊藤先生と、婚活レースに勝ってしまったことに罪悪感を覚えているマコタンに報告をし、二人からやたら祝福を受けた。仲人役はこちらもワクワクするのは分かる。でも有難かった。

4月5日。京都駅前で待ち合わせをする前に伊藤先生からしこたまご教示を受けた。

「お前コンタクトあんねやったらメガネ厳禁な、ギャップ萌えさせるんや。いつものマスクとかしばくで？　あと作業着みてえなパンツも厳禁、ワンピースや。持ってるか？　つかお前着てきたことあるかワンピース？　ずっとマスクで顔分かれへんかったけどちゃんと化粧せえよ？　そんぐらい言われんでも分かるよな？　靴も考えとるか？　いつも履いてきたことない女らしい奴履くんやで！　いつもと違って今日このために頑張りましたアピールや」

昔からお節介なマコタンからは弁当の指定までされた。

「このレシピ、鶏そぼろ・炒り卵・春菊の3色弁当うまそうやし彩りええし季節にもおうとる、これ作りや」

　メニューに困っていたのでありがたくお節介なアイデアを頂いた。あとは鶏肉とブロッコリーをアンチョビで炒めて副菜、デザートは皮ごと食べられるブドウ。素晴らしすぎて弁当完成後独りで「フフッ」と笑ってしまった。

「こんにちはお疲れ様です～じゃあ行きましょう」

「あ、いたいた、わざわざ来ていただいてありがとうございます」

　11時に駅で落ち合ってから梅小路公園までの道のりでの会話は、色気もへったくれもなかった。花見だというのに何がお疲れ様なのだ。つまり私のいつもの会話だ。

「初宿さん前職ＩＴ系って仰ってたと思うんですがいわゆるあれですか？　青い銀行いってもうたら現場デスマーチになるやつ」

「いや僕はハードの方です。大体ネットの回線とかいじったりしてました。プログラミングとかはがっつりはやってないですね～」

「プログラミング私20回ほど挫折してるんですけど才能とかセンスとかいるんですか？」

　どういう話の流れで何気ない話から恋愛の話だの付き合ってくださいだのの話に持っていけるのだろうか。分からない。

　よく晴れた公園の中、桜とときおり通る蒸気機関車がよく見えるベンチに敷物をしき、お弁当を開いた。

「どうでしょう、彩りとか栄養とか考えましたよ！　どうですか」

いただきますは言っていたが、その後黙々と食べていたので感想をこちらから聞かなければならなかった。お愛想で普通何か言わないものなのだろうか。

「うん、おいしいですね」

「それはよかった！　頑張りました」

「この茶色いのはなんですか」

「アンチョビです、私好きなんです」

「おいしい、でもちょっと辛いですね」

「……そうですよね」

アンチョビは塩辛い。そうですねと言うしかなかった。

「あ、月曜から一種の授業でしたよね、菅野さん一種受けます？」

あの。イベントサークルのノリは確かに太陽と塩が苦手なナメクジくらい苦手だけれど、この朴訥さがよくてお誘いしたけれど、いい加減どうしたらいいのか。お弁当を食べている時はこちらから話しかけない限り黙っていた。お弁当を片付けようとしていたときに向こうから何かを言ってきたと思ったらこれだ。伊藤さんにSOSを出した。

「一向に色気のある話になりません。ポリテクの話ばっかです。どうしたらいいでしょうか」

「急になんか言い出すのも変やからとりあえずポリテクから離れろ。プライベートの趣味とか聞いて盛り上がれ」

「了解しました！」

初宿さんの趣味はまずバイク。1ミリも分からない。ゲーム。テトリスとドラクエとファイナルファンタジーと、あとなにがあるのか知らない。ライトオタク的アニメ。事前に聞いておかなかったら際限なく貶しているところだった。危なかった。

「先方の趣味が1ミリも分かりません、こちらの音楽とか漫画とかとも1ミリもかぶりません、これそもそも大丈夫なんでしょうか」

「趣味合うって付き合うのにそれほど大事ちゃうで。まあええから女子力アピールに変更や」

初宿さんには今日の私の外見の感想を伺うことにした。

「今日お出かけなんで頑張ってワンピース着てきました！　いつもあそこで浮かないように女子っぽくしないようにしてるんですけど」

「うん、ワンピースかわいいですね。でも紺のコート春先なのに暗くないですか？　ベージュとかのほうが」

そこは、思っても駄目だしするところなのか。正直ちょっとカチンときた。

「メガネもねー、いつも楽だからメガネなんですけど今日おしゃれしてコンタクトにしました。私目傷ついてからメガネしてるんですけどほんとはメガネっ子じゃないんです！」

「メガネってほんと顔の印象変わりますよね。ないのもいいですけど普段見慣れてるメガネの菅野さんもいいですよ。メガネもいいんじゃないですか」

ほめてフォローしてくれてるのは分かるのだが本意が全く伝わっていない感じがする。伊藤さんがイライラし出した。伊藤さんも私と同じ、喜怒哀楽が激しいのだ。

「あいつどこまで鈍いねん童貞か？　はよ気づけやアホちゃうか」

水族館に入ってからも、いや入ってからむしろ私の話題が女子力を失った。

「イルカってね、直接の死因全員溺死らしいです、だって病気で体力なくなったら息継ぎできないですよね。そんな苦しい死に方が宿命なんてひどいですよね」

「それは確かにそうなりますよね、大体なんで哺乳類がわざわざ海行ったんでしょうね」

「それ言ったら生物って奇跡的によくできている一方理不尽も多すぎますよね、女性の月経もいっぺんきばったら終了させるべきです。垂れ流しはおかしい」

「下品な話ついでですが、鳥羽水族館できれいなお魚さんの下で、絞った雑巾が転がってると思ったらナマコだったんです。絞った雑巾の先から小さい触手が出てエサチマチマ口に入れてるんです、反対側からは歯磨き絞ったようなウンコがヌリヌリと。あ、管がもの入れて出しとる、生きるってことのなんてシンプルな姿、てずっと見入ってしまいました」

「鳥羽水族館で一番感動したのが雑巾ナマコだったんですか」

「そうですね、イルカショーとかは子供の時いっぱい見たし」

それはお前が悪いやる気あんのか、と伊藤さんにしこたま怒られた。雑巾ナマコが懐かしくて女子力アピールを忘れてしまっていた。ちょっと攻めてみた。

「私みたいな女性ってどう見られてるんでしょうね、クラスとかで」

「うーんこないだの飲み会でやっと皆と話すようになったくらいだし、今の会話の内容とかもそうだし、女性らしい女性って感じには思われてないんじゃないですか」

敗色濃厚か。悲しくなった。

「お前ら二人揃って、なんやねん」

「女落とすよりお前ら理解するほうがむずいわ」

伊藤さんも初宿さんの鈍さと私の女子力のなさに驚愕のメッセージばかりを送ってくるようになってしまった。さらに、イルカショーあたりから私がラインをチラチラ見ていることが初宿さんも気になりだしたようだ。何事かと聞かれたらなんと答えればいいのか。伊藤さんを頼るのも難しくなった。

水族館の通路も終盤に差し掛かったとき、初宿さんがやけにチンアナゴに興味を持ってくれた。そこは一緒に「本当にかわいい不思議ないきものですよねえ」と笑いながら愛でて、隣にあったくじ引きでどれ引きます？　どれ引きます？とはしゃぎながらチンアナゴのぬいぐるみを当てた。一番小さいのではあったが「かわいいですねえ、抱き枕にはとてもできないし普通の枕でも無理、どう飾ろうかな」と二人でワイワイ考えた。普通のやり取りに見えたのは花見と水族館ではそこだけではなかっただろうか。

チンアナゴのぬいぐるみを抱きかかえて外に出たものの、まだ夕方にもなっていない。次の機会はいつだ。今日もっと引っ張らねば。

「私ね、ずっとぼっちなんでああやって二人で手つないで歩くのあこがれなんですよ」と前を歩くカップルを指さしながら思い切り攻めてやった。

「ああ、いいですよねえ。僕もずっとしてないですそういうの」

そちらも一応願望はあるのか！　とりあえず七条烏丸の珈琲館でおやつをした。初宿さんは鈍いにも程があるが、お弁当や水筒など重いものを持ってくれる、席のソファー側を譲ってくれるなどそういう気づかいはやたらできる人だ。ただ、珈琲館奥の二人掛けの席での会話はやはりどうしても実習やＩＴ業界の話などに戻ってしまうのだ。手をつなぐとかそういう方にどうしても行かない。私の話術と初宿さんの鈍さではもうだめだ。伊藤さんに絶望のメッセージをした。

「おいお前らいい加減にしろ俺ももう知らんわ！　このラインのやり取りそのまま見せれ、それで分からへんかったら頭おかしいと思って諦めれ」

確かにもうそれしか私も考えが及ばない。その通りにした。

「あの初宿さん、私ずっとライン見てたの知ってましたよね。これ伊藤さんとのやり取りです」

「……え？」

初宿さんは、スマホ画面を上下にスライドさせ何度も首を傾げながら読んだ後、これが私が意を決してお誘いしたことを今の今まで全く気付かなかった、正直なんで俺が連れてこられたのか全く分からなかったとポカンとしながら答えた。道理であのそっけなさ過ぎる対応だ……。その後の答えまでがやたら長かった。そして、一体これはどうすればいいのかという顔をした後何かを決心したように「分かりました」と答えてくれた。そしてお互いその先の話題が続かなかった。もう言うことは言った。こちらもくたくただ。店を出て、今日はお開きにすることにした。

ただ、店から出るときに私の手を引いてくれた。なんとなく握り返せなかった。

その晩、初宿さんにラインをした。

「あの帰り道引いてくれた手、握り返してもよかったですか」

「ぷよぷよの手でよければ」

と、返事が来た。

4月からは始業・終了時間が変更になり、15分早まる。9時5分始業・15時10分終了になる。それまでにラジオ体操の時間もある。私はこれまで8時31分発甲子園口行に乗っていた。朝のJR普通は意外と本数が少ない。8時10分京都発大阪行で通うことにした。ポリテクには8時半くらいには着いてしまうがしょうがない。

8時半過ぎのポリテクには誰もいないかと思っていた。おそらく私と同じ電車の都合なのだろう数人が毎日、喫煙所や教室で雑談をしていた。初宿さんと棟居さん。その辺のチンピラなら絶対に近寄らない外見と中身が完全に真逆、優しい小心者の岡口さんは、「遅刻がこわいから」と早い電車で来ていた。それから、骸骨がはっきり分かりそうな痩せた顔立ちで、50〜60超えてそうなのに仕事内容やこれから必ず来る自動運転に限界を感じてポリテクに来た元トラック運転手弥永さん。近寄りがたいいかめしい顔つきなのに話しかけるとよくしゃべる。それから荒木さん。少しだけ遅れて長谷部さん。

そんな朝のメンバーに、私も加わることにした。新元号令和やてなんか変っすよね、とかナダルまだ勝ってるとか化け物？とか進撃の巨人今度借りていいっすか？とか本当に他愛のない無駄話に。

訓練生の多くが車やバイクだ。電車は少ない。飲み会の帰りでそうだったように、水町さんと西谷君と時々私、雨が降ってバイクに乗れないときは芦部さん、つまりゆかいな三人組と私がＪＲで無駄口叩きながら帰る組だ。一方、長岡天神からの阪急三人組もいる。長谷部さん、木村さん。荒木さん。三人とも丸坊主だ。

木村さんと荒木さんはふくよかな似たような体格で、長谷部さんは中肉長身、後ろから見ていると三人とも坊主頭、妙にのしのし肩をいからせていて、みんな歩く時かかと上げすぎなんじゃないか、三人で妙にピョコピョコ上下するのだ。ずっと前を歩くのしピョコ坊主三人を見ながら下校する風景もポリテクの思い出の一つだ。会話に入ることもあった。

荒木さんは60歳で機械設計エンジニアの仕事はリタイヤし、第二の人生に電気を加えようとしている名古屋工大出身の寡黙な人だ。ただ、後の二人がひどい。

「いや～僕のお～高校生活ですが～勉強が大っ嫌いでしてね、先生に英語のお～追試受けろって言わルルれるんですけどぉ『今日は数学の追試もあルルりまして。僕は忙しいので～こルルれで失ルル礼いたします』って帰ルルらしていただきまして」

「なんで追試で忙しいの誇らしげに言ってんすか？」

木村さんは、ん？　ん？　といつものキョトンを2度した後「ハッハッハッハッハ」と言い布袋さんの微笑みをした。まあええやないすか、ということだな。このクラスのゆるキャラ。物語の真面目なパートに出てくる気がしない。

「うわ俺もやわ、追試地獄でどうやって卒業できたんかもう覚えてへんわ、べんきょう大っ嫌いやわ、うわー」

長谷部さんは両手をブンブン振って、目の前の幻の教科書やノートをひきちぎる真似をした。長谷部さん荒っぽくて60歳だからテレビはぶん殴ったら直るってまだ思っていそうだ。これからの実習で使う機械をうまく扱えなかった長谷部さんがイライラしてぶん殴りませんように、と祈った。

そんな長谷部さんが朝やってくると、おきまりの挨拶が湧き起こる。

「長谷部さんってブルース・ウィリスに似てますよね～」

「あ、ブルース・ウィリス来た！　おはようございまーす！」

長谷部さんは目が緑色で、ブルース・ウィリスに似て白人ぽい。若いころはイケメンだったのだろう。保険の外交やビルメンテナンス、その他職を転々としてきた60過ぎの訓練生だ。伊藤さんの声のように、胃が痒くなる大音量重低音のこれまたイケメンボイスで講師や他の訓練生にツッコミを入れる。いつも授業中や休み時間教室裏のベンチで明るく軽い冗談ばかり言っている。クラスのムードメーカーの一人だ。

休み時間に机で突っ伏しながらPerfumeを聴くのも寂しくなってきた私は、始業前だけでなく休み時間や放課後も皆に話しかけることにした。休み時間に皆がまず行くところはトイレ。年配の訓練生が多いので近くなるのだろう。それから喫煙所組と教室前組に分かれる。なぜか教室にはほとんど人がいなくなる。

喫煙所には佐藤さんや伊藤さん、岡口さん達。喫煙者の講師も喫煙所では大股でベンチに座りながら肘をついて電子タバコを吸っている。お堅い授業からは結構なギャップがある。喫煙所は、高校の体育館裏で不良高校生がたむろして気だるそうにタバコを吸っている、ドラマや漫画で見るような光景に似ていた。実際は2~3倍生きているおっさん達だが。それが新鮮でそこで喫煙者ではない私もお邪魔するようになった。

喫煙所組で大塚さんという50歳くらいの、なぜか私と目が合うとファイティングポーズをとってくる訓練生とも話すようになった。魔女の宅急便のトンボが日本人で50歳くらいになったらこんな感じかもしれないという風貌のメガネのおっさんだ。左手の中指と薬指がわずかになくなっている。旋盤やプレスの仕事をしていたらしい。しかしやられたらやり返さねば。私もファイティングポーズで返す習慣がついた。別に戦うわけではなく挨拶だ。大塚さんは雇用保険だけでは心もとないらしく、早朝に配送のアルバイトをしてからポリテクに来る。毎朝出席点呼中、ギリギリアウトかセーフか、という時間に教室に滑り込んでくる。「先生お願い?」と懇願するような表情で気を付けをしながらおどけて見せる大塚さんに、講師それぞれの「うーんまあ出席にしときます」「今日はさすがに…遅刻ですね」との判定を皆が固唾を飲んで見守り、どちらに転んでも「先生甘すぎますよ~」「残念でした~」と笑う、それも朝の風物詩だ。

首にスポーツタオルを引っ掛けて作業服のポケットに両親指を突っ込みながら「おざあーす!(おはようございます)」という私に、大塚さんをはじめノリのいい年配達が「どこのドカチンの姉ちゃんやねん、女捨てたらあかんで」とツッコんだ。「女子力やってて来るとこじゃないっしょここ。楽なんがいいんすよ」と返した。

伊藤さんには喫煙所で「おぇ! お前Tシャツ裏表逆やんけみっともねえな、はよ着替えてこいや!」と怒鳴られ、「Tシャツくらいどうでもえやないっすかめんどくっさいわあ」とブツブツ言いながら着替えに行った。トイレでいい加減に着替えたらなぜかまた逆だった。もう伊藤さんは諦めてくれた。

大塚さんとはAVの撮影現場の話でも盛り上がった。私は勿論男性器がついていないので気持ちは分からないが、興味があることなら他の話題と同じように話す。

「ねえさっきの話ですけどね、あのカメラの後ろ…」

「分かった、もういい分かったから」

その他オリエンタル工業のダッチワイフのクオリティには驚いて企業サイトを隅から隅まで読んでしまっているため、こちらが語りすぎてしまった。

教室前のベンチ組は長谷部さんやゆかいな三人組、木村さん、初宿さん達。電気設備技術科2月生のゆるキャラ・木村さんを中心に皆でド突き倒し、笑いが絶えなかった。おっさんのゆるキャラを皆で考え、ジッパーを開けると中からまた木村というおっさんが「ん？ ん？」と左右を見回しながら出てくるところを想像し皆で「腹が痛い」と笑った。木村さんの容姿や佇まいは、この世の苦悩と対極にあるように思えた。ただ、モンスターエナジーがガソリンだそうで、体格といい糖尿病にならなだろうかと心配になる。どこから「ハッハッハッハッハッハッ」とあの笑い声が聞こえれば皆で「木村感知しましたねえ、もうすぐ来ますね」と笑った。教室前で、ゆかいな三人組とこっそり後ろから木村さんのふくよかな腰を触って「意外と硬いですねえ」「僕イルカなでたんですけどこんな感じでした」「私は子ゾウ触ったけどそれに似てますよ」と真顔で語り合った。芦部さんは「僕ね、今仕事、家の事、色々大変で悩んでるんすけど、目の前の遠いところで木村さん横切ってるの見ただけで『なんで俺こんな悩んでんやろ、どうでもええわ』思いましたわ」と言っていた。

本館を挟んだ、B棟（教室棟）やC棟の反対側にある食堂で毎日の予約制のお弁当を食べる訓練生はクラス内で十人ほど。先日の飲み会以降は、ゆかいな三人組とクラスの学級委員長兼先生の佐藤さんと毎日お昼を食べるようになった。いい歳なのにグレーヘアーのツインテールをしている陽気なおばちゃんに「こにちわ〜」と挨拶されながら、370円を支払い弁当とみそ汁をテーブルに運ぶ。飲み会の翌週から佐藤先生とゆかいな三人組と食べていたが、日が経つにつれ、初宿さんや長谷部さんと加わり、他の科の訓練生が多い時は一緒の席とお茶の確保が大変だった。

ゆかいな三人組と私はほぼ毎日、修了の日までほぼバカ話で盛り上がった。実習中の出来事の爆笑反省会、講師の噂話。高校生の昼休みのようだ。それから、水町さんによる12時半の授業開始時間直前までのドッコミを散々食らった。ここは本来いい大人なのだから丁寧語で会話すべき場所だ。でも仲良くなるとタメ語もつい交ざってくる。バカ話を丁寧語で話すのもまたおかしかった。「私修了後の仕事の準備で目につく日本語全部英語に直そうとする病気にかかってしまいました」「はいそれは病気ですねぇ!」と真顔で当然のように水町さんとやりとりした。本気で笑った時は皆地のコテコテの関西弁だ。作業服を着て「電気設備技術科」の名札を付けたまま帰ったことは飲み会後も何度もネタにされた。また、電気では英語の略語がよく使われる。英語は私が先生をしていたくらいなので講師の方々より私がさすがに詳しい。VTやCCWなどの略語が何を表しているか思い出せずに授業が進まなくなると、私が言ってしまう。その行為を水町さんは「菅野さんがしゃしゃる」と形容した。何度か「菅野さんさっき、またしゃしゃりましたね!」と真顔で呆れられた。「だってしゃしゃって授業進む方が皆のためになると思って……」「ねえ今日私内田先生にしゃしゃったじゃないですかあ」と私も自分のボキャブラリーに入れた。

私のお相手探しも散々ネタにされた。初宿さんのことは言いづらくて言えなかった。

「菅野さん相手おらへんの？　探したほうがええんちゃう？　木村さんとかどうですか」

私への木村プッシュはごり押しに近いものがあった。

「『僕も〜お相手は〜探しておルルりましてですね、菅野さん〜僕とお〜夜明けのこうひいなどお』とか言われたらどうします菅野さん？」

「実家自営でガレージあるみたいすから下手に入ったら『ここに入ったたってことはどういうことか、分かっておルルりますよねハッハッハッハ』シャッター閉めた後、どんなことなるか……うわ」

「いやね、私と木村さんが二人きりでいてですよ、なんか色気のある話になると思います？　そこ想像して言ってます？」

「いやもちろんですよ、『僕が〜きみのひだルルり手くすルルり指に〜ルルリングスルルリーブをガチンと』」

「あの一応肉と骨ですよ？　芯線じゃないですよ？　指ごといかれますよ？」

「なら君のくすルルり指にいロックナット」

「そんな指サイズのあるんすかね？　ブカブカやないすか」

ねえ芦部さん水町さん人の恋路ネタにしてますよね、絶対二人で幸せになってほしいなんて思ってないでしょ？　面白がってますよね？と返すとキョトンとした顔で「当たり前やないすか」と言われた。この関西人め、と呪った。

西谷君も見た目とは正反対のネタを提供してくれた。水町さんがしょっちゅう思い出し怒りしていた。

「JR前にスーパーあるやないすか、西谷君と帰る日でもそこでいつも僕パン買ってから帰るんすよ。そしたらいっぺんパン全部20円引きのときあったんです。それで僕大喜びして、『パン、これ全部、20円引きやで！』てめっちゃ喜んだら西谷君にボソッと『パンでそれだけ喜べて人生楽しそうでうらやましいです』て言われたんすよ？　要するに『お前パンごときでそんだけ喜べてめでたいやっちゃな』いうことやないすか。ひどない？」

芦部さんも被害者だった。筆記試験前の勉強で言われたそうだ。

「僕ね、ルートってなにか分かれへんかったやないすか、そんで筆記過去問40取れたやないすか、そしたら『芦部さん、思ったよりバカじゃなかったんですね』て言うんですよ！こっちもひどないすか？」

「……」

それはひどいひどい！　怒ったれ怒ったれ！と三人で騒ぐのを後目にいつも西谷君は黙って、笑いをこらえているような困り顔をしていた。

そして私も被害者であった。三人組と私が数か月毎日お昼を囲んで、私が女子力ゼロ発達障害で話がいちいち長くて支離滅裂なことに耐えがたくなったのか、あの困り顔で「今から毒を吐きますよ」と言いたげにつぶやいた。いつもの吹く直前のような顔をして。

「僕、菅野さん見て『この先京大の人と出会っても近づかないようにしよう』と思いました」

と食らった。いや、京大の人間は人はいいから大丈夫、めんどくせえなあと思っても悪気ないから大丈夫、とは言っておいた。

「いやでもね僕ら京大の人と会うの初めてですよ、サンプル1がこれやで？　これでしか判断できひんで？　1分の1、100%おかしいんやで？」

「だってな？　まずな女で京大法学部出て、ポリテクで電気工事て？　すごいより『はあ？　なんしにきたん？　なにこの人？』てなるよな？　な？　な？」

水町さんに、朝のラジオ体操中周りの皆に唾を飛ばして同意を求めながら「西谷君の言うことは完全に正しい」と力説された。

毎日基本四人でギャアギャア雑談しつつ、他の人達が時折交ざってきた。佐藤さんには4歳の娘さんがおり、相当溺愛しているようだった。娘さんのために生活スケジュールを立て、話題といえばその娘さんのことだった。

食堂から本館を横切って教室に帰る道のりはそれなりにある。その場も丁度いい雑談タイムだった。食堂で散々笑った帰り道は変わらずバカ話、たまにしんみりした話にもなった。

「めっちゃ晴れてますねえ、どっかツーリングでも行きたいっすわ」

「えーカラオケ行きてえなあ、大声はりあげてえなあ」

「あんな？　今晴れてんなあの話してんにゃで、なんで真っ暗なカラオケの、はなし、すんねん？」

「だって大概毎日晴れてるし…いつでもいいかと思って…」

「一人で行ってきたらえぇがな」

水町さんには何度ドつかれたか分からない。

たまには近くのイズミヤまで遠出。フードコートでそれぞれラーメンやそばや定食を頼む。そこには岡口さんや木村さんもいた。話の内容はパスタが届いていないのにソフトクリームにむしゃぶりつく木村さん、パスタが届けば真っ白になるまでチーズをかける木村さんいじり。

「それチーズ窃盗レベルですよ！」

「いや～僕はチーズかけだすと～とまルルらなくて」

「まずいってそれ、ふとる！　まだ丸なる！　もうバリ取らんでええ！」

その他。授業や実習で何かがあれば、就活相談があればお昼が主な反省会の場や相談場になった以外は、下らない話で悪ふざけ以外していなかった。

ポリテクのお昼は、そんなお昼だった。

お昼の他休み時間、放課後は、修了までそんな空間となった。放課後には誰かの真面目な話、悩み事、これまでの人生を皆で聞いて語らって、5時を越えることもあった。5時のポリテクは、居残り訓練生も帰りの時刻ですよ、と知らせるためにビートルズの『イエスタデイ』をオルガン調にアレンジしたものが流れる。今でもイエスタデイは、話し過ぎた訓練生達の「もうこんな時間か」と見上げた顔と同時に脳内再生される。

ポリテクは、現世とは思えないほど居心地のいい場所であることが分かった。学歴も地位も性別も年齢も関係がなく助け合い、陰口や喧嘩もないどころかお昼や休み時間、放課後は腹がよじれるほど馬鹿話で盛り上がる、そんな天国だった。ここにこんな天国があるとは予想だにしなかった。

三十人の訓練生のうち女性は私一人。でも私は女らしさをできる限り隠すことにした。女一人と言うとちやほやされて嬉しいでしょうとよく言われるが、女性だってちやほやされて、手加減されて喜ぶような単純な生き物ではないと思いたい。もちろん見下されたくもないはずだ。そもそもここは街コン会場ではない。スキルや知識を身に付ける、食べていくための力を身に付けるための場所だ。性別がどう関係があるというのだ。ただ、腕力はC棟で男性には到底敵わないのは嫌というほど理解した。そして皆は助けてくれた。どう助けてくれたのか。「菅野さんは女性で『力がないのに』どうすれば『自分で』この課題をこなせるか」を考えてくれたのだ。「代わりにやってあげるよ」とは誰も言わなかった。やり方を一緒に考えはするが課題をこなすことは絶対に本人にやらせる、そこは初宿さんだけでなく誰も譲らなかった。それは女性の私だけではなく他の少し不器用な男性訓練生でも全く同じだった。

訓練上だけではなく雑談でも性別は関係なかった。下ネタで私に気を遣う人は多少いたが、こちらはそんなもの気にしなかった。諸々の事情を抱えて失業した人達が集まるこのクラスには、女性をモノ扱いする生々しい下品な下ネタを言う人がいなかったのだ。むしろ高偏差値イベントサークル出身あたりのエリート様の発言には、何度かお前の棒ちょん切ってお前の代で絶えろとは思ったことがある。彼らの中には女性を人間として扱わない人間が一定割合いる。彼らは自分が偉いと思っている。そして多少身ぎれいにして学歴職歴をちらつかせれば簡単に女性が寄ってきてしまうため、トロフィーか性欲処理の対象として扱う。寄って行く女性もどうかと思う。父親がエリートで、そんな女性の成れの果て・父親より程よく偏差値が低い大学卒の厳しい教育ママに育てられ、名門中高一貫男子校出身あたりの、まわりに女性がおらずボーイズトークを散々繰り広げた男性に少しこの傾向があるのはしょうがないことなのかもしれない。

でも私はそういう人種が本気で嫌いなのだ。

長谷部さんと大塚さんとは教室で、5月6月の起業の難しさに散々悩んでいた時、糖質ゼロチューハイの恐怖について語り合った。

「いやストゼロでやけ酒慣れしてもうたんすけど、あれやばいっすね」

「せやであれアル中製造機やで、はまったらあかんな」

「しかしあの度数で200円いかへんてなあ、手え出てまうなあ」

なぜアルコール度9％が限りなく10％に近く、10％にならないのか。それは周知のように酒税が関係している。低価格と高いアルコール度数、両方を追求した結果がストゼロ。職に困って人生に困ってやけ酒するのにちょうどいい合法ドラッグだ。指定校推薦名門大出の、よく見たら大した面でもない雰囲気イケメンヤリチン君は飲んだことがあるのだろうか。女性がトイレに立った隙を見て薬を入れる男性には是非天罰が下り、特売3本400円のストゼロ以上のアルコールを摂取できない立場になってほしい。外資コンサルなどもったいない！　芦部さんには「菅野さん慶應のヤリチンに親でも殺されたんですか？」と言われた。だって、ここを知ったら…。

また、ポリテクでは訓練生の誰かのよい行いや思いやりを見て皆が真似し合う、そんな『いい人相乗効果』により皆がどんどん気のいい人格者になっていったように思う。そんな皆を見てお互いが気を許し信頼し合う、そんな場でもあった。ある日の昼食後、水町さんが佐藤さんに送ってもらった時にエアコン効かせすぎて壊死しそうやった壊死！　アハハハ！　ガチ登山かーいうねんとゆかいな三人組と腹抱えて腹筋の痛みをこらえながら食堂から教室に戻っていた時、芦部さんがしみじみと言った。

「僕ね、この歳で、こんなところで、本当に『友達』て呼べる人ができようとはって、そんなこと全然予想してませんでした」

皆で「ほんまですねえ」と真顔でつぶやいた。この言葉にはズシリとくるものがあった。どうして友達ができなくなってしまうんだろうな。

学歴も地位も性別も年齢も関係のない、悪意もない笑いの絶えない天国。それは誰が来るのか、その場でそれぞれが何をやるのか、一切決められていない場所にたまたま集まって居合わせた人達が何か一つのことを成し遂げようとするときにふと生まれ、消えるようだ。友人にポリテクの話をすると、自分の似たような体験について話してくれた。京都の古い町屋のリノベーションをイベントにしたある場で、参加者全員で一日中ひたすら床を剝がすという作業があった時、偉い大学教授から近所のおじさん、子供まで何の境界もなく仲良く協力している姿が印象的だったと。

そして一方、そこが人生の主戦場になり、何年も同じ人と関わっていくうちにしがらみや上下関係、確執ができてしまうのは避けられない気がする。この天国は、まさにかりそめの幻のような場所でしか生まれないからなのかもしれない、そんな場所は現実にはそうないな、友達は大人になればできにくいな確かに、と先に自分で問うた言葉に対してふと思った。

花見の後、初宿さんとは遊びに行ったり一緒にご飯を食べたりするようになった。夜に話すたびに、初宿さんは「寡黙なひたすらいい人」のイメージを少しずつ脱ぎ捨てて地を出すようになっていった。

それは私にとってとても心地のいい変化だった。私もマコタンに見せるような本性を素直に出していった。初宿さんは世に言われる女らしさを私に一切要求しなかった。全てを笑って、当たり前のように受け止めてくれたのだ。私に女性らしさを強要しなかったどころか己のアクの強さでもって私の女性らしくなさをブーストさせていたマコタンにもまして、初宿さんはあまりのアクのなさでもって私の女らしくなさを全て受け止めて流してくれた。

私は喜怒哀楽をすぐ表に出す。水町さんは2月のC棟で最初に私に近づいたのが初宿さんだったことについて「人類で初めて納豆を食った奴並みの偉業」と評価した。そのことに対して初宿さんをポカポカ殴りながら毒づいた。

「くさった、まめ、最初に食いよったんやで初宿さん、ほんますごいでいうたで奴は！わし腐った豆や言うたクソー」と初宿さんをポカポカ殴りながら喚き散らす私に「今日もアクセル全開やなあ」と笑った。「あたまはくさくなったら洗うもんじゃあ、掃除は落ちた髪の毛うざくて耐えきれんくなったらするもんじゃあ」と女性らしさというものをローラー車で跡形もなく破壊する発言を繰り返してみたが「今日も平常運転やなあ」と笑っていた。

相変わらず親切でよく気が付いたが、以前のような振り返りもしない「いっす」と軽く手を挙げるだけのやりとりではなくなった。

「そこはごめんちゃうやろ？　なんや？」

「ありがとう」

「他でもそうしたほうがええんやで」

最初は注意された。

「他人に何かをして謝られるのは嫌だ」と伊藤さんも言っていた。喜んでほしい人が喜ん

でたら気の毒そうな顔をしての「すみません」より満面の笑みでの「ありがとう」が確か

に聞きたい。

マコタンをはじめ両親や友達に初宿さんの話をすると全員揃って歓待ムードだった。な

んて誠実な嫌味のない、あたたかい人なんだと皆から激賞された。

初宿さん本人だけが「なんで俺なん?」とよくつぶやいていた。

初宿さんは40を過ぎポリテクに来ている＝失業している。車を買う余裕もない給料だっ

たそうだ。それを聞いても皆も、私も、どうでもよかった。何のお芝居やぶりっ子もせず

に地のまま一緒にいてこれだけ居心地がいいのだから。ただ初宿さんにも一応何度か聞い

たことがある。こんな滅茶苦茶だって思ってなかっただろう、大丈夫かって。「嫌なこと

なんか一つもやってへんわ!　嫌ならおらへんわ!」とその度に言われた。実際、男性も

女性に縁がないのがデフォルトになってしまうと、女性が近づいてきても飢えた獣のよう

にがっつくということは逆になくなり、これはたんなる僥倖だから自分もこの女性とは合

わないと思えば普通に別れを告げ、独りの生活に戻るとのことだ。

しかし独りがデフォルトって寂しくないのか。それに、恋愛には向かないが本来人から

好かれるべき、人と楽しく過ごすべき人は沢山他にいるように思う。何ともったいない。

逆に「何で私でよかったん」と聞いたことがある。「菅野さんには『夢』があるから、それをできるだけ近くで見てたかった、俺には絶対にないもんやから」

と言われた。私もマコタンも野放図な夢追い人だ。それでもなんとか飢え死にせずにやってきている。これまでの友人もおおよそなりたいものになれているように思う。勿論皆苦労や努力はしてきただろう。でも夢物語と思わず本気でやろうと思える、これはとてもありがたい環境だったんだな。


4月の授業は2日から。また席替えだ。この四人組のお陰でポリテクが楽しくなり始めたようなものだ。できるだけ離れたくない。そして引いたくじはまた5番。他の三人が引いた番号も似たような席順になるような番号だったはずだ。ただ。前回のくじ引きとは席の割り当てが違っていた。前回は三の字を書くように割り当てられていたのが今回は川の字だったのだ。私は二人掛けの机が3つ縦に並ぶうちの、真ん中の左になってしまった。あとの三人は運よく？3月同様右で固まっていた。恨めしそうな顔をしながら右の皆を見つめる私を三人は笑ってからかった。伊藤さんが「アヒャヒャヒャヒャヒャ哀しそうやなあ！」とデッカイ声で右の向こうから笑った。それを見て皆も笑っていた。

今度の隣は原田さん。飲み会のお誘いのときに岡口さんといた人だ。年齢が結構いっていて、これまで全く別業種だったのか手際は悪そうだったが頑張って授業についていこうとしている。

2日から15日までの9回で田宮先生が第一種電気工事士の授業を担当する。一種試験の内容は二種の延長線上にあり、問題がかなりかぶっている。それから一種で扱う高圧受変電設備の配線図、その際に使用する機器や具材について学ぶのがメインだ。また、二種の授業では深くやらなかったコイルやコンデンサについてもじっくり、三相のデルタ結線、スター結線についてもより深く学ぶ。

高圧受変電設備とは、電柱を伝って電力会社から来た6600Vもしくはそれ以上の高圧の電気を工場、ビル、大規模マンションなど電気を使う側に合わせた電圧まで下げる設備のことだ。6600Vが家庭用210Vや105Vに下げられるまでに、様々な機器が取り付けられている。地絡継電装置付高圧交流負荷開閉器、断路器、高圧交流遮断器、コンデンサ、いくつかの変圧器、配線用遮断器などを図示した配線図をスケルトン図という。変圧や、設備保護、安全のための配線や理屈はかなり複雑だ。電気の流れを正確に追いかける必要がある。私も苦戦した。

実技試験の練習は候補問題七番のうち1つだけだが、勿論二種より難しく、試験時間も1時間と長い。ポリテクでは一種は訓練生に最低限を教えて、あとは自分で自習してもらう形だが、一種も受ける訓練生は佐藤先生や岡口さん、その他思ったよりいるようだ。試験は筆記が10月6日、実技が12月7日か8日。だいぶ先ではあるが本業との両立が大変そうだ。

私はまた、実技に絶望した。６６００Ｖを通す芯線８㎟、被覆が分厚く直径１㎝ほどのＫＩＰ線がなかなか切れないのだ。立ち上がって体重をかけて、電工ナイフで何度も被覆に切れ込みを入れた後、ペンチでまた何度も被覆に切り込みを入れ引きちぎらなければいけない。また私の握力ではこの太いＫＩＰ線をゴツい端子台に取り付けられない。プラスドライバーを必死の形相で回してもすぐゆるんでしまう。それでも無理やり完成させた実技の課題を田宮先生に見せると、やはり端子台からＫＩＰ線を瞬殺でスポンと抜かれ「はい施工不良」と言われた。これはだめだ。

田宮先生に一種電気工事士は必要かどうか、力のない女性でも時間内に課題を完成させられるのかを聞いてみると、女性でも一種を取得して活躍している人はいるので、握力の鍛錬から始めるように言われてしまった。子供の時の測定で握力が5しかなかったのを皆から笑われた記憶が思い出された。ドライバーでプラスネジを締めるのにいちいち全力使うのだ。まず鍛えねば。

次の日のお昼、その話をゆかいな三人組に相談した。

「……ってことがあって、どう思います?」

「菅野さん今のスキルで十分ちゃいます?　電気工事の現場行くわけじゃないですよね、就職もせえへんし履歴書書くこともないやろし」

「うわ菅野さん高圧いじったら即死やで、菅野さんはええねんまわりにめいわく、かけるやめて」

全体的に取らなくていいんじゃないかという意見が大勢を占めた。水町さんに至っては強く止められた。絶対とらないとできない仕事ではないので保留にした。

翌日、水町さんが私の机に何か放り投げた。ハンドグリップだ。

「まあ100均やけどな、つこてみたらえんちゃう」

伊藤さんのあんかけ焼きそばもそうだけどみんな地味に覚えて気遣ってくれるものだな。口ではあかんやろと言ってたのに。一種を受けるのは迷っているが、握力がないことで困ったことはいくらでもあるのでこれを機会に鍛えようと思った。

4月後半、16日からはいつものB棟・教室棟ではなく、本館のパソコンが並ぶ2階の教室でCADを学ぶ。CADは屋内配線図を描くために使われる。先生は外部から来た女性の先生、全9回のカリキュラムだ。CADはadobeのグラフィックソフトをそれなりに触ってきた私には親和性が高いのでじっくり学びたいと思っていたが、たった9回という回数に若干不安があった。網羅できるのだろうか。逆に私はadobeのイラストレーターを仕事でいつも、フォトショップを時々使っているので、他の訓練生よりすぐマスターできるかもしれない。

パソコンに全く縁のない人から私のようにofficeやadobeをいじる人、サーバーやネットワークに詳しい人までPCスキルに差がある。それなのに9回で全員にマスターさせることができるのか。講義資料はマウスのクリックの仕方から始まり、屋内配線図の書き方、出力までしか記されていなかった。

案の定、分からない人はとことん分からず、分かる人は3時間でマスターして内職を始めてしまった。クリックの仕方を学ぶところから9回の授業で屋内配線図を描かせるのは不可能だ。言われたままやるだけで、応用できないだろう。

使用したソフトはAutodeskのAutoCAD。officeソフトに似たインターフェースだ。テキストを見て、adobeのイラストレーターやofficeのワード・エクセルとの違いを把握すれば、3時間もかからない。私にとって9日は長すぎた。

マウスホイールを回して拡大・縮小、マウスホイールを押したままドラッグで画面移動できる機能は、AltやCtrlを押しながらマウスホイールを動かすAdobeソフトとは違った。お膝元Autodeskの仕様だ。また、屋内配線図はミリ単位で正確に描かなければいけないので、私が仕様書を描くためにイラストレーターを使っていた時よりも線を引く場所や記号を置く場所がシビアだった。入力は基本マウス操作ではなく座標の数字を打ち込む必要がある。一方で、目視で描くのではなく強制的に位置揃えができるスナップ機能もadobeソフトより充実している。線や円を描いただけで、直線の幅や円弧の直径・角度などが自動的に数値で記述されるコマンドも豊富だ。

私は課題はすぐにこなしてから、二種のテキストを取り出して苦手な鑑別を見ていた。鑑別とは工具の写真と説明がカラーで載っているテキスト最初のページのことだ。2月の授業でも覚えきれなかった。でも家に帰ればＬＥＤに専念したい。ポリテクのことはポリテクにいる間にしてしまいたい。前の席を希望したことを後悔した。こっそり内職をしたかったのに先生が一番目につくところの席になってしまった。

ただ、隣の原田さんは苦手ながらも一生懸命ついていこうとしていた。ポリテクはできる人分かる人がそうでない人を助ける場所。私は4月後半は原田さんを教えに行っているようなものだった。迷っている原田さんを見て私が教える。すると先生は、先生としての沽券にかかわるのか、すっ飛んできて私に代わって原田さんを教え始める。「あなたは黙ってなさい」と先生に何度か言われた。左ではＩＴ関係が得意な松尾さんがスマホすら持っていない芦部さんの個別教師になっていた。

そしてこの列の一番後ろには、ＰＣとことん苦手ペア、長谷部木村コンビがいるのだ。あの授業は普段の席順ではなく、分かる人と分からない人を分けて隣にするべきだったと思う。長谷部木村コンビには「分からなかったらできるだけ吠えてください、原田さんは私に任せて先生が二人んとこ行くように」とは言っておいたものの、先生は最後尾まで手が回らなかった。彼らは全く分からずじまいだったのではないか。お昼や休み時間の話題は「ＣＡＤ全くわかれへん」「ＣＡＤちょろすぎるな」の両極端で分かれた。

初宿さんはひたすら筆記試験の過去問を内職していた。なぜかすぐマスターした伊藤さんはひたすらゲームをしていた。先生もこれは収拾がつかないという顔をしていた。最終日、屋内配線図を印刷する授業の時、お昼から戻ると私が描いた屋内配線図に滅茶苦茶上手なチコちゃんの落書きがしてある。後ろを振り返ると佐藤先生がニヤニヤしながらこちらを見ている。そういう可愛いいたずらもする人なんだな。できる人は何でもできるものだ。しかしそれに対応するように佐藤先生に話しかけていた水町さんが、「えすけーぷて、なんなんすか？　なんに使うん？　この図どうやって作ったんか、言われた通りやっただけで、なんも分かれへん、パソコン嫌いやねん」とぼやいていた。

ゴールデンウイーク前最後の4月の授業の帰りは西谷君と二人だった。この授業は西谷君の毒舌とも悲嘆ともつかない「この授業、先生も含めて誰が幸せになったんでしょうか」とのつぶやきで締めくくられた。

今年のゴールデンウイークは改元10連休。ポリテクも4月27日から5月6日まで休みだ。訓練はそれなりに頭を使うため休みは嬉しい。でも同時にゴールデンウイーク直前のお昼の仲間達は、私も含めてどこか寂しさを感じているようだった。芦部さんもこう漏らした。

「10日間皆とは会えへんのすねえ寂しいです、でも休みいうても家のことといっぱいありますわ、休めへん」

「芦部さん10日でもうポリテクロスすか、短いすよ」

皆でひとしきり笑った後、水町さんが悲しそうに追随した。

「あー10日間木村さんいじれへんのや、10日間なにしよ」

「水町さんたった10日で木村ロスすか！　いくらなんでも短すぎでしょ、どんだけ木村さん好きなんすか！」

皆でツッコミを入れてもいやそんなんちゃう！　そんなんちゃうと否定する様子が、水町さんは木村さんがほんとに好きなんだなと伝えていた。

私はすぐに実家に帰り、父親の様子を見に行き母親の手伝いを最終日まですることにしていた。初宿さんはレンタカーを借りて一緒に私の実家に来て、最終日までの二泊を一緒に過ごす。

父親は2月の記憶が全くないらしかった。3月に入ってから少しずつ快方に向かい退院したものの、骸骨のような顔つきはそのままだった。ただ顔の赤みは戻っていた。母親の手伝いや庭の手入れをする一方、人生で受けたことのない実技試験のために複線図をひたすら描きまくる修行を開始した。まあ筆記は大丈夫だろう。実技までまだ3か月近く。でも対策をできるだけ早くしたかった。私は力がない分ハンデがある。13題の複線図をそれぞれ1分以内に描けるようにしておきたかった。3色ボールペンを片手で操作できるようにし、電線の長さと太さを書いて、ミスしたところは全部記録して後で確認できるようにした。二種を持っている長谷部さんは実技で手の震えが収まらず左手で必死に押さえた、と言っていた。それくらい緊張するらしい。万全の備えをせねば。

この10連休がポリテク折り返し地点だ。今までの時間をもう一度繰り返せば修了。うっすらと悲しい。

5月1日。元号が平成から令和に変わった。儀式やパレードは11月に行われる。天皇崩御を伴わない改元は、大規模な年越しのような雰囲気だった。明るく華やかだった。ただ、何か切なかった。

日本はこの先どんな国になるのだろう。私が住んでいる京都駅前はもはや観光災害、日本が豊かだった時には、日本人は東南アジアに「安いから」という理由で旅行した。今は日本がそれをやられている。移住すらされている。私のマンションは国際色豊か。白人や中国人はもちろん、何語を喋っているのか分からない様々な人種とすれ違う。近所では野ぐそがたまに転がっている。コンビニで借りられることを知らない外国人のものだろう。隣に紙が添えてあったのだから。よい予感がしなかった。

授業再開の3日前、初宿さんが実家に到着した。両親も「嫌味のない人やな」と瞬時に判断したらしかった。完全歓待モードだ。あと、「こんな娘でいいの？」と二人で寄ってたかって私を貶しまくるのだ。

病室の父親は、骸骨みたいな顔してるくせにひたすら、

「うちの娘ほんとめちゃくちゃながやちゃ」

「ほんっとにこんなだらしない奴見たことない、ダメな娘やわこれ」

と初宿さんを目の前に私を貶しまくった。そこは普通逆じゃないのか。大事なうちの娘に手だそうなんて！と。

母親は独身時代アナウンサーだった。やたら上品に、ハリを失わない声で私を貶しまくった。

「ほんとこの子見てたら『親の顔が見たいわ』て思うでしょ？　て、あら、もう今見てますよね、オホホホホホ」

私は昔からいじられキャラのツッコまれ役だった。会話開始から15分で小学生でも私を馬鹿にし出す。両親なら言わずもがなである。

1日目の昼間は私が生まれ育った金沢を車でドライブした。兼六園下、白鳥路、大野の醤油ソフトクリーム。出身中学や高校にも寄ってもらった。晩は地元の名店・ステーキの六角堂。2日目は隠れた石川の名所、ふれあい昆虫館に行った。そこは白山市、旧鶴来町の奥でアクセスが悪いが、世界中の昆虫の標本があり、黄金のオオゴマダラの蛹が見られる。羽化したオオゴマダラその他蝶が飛び交う庭園を散歩し、巨大ナナフシやコノハムシを手で触ることができるのだ。夜は母親の友人の創作料理レストランに招待した。決して性悪ではないが無口で気難しい父親が、初宿さんの前ではやたら饒舌だった。

ゴールデンウイーク最終日、初宿さんのレンタカーで一緒に京都に戻った。父親は3年前免許を返納してしまっていたので、自家用車から見る金沢から京都の道のりは懐かしかった。そして、それに伴う楽しさと切り離せない切なさはどうしても消えなかった。

5月7日。ゴールデンウイーク明けに二度目の就活特訓があった。私はゴールデンウイークのうちに生活習慣が長年の夜型に戻ってしまったので、午後から出席した。令和初の登校。教室に入るとポプテピピックのピピ美が『令和』と書かれた色紙を掲げているT

シャツが目に入ってきた。

「あ～コルルれはねネットでちょっくらポチルルりましてね。見事に見つけまして、ええ」

木村さんは、私がメーカーと木村さんの用意のよさに驚嘆しながら大笑いしているのを「ん？　なんか僕、やルルりましたかね？」と言いたげな顔でキョトンと眺めていた。

席替えでは自分の引いた席に声を出して笑ってしまった。

「なんですかこの席順は！　この奇跡的にうるさい席順は！」

「ぃやほんとごめんなさい、うるさくて迷惑かけるかも～しれないですけど、ぃやほんとすみません」

岡口さんの平謝りが平常運転だ。前二人が水町さんと岡口さん。その前が木村さん。隣は大谷くんで後ろが伊藤さん。大谷くんと伊藤さんはなぜか仲がいい。就活に向けてポリテク全体が厳しい舵をとりだした中ではあるが、皆が毎日何をやらかしてくれるか楽しみだった。

就活特訓はもう皆懲り懲りなようで、半分ほどしかいなかった。残った人は面接シミュレーションをしていて、主にこれまでの経歴、志望動機について話す練習をしていた。

電気は文明のインフラだが、いつも人手不足だ。しかし、聞く限り積極的に希望して就活をしている人は少なく、「社長が亡くなって会社が潰れた」「リストラされた」「今の業界に限界を感じた」「親の介護で地元に戻る必要があった」といったライフイベントを経験していて、なおかつ自分の専門の職種は人手が余っているか、年齢的にきついか、地元には自分がやってきた仕事がないなどやむを得ない理由で行き着く人が多い。電気は人手不足だからとにかく挑戦してみたという印象だ。

年齢を重ねてから業種を変えて転職するのはとても大変だろう。しかも電気工事は感電の危険がある。当然、真夏も真冬も通電しないところでの作業だから冷暖房もない。時には落下すれば怪我では済まなそうな高所での作業もある。C棟など比べ物にならないほどきつい。人手が足りないから長時間労働にもなる。それでも皆はここに来た。

一方、雇う側も誰でも欲しいわけではなく、体力仕事なため若い人材に求人が殺到する。先日書いた140字自己紹介の情報を元に、就活特訓の翌日からポリテクに求人を出している会社からの指名求人が配られるようになった。指名求人は「西谷君」「西谷君」「大谷君」「西谷君」20代の二人に求人が集中した。年齢がこれほど如実に反映されるとは。45歳を超えるとかなり厳しい、50を超えると半ば諦めた方がいい、との声もあった。あの140字でどういう人材なのか、何がそこまで分かるのか…。

指名求人では、朝や休み時間、会社からの面接希望確認の紙が訓練生宛てに直接配られるのだ。教室の後ろには求人票が何枚も張られるようになった。その一つ一つを皆が集まって見て、基本給や休日日数、各種手当や保険など話し合う、休み時間や放課後の皆の会話はそんな内容になっていった。岡口さんはようやく辮髪ちょんまげを切り落とした。

「ボーナス1か月か、ちゃんと出るんかなこれ？　残業代、いうて基本給安いから雀の涙やな」

「年間休日二桁は絶対勘弁やな」

「これ完全週休二日制って書いてますけど、『相手先24時間稼働やな？　どういうことか？　分かってるよな？』てやつですよね…」

「派遣か。誰が行くねん」

会社勤めをしたことのない私でも本気で頭に来る求人もあった。

「基本給＃＃＃＃てエクセルの操作もろくにできずに求人出すってなんなんですか厚かましい。逆圧迫面接してきましょうか？　てめえ＃＃＃＃なってんの見てへんでハロワ求人出したんか？　目えついとんか？　いくらよこすねん？　あ？て怒鳴りつけるの」

「菅野さんどこまで暇やねん、ええて」

水町さんにため息をつきながらたしなめられた。

また、放課後は電気工事やビルメンテナンス、施工管理などの会社から出向いた職員が業界のことを紹介する説明会の案内が教室の後ろに貼られだした。訓練生から会社に見学に行くことも増えた。

芦部さんは母親の介護のため、名古屋から地元の京都に戻ってきた人だ。出張が多く残業が長いと本末転倒である。また、43歳という年齢もあり、芦部さんの就活は難航していた。奥さんも履歴書を送っては返されるということが続いていたそうだ。

水町さんと木村さんが訪問した会社は、電気部門が狭くておどろおどろしく、極道みたいな無口なおじさんと二人きりで狭い部屋の中での仕事を見せつけられた。案内の人ですらあんま目にしてほしくないという雰囲気だったと話していた。非常勤講師と自営しかやったことのない前期アラフォーの自分には想像できない世界だ。

そして勿論ひたすら楽しかったお昼も、就職の話がメインになっていった。

その会話の中で私が驚いたこと。ゆかいな三人組とお昼を食べている時、ある求人について、

「これはええんちゃう？　電気工事基本給20万ボーナス０・５か月！　20万のることほとんどないで、年間休日は60やけどな」

「僕出張なかったら絶対行きたいんですけど出張ありなってますね…」

と水町さんが求人票をつまんで見せびらかし芦部さんが悔しがると、西谷君があとの二人に、

「それ、下手すると年収３００万いきかねないじゃないですか！　すごいじゃないですか」

と言ったのだ。

なにがどうすごいのだろう。年収が残業代込みで３００万いくかどうかということはまず間違いないが、どうすごいのだろう。それから休日が年間60日しかないことの何がすご

いのだろう。土曜祝日休みなしを意味することなのに。ボーナスとはとても言えない金額のボーナスを恥ずかしげもなく書いている事務の面の皮の厚さに感動したのだろうか。分からない。私の感覚ではアラフォーの人に言うべき言葉ではない。中途から未経験での就職で高収入はそれは難しいだろうとは思う。そうでなくても年収分布の最頻値はこのご時世、300万円台だ。しかしこれでいいのか。これで子育てなんかできるのか。大手電機メーカーSany勤務のいとこは38歳年収900万だ。外資コンサルシルバーマン・サックスの友人は激務ではあるがボーナスが800万だ。年収ではなくてだ。私のまわりはそんな感じだ。一方ポリテクの求人票に雇ってほしいと思わせるものがない。思い切り混乱した。

楽しい学園生活の中、仄暗い『現実』が顔を覗かせ、訓練生がそれぞれの本来の居場所に散っていく準備をし出したのがゴールデンウイーク明けだ。

そんな話をいくつも耳にした私は、水町さんとの帰り道でぼやいた。

「どっちがどっちを悪いって言ってるんじゃないですよ。西谷君と芦部さんでこれだけ求人の差が出てしまうほど年齢って大事なんですか？　あくまで人材としてここまで差あります？」

「僕も分かれへんすよ……。僕も38やから。とにかく早く就職せな。それ以外考える余裕ないすわ」

求人票が理不尽かどうか考える余裕すら奪うのだな。権力者はうまくやっている。

5月18日。避難訓練があった。とても幸せになれるとは思えない求人票を必死で見ている皆を見ている時のやるせなさが、ポリテク全体を覆っていることをまざまざと見せつけられた。

午前11時、訓練が始まった。小学中学でやったような、仰々しいサイレンが鳴って「給食室から発火。職員児童は速やかに避難してください」といったようなアナウンスが入りハンカチで口を押さえながら運動場に向かう本格的なものではなく、団藤先生の「はいじゃあ避難訓練です、本館前行きましょうー」に続いて各自ぶらぶらと本館前の広場に向かうという形だけのものだった。

広場に集まった訓練生の数が思っていたよりも多かった。思ったより沢山いる。電気設備技術科でも定員三十人、科は12あるので三百人前後はいるだろう。

「これ、全部失業者やで！　すっげえな！」

水町さんが、初めてＵＳＪに来た子供がスペクタクルな光景を見たかのように驚嘆の声をあげた。他の科の人達も揃いも揃って同じようなことを言い合っていた。

「ここらだけでもこんだけおんねんで失業者」

「なんかほっとするわ～俺だけちゃうのこんだけおると」

「これ全部社会の寄生虫」

私達と同じようにポケットに両親指を突っ込み、ラフな行列をつくりながら自虐し合っている他の科の人達を見て、いや、雇用保険払ってきただろうしそんなに卑下しないでお願い、失業、おとんもいっぺんしたし姉ちゃんのだんなさんもしかけたから、私も廃業届出したし、と思いながらもサラリーマン川柳の優秀作を見た時のような笑いが止まらなかった。と同時に、皆がどれだけ早く職を決めることを望んでいるかが伝わった。この楽園にいることが、社会から見れば恥だなんて。負の烙印を押されているようなものなんて。厳しい現実社会に耐えることが真っ当な人間だなんて。可笑しくも切なかった。

一方、私側、LED看板事業でも進展があった。ゴールデンウイーク明けとともに我妻さんが中国の数社のサプライヤーから取り寄せた商品をチェックしに京都にやってきて、それぞれのサプライヤーによる発熱の問題、接続の問題など、チェックしたところ今のところどこも問題がないと分かったのだ。三人で四条のイタリアンで祝杯をあげた。マコタンと私はわざわざ東京から来てくれた我妻さんを喜ばそうと、思い切りバカ話をし大笑いをした。

「ん～僕金玉いじるの癖なんで偉い人とスカイプしてるときも下半身全裸で金玉いじってるんすわ、偉い人僕金玉いじってるなんておもてへんやろなて思いながら」

「こいつ私のクッションとかにめっちゃ嬉しそうに金玉なすりつけるんすよ、やめろこの野郎いうても聞かへんすわ、金玉といえば慶應のヤリチンの金玉万力でカッ潰したいすね、お前の代で絶えとけって」

「アハハハハ前田さん（マコタンのこと）本当に控えめにいってクズですね、今までに会った中で一番クズです、菅野さんはその次にクズです」

と下ネタだらけの知性のかけらもない話をした。帰りは「我妻さん楽しんでくれたかなあ」と話しながら。

それからの打ち合わせは本格化した。船頭は『事業』というものが私達より分かっている我妻さんと決めたものの、ＬＥＤ看板という商材を千数百台扱ってきたのは私の判断が必要になる。我妻さんの最終決定には私の経験がどうしても必要だ。実際、我妻さんも私からのアドバイスを求めている。そこは問題はなかったはずだった。しかし、私には遠慮がないくせにマコタンは他人にはとても気を遣う。多忙な我妻さんに私がサプライヤーの梱包の質や返答の早さなどで度々問い合わせをすることに難色を示しだした。

「我妻さんあんなに忙しい人やねんからメッセージは細切れにして、質問とかアドバイス項目はまとめてgoogleドキュメントに書くべき」と考えるマコタンと、リアルタイムでのやりとりの方が効率的で生産的だと思っている私の意見は平行線だった。そこに追い打ちをかけるように、マコタンが抱えている別事業のトラブルが深刻な状況になり、直接会って打ち合わせをしていても数十分おきに警察や仲間から連絡が来る状態が続いていた。トラブルに巻き込まれたのは年明けくらいからだが、春になってからそれが激しさを増していた。

裁判沙汰は被告人だけではなく、原告にも途轍もない精神的負担を強いるらしい。

「なんで我妻さんに盾つくねん。船頭我妻さんて決めたやろ」

「それは盾ついたんじゃない。ＬＥＤ４桁扱ってきた人間からの必要不可欠な情報や」

「ええから黙ってて。軍隊みたいに我妻さんには絶対服従や」

「それではこの事業はうまくいかん。商材知らん人がやってる事業なんて」

マコタンは身内過ぎて仕事が雑になったり精神的に参っている時に納期が遅れたり情報共有を怠ったりする私へのイラつきも溜まっていたようだ。その不満を遠慮なく私にぶつけ、連鎖的に私の神経が削られていった。

そんな険悪なムードが漂う中、我妻さんから一通のメッセージが入った。

「お疲れ様です！　テスト注文した3社Queens, Good vibes, Cocousそれぞれのネオンの温度を測ってgoogleのスプレッドシートで共有してください！　火災につながる商材です、温度が安定しているところをまず押さえましょう」

実は、これまで納品できなかったLED看板が2台あった。いずれも点灯テスト後、15分も経たないうちに白煙を上げて接続部分が焼き切れた。

「多分そこまでいらんのやけどなあ、ＬＥＤ組むの手作業多いから個体差あるし」

メッセージの内容を見て独り言ちた。

私の経験では、ＬＥＤ製品は不具合があるものとないものの差がはっきりしていて、初動に問題がなければ何十時間試験点灯していても変化がない。設置工事の個人差もあるので、温度を測ったところで意味のあるデータを取れるとは思えなかった。

我妻さんの言う事には絶対服従とのことなので、送られてきた非接触の温度計で温度を測った。すると同じ温度が出るはずのところで30度くらいの誤差が出てしまった。試しに冷蔵庫を測ると氷点下の数値が出た。肌を計測すると32度だったり60度だったりと使い物にならない。ただ、こんな細かいことを我妻さんに報告すると後でマコタンから「なんで自分で調べようとせえへんのか、そのくらいググって自分で解決せえ」と厳重注意のメッセージが来るだろう。

型番で検索して解決法を懸命に探したが、マイナーな温度計なので解決法がどうしても見つからなかった。

「我妻さん、温度計で見分けがつくような温度ではＬＥＤでは無意味やないすか？」

「責任者としてはできるだけリスクの少ない方をとります。1度でも低いものを選びます。それをスプレッドシートに書いてください。温度がおかしくても書くことは大事なことは前田さんに賛成です」

1度や2度の差は同じサプライヤーでも出るのだ。

温度計の数値がめちゃくちゃであることについては我妻さんに報告するのを控えたが、逆にマコタンとのやりとりが苛烈を極めた。

「冷蔵庫でマイナスだろうが、体温で60度だろうが、スプレッドシートに書けと言われたら書くんや。なんで言われたことができひんのや」

「だって明らかにおかしい数値書いても無駄やろ……」

「おかしくても書け言われたら書くんや！」

「そんなん見る方が手間や。だって温度おかしいねんもん」

「うるさい！　なんで言われたことに盾つくんや。もうお前LEDやめろ！　クソが。死ねお前」

「こちとら散々LED扱ってきておかしい言うてんねん！　そもそも温度測るのが無駄やねん！　イライラをこっちにぶつけるな!!　お前が死ね」

「いいから温度測れ測れ測れ測れ測れ測れ測れ測れ！　LED以外のデータも必要や、お湯とかも書け！」

「お湯って何度くらいのって聞いたら『またそんなことくらい自分で考えろ』言うんか？」

「風呂くらいの温度でええで」

「お湯測れなんて我妻さんから聞いてない。無意味やねんそんなもの！」

「いいからやれ！」

いい加減に頭にきたので、我妻さんに「この温度計、同じ温度のはずのところが30度くらい違いが出ます。冷蔵庫測ったらマイナスが出ますが、スプレッドシートに書きますね」とメッセージを入れた。返事は「それ温度計壊れてますね。データ要らないです」となんともそっけないものであった。

腰が抜けた。これまでのこの神経をおろし金で削るようなやり取りは一体何だったのか。

私はどんな理不尽だろうが、自分の考えがあろうが、ひたすら二人に従うことにした。

我妻さんに決意表明のメッセージを送った。

「我妻さんが船頭ですから、私は我妻さんに軍隊みたいに従いますから」

「僕は人から軍隊みたいに従われるのが大嫌いなんです。二度とその言葉は口にしないでいただけますか?」

もはや何も言うまいと腹に収めることにした。しかし、二人の言い分に翻弄され、理不尽な思いをする頻度は高くなっていった。梱包、リワーク、担当者とのコミュニケーションの話……例を挙げればきりがない。我妻さんの要望に従って「電気が必要なら施工についての知識も必要だ」と意見すれば、マコタンから「船頭になんで盾つくねん。黙っとれ！　それかスプレッドシートにいっぺんにまとめろ言うたやろ。我妻さん忙しいねんから」「おらっちLEDやりたくないねん、全然やりたないもんやっとんねん、なんでそんな仕事できひんねんお前。LEDやめろ！　死ね」と毎日数十通もの罵倒が送られてくる。

マコタンは警察・裁判沙汰と、LED事業のストレスで完全に精神がやられていた。

「これほんまに気が狂うわ、信じられんくらいもう耐えられなくなってる」と言っていたほどだ。私もスマホの緑の点滅を見るたびに吐くようになっていた。苦しみを忘れようと毎日糖質ゼロチューハイを飲み、辛い朝に負けて遅刻を繰り返すようになった。

そして、大事な、大事だった、ダサい水色のカーペットをハサミで引き裂いた。

5月半ばのある日、放課後の教室前でいつもの雑談していた時。岡口さんが意を決したように辛そうに漏らした。

「いや僕、ちょっと今、まともな生活送れてないんすわ……」

「どうしたんですか?」

善良おとぼけキャラで通っていた岡口さんの真顔にただ事ではない雰囲気を感じて、静かに耳を傾けた。

「原田さんです。仲良くなったのはいいんですけど、どんどん僕が一緒におらなあかんみたいにしてくるようになって……毎日晩御飯も一緒、帰った後も電話。電話出えへんかったら『何があった、俺を見捨てるんか』って問いただされるようなってるんす。僕筆記の勉強したいのに時間とれへんくて」

「……ストーカーやないすかそれ」

原田さんはおそらく60歳前後。その頻度で連絡をしてくるということは一人暮らしなのだろう。気をつかって声をかけた岡口さんの優しさに過度に依存するようになってしまったそうだ。

「もうラインブロックとか着拒とかした方がいいですよ」

「話しかけられても返事しない方がいいですよ」

「いやそれ、急にやると刺されかねへんのちゃいます?」

私はそのいきさつを聞いてやり切れない気持ちが止められなかった。岡口さんも気の毒すぎる。でも原田さんも気の毒すぎる。原田さんは岡口さんにとっては確かに加害者だ。でも、ポリテクから家に戻って独りで晩御飯を食べるだけの原田さんを想像すると、とっとと縁を切れとも言いづらい。

「それ、原田さん病んでますね、原田さんの元々の性格じゃないと思います。岡口さんもここでこっそり愚痴るだけの話じゃない、ポリテク本部に相談して、原田さんには心療内科を勧めないと」

皆で話し合った結果その結論が出た。その日の帰りは西谷君と二人だった。西谷君は時々毒を吐くが、私が高校上がってすぐと間違えたくらい、心には一片の汚れもなさそうな寡黙な青年だ。水町さんからはよ女遊びでもしてこいとよく心配されている。

「ポリテクに、こんな闇があったなんて…」

西谷君はとてもショックを受けているようだった。

「ここだけじゃないですよね、中高年の独り暮らしなんてどこにでもあるだろうし、皆そんな思いしてるんでしょうね…」

そして岡口さんと原田さんの近すぎる関係も終わったようだった。数日後、団藤先生から原田さんが精神的にもう通所できなくなり退所、との連絡があった。原田さんはもう皆でワイワイ雑談することも、電気工事士の試験を受けることもない。

数日後。団藤先生から授業前に報告があった。

「弥永さんは胃がんで入院中です。教室にはもう来られない状態です。修了に必要な日数が足りなくなるため、退所になりました」

確かに弥永さんは目が落ちくぼんで顔色がいつも悪く、目がぎょろついて頬の肉は年の割にげっそりと削がれていた。ガンだったとは…。これまで授業についていけなかった若者や、メンタルを壊してしまった原田さんを見てきた。私達は職場という戦場に出ていくための戦友みたいなものだな。就職ではない形で一人やられ、二人やられと続くのはとても悲しいことだった。

他の皆もここから帰ったらどんな生活が待っているのか、気になった。就活特訓の面接シミュレーションでは分からないだろう。芦部さんが放課後の雑談でふと「ここの人ら、ここに来るていうことはなんかある、てことですしね」と漏らした。私はボヤに巻き込まれてここに来た。皆は……。


C棟、消防工事実習中の休み時間、私は精神的肉体的にかなり疲れていたため、入り口すぐのエアコンに寄りかかって一人で立っていた。ふと隣を見ると長谷部さんが同じように、ただ軽く下を向いて一人で立っていた。声をかけてみた。

「長谷部さん、休みの日とか何したはるんすか」

「家で一人でご飯食べて寝てるで」

家族も友達もいないとのことだ。

「ちょっと寂しいすね」

「寂しいどころちゃうで、ここでは笑ってるけどな、家に帰ったらこの年齢と孤独、絶望に潰されて泣いてるで、毎日泣いてるでほんまに」

長谷部さんとサシで話したのは初めてだった。原田さんと同じ、そんな影があったなんて。

「長谷部さん、泣きたくなったら連絡ください、大したことはしてあげられないですが話だけでも聞ければ」

と始業近くで小走りしながら伝えると、長谷部さんは普段は見せない力ない目をしながら、少し微笑みながら頷いていた。

年配層の病気はもちろん悲しいがしょうがないところがある。しかし孤独の問題はなんとか解決できないのか。

授業の担当が団藤先生に戻り、消防設備の授業に突入した。消防設備士は、消火器やスプリンクラーなどの消火設備、火災警報装置の設置工事や点検ができる資格だ。自動火災報知設備や、マンションやビルの天井に設置されている熱か煙もしくは炎を感知する機器を扱う。甲乙2種類あり、甲種は工事・点検ができるが、乙種は工事はできない。電気設備技術科はビルメンテナンスを希望する訓練生もおり、自動火災報知機の工事・点検ができる甲種4類の需要が高い。ポリテクから買うよう指示されたテキストも4類向けだ。

合格率は30%と第二種電気工事士より低いのに、授業と工事の実習は10回の授業で行われ、「大体こんな感じなんで自力で受かってください」といった授業内容だ。

座学の後、C棟で3班に分かれて造営材を3枚使って受信機、端子台、熱感知器と煙感知器を取り付ける実習にとりかかった。

「よし分かりました、頭の中でもうベルがジリリリ鳴ってます！　頑張りましょう！」

座学でメモ書きした平面図をじっと見ていた佐藤さんがおもむろに立ち上がり、具材を取りに前にずんずんと歩いて行った。皆も佐藤リーダーに従った。

その活気とは裏腹に、私の精神は完全にしおれて茶色くしなだれる生け花のようだった。

速攻で挫折した電子工作のときに少し触った抵抗を機器収納箱の差込に入れたくらいしか覚えていない。到達度試験はサボり、追試が決定した。


消防の授業が終わりに近づき、過去問の演習に突入した。3年分くらいやっていると「この問題嫌だな」と直感で分かるようになってきた。まず、絶縁抵抗測定の問題。それから分岐回路。どうやら根本が分かっていないらしい。

しかし、問題をいくら読み込もうとしても重い頭にはさっぱりと入ってこない。アルコールが抜けていないのか、連日の疲れが溜まっているのか、普段ならすっきりと集中できるはずが、モヤがかかったようだった。

放課後、講師控室の田宮先生に質問をした。

「先生、なんかいつもこれ来ると嫌だなーって思う問題があるんです、後でまとめて教えてもらっていいですか」

そして、講師経験者の私としては驚愕する、かつ感謝してもし足りない答えが返ってきた。

「教えますよ。菅野さんが分かるようになるまで」

生徒が分かるようになるまで、と口に出すのは私の経験ではとても重いことなのである。なぜなら、いつ分かるようになるのか分からないからだ。深夜になろうが日をまたごうがとことん付き合う覚悟がないと言えないことだ。もちろん講師がそこまで身を削ることが常態化すれば他の講師に迷惑がかかる。めったに切れないカードなのだ。

田宮先生は先生だ。わざわざ「菅野さんが分かるようになるまで」と口に出して言ってくれた。精神崩壊寸前で授業はもはや全く聴けておらず、筆記も2問続けて迷ったらパニックに陥り試験続行不可能だろうな、と思っていた状況に思い切り光が差した。ここに『先生』がいたのか。

「ありがとうございます！」

ほんとすみません文字通り本当に本当に、分かるようになるまで、お願いしていいでしょうか、とすがるようにお礼を言った。

一方、ポリテクから帰れば魂の片割れであるマコタンと私は揃って発狂していた。これでは事業継続が辛い。三人誰が欠けても成り立ちません、と我妻さんが言っていたこのプロジェクト。この状況を我妻さんに知られたら本当におしまいかもしれない。私はずっとお茶を濁して我妻さんに伝えていた。

「前田さんは私とはもうなあなあになって、私の言う事なら何でも否定しちゃうんですよ。私の意見、まず我妻さんに伝えて、我妻さんも同意見なら前田さんにそう指示してもらえませんか？」

「承知しました！」

我妻さんとも数年の付き合いだ。マコタンと私がどんな仲なのかを多少は知っている。このやり取りの後、しばらくはうまくいっていた。少なくとも表面上は。

しかし、裏では相変わらずの罵詈雑言が続いていた。

私の精神状態は限界だった。

なりふり構わず「なんとかしなきゃだめです」と伝えると、我妻さんはなんとかしようとしてはくれた。

「前田さんには連絡方法・情報の共有の仕方について菅野さんの提案と伝えずに持ちかけてみました。了承してくれたので、この方法でうまくいきそうです。これでいきましょう」

しかし、安堵したのも束の間だった。今度は施工について我妻さんと意見が食い違ってしまった。大きいものを手掛けるなら建築の知識があって施工できる人をスカウトするのが最良だと考えた私に対して、我妻さんは真っ向からノーを突きつけた。

するとマコタンから「なんで我妻さんに盾突くねん。死ね、お前死ね」と罵倒がしこたま送られてきた。

少しうまくいきかけていたところで梯子を外された気がして、私はもう耐えられませんというメッセージとともに罵倒が続くスマホのスクリーンショットを送ってしまった。

「菅野さん、これは事業です。私達は遊び仲間ではありません。共同経営者です。事業が始まる前からこの有様では安定した事業継続は不可能でしょう。私は正直関わりたいとはもう思えません」

半分分かっていたことではあった。我妻さんは温厚だが、ビジネスに関することはドライだ。

それでも朝はやってくる。

目覚めは地獄だ。「今日は休む」と連絡を入れたくなる。そこをとにかく昨日脱ぎ散らかした服でいいから着て、道路に出てしまう。そうすればなんとかなる。毎日ポリテクがつながる8時15分にアラームをセットして寝たくなるのを、アラームが鳴る直前で断腸の思いでオフにし、着替えるのだ。

ＬＥＤ事業が本当に揉めだしてから、ただでさえ昼夜逆転生活で悪くなっていた私の顔色が一層悪くなった。酒の量が多くなり、ろくに食べられなくなった。なんとか胃に入れたものも吐き出してしまう。酷い時には胃液だけがせり上がってくる始末。胃の中にはストレスとか不安とか苛立ちとか、いくつもの負の感情が織り混ざったタールのようなものが詰まっているに違いなかった。

頭の中で考えがまとまらず、漠然とした不調を訴え続ける体を椅子に縛り付け、二つの握りこぶしを机に置いているのが精いっぱいだった。板書は一切とれず、C棟では呆けて突っ立っているのが精一杯だった。改札に家の鍵を当てては人の流れを止め、食堂では「白飯抜きで」と言いたいところを「おかず抜きで」と言い間違え、自分で発した言葉の意味が分からず考え込んだ。

食事を済ませたところでゆかいな三人組が話しかけてきた。

「菅野さんどうしたんですか最近？」

「いやね。私副操縦士やってるとするじゃないですか。そんで安定飛行と思いきや操縦士と機関士がハイジャック犯に殺されたんですよ。私も散々ハイジャック犯にボコられまして。機体ライフルで散々やられちゃってるみたいでグラッグラなんすよ、いやこれ確実に墜落するて。でも私一人でなんでかしらんけどダッチロールしてる飛行機一人で操縦してましてd…」「長い！　結局なんやねんどっから飛行機出てくんねん」

三人でポカンと聞いていると思ったら水町さんに思い切り怒られた。

「あ三人の共同経営がもめてるって話です、多分一人でやることになるんです」

「最初からそうゆえや」

「だって臨場感出るかなって思って…」

「別にここで臨場感いらんから。はよ要点言えーゆうねん」

ごめんごめんと笑っている時が救いだった。

ポリテクに来ればクラスのゆるキャラ木村さん・ヤクザみたいな外見の小心者岡口さん・ドツキの鬼水町さんで構成される前の席のやかましい三人組・その他誰かが必ず毎日何かをやらかして大笑いさせられる。泣きながらポリテクに向かっても、教室に入って「水町さんまったなんかやらかしたんすか！」と笑えば気が楽になった。伊藤さんもアドバイスをくれた。

「とにかく起きれ。寝たら廃人になる。遅刻してもいいからここ来い。ここで笑ってちょっとでも救われるなら安いもんやろ」

その通りだった。目が覚めた時は地獄のようだ。毎日ポリテクに電話が通じる8時15分にアラームをセットし直し「今日は休む」と連絡を入れたくなる。そこをとにかく昨日脱ぎ散らかした服でいいから着て、道路に出てしまえば駅まで向かえるのだ。

初宿さんは「そんなんじゃええもん食うてへんやろ」と家でうどんや野菜たっぷりの鍋を振る舞ってくれた。その後はバイクで家まで送ってくれた。

芦部さんは私にパートナーを作れと何度も言っていた。自分も嫁にどれだけ助けられたか分からないから。あと、辛すぎるものからはできるだけ逃げろと。人に迷惑かけちゃだめだなんて思っちゃだめです、自責しちゃだめです。本当に取り返しがつかないことになるかもしれないからと。

「僕ね、これ言った人引くから嫁とかこれから家族になる人にしか言うてへんすけど、菅野さんがあまりにも辛そうだから言います。僕ね、実は……」

だから辛いことが耐えられなくなったらそこから逃げろ、何度もそう言ってくれた。

ただ、一人になったときの帰り道、長岡京駅前の歩道橋上から下を見下ろしていたら気づくと辺りが真っ暗になっていた、ということは何度も経験した。

5月21日からホームセキュリティーの実習が始まった。ペナソニックのガード番やワイヤレス受信機、カメラやモニタのついた玄関番プラスのシステムについて学ぶ。実習は3班に分かれ、まず教室で3つのシステムの機能や動作の確認を行った。その後、電気工事を含めた総合施工実習に移る形式であった。

担当は美濃部先生という年配で小柄な、いつも穏やかな微笑みを浮かべている先生に変わった。峠に佇むお地蔵さんのような風貌だ。ポリテクの正規の講師としては定年を過ぎているが、講師への情熱は冷めることがなく、給料が半分になっても嘱託で講師を続けているとのこと。風貌は好々爺そのものだが、このポリテクで数十年講師を続けてこられたのだからちょっとやそっとでは物事に動じないだろう。C棟での実習で血気盛んな伊藤さんが美濃部先生にガンを飛ばしたことがあるらしいが、「いや～伊藤君怖いね～」とニコニコしていたそうだ。まあ本当に怖いわけがない。百戦錬磨の剛の者なのだ。

私の班は、岡口さんがテキストを片手に自然にリーダー役となり、元々はＩＴ系のハードの仕事をしていて配線などに慣れている初宿さんがちょくちょくヘルプに来てくれていた。

その時、私は呆けていた。やったことと言えば、簡単な指示に従ったことと、何度も送られてくる罵倒のメッセージに震える手で返事をするだけだった。一度、授業中にも関わらず、すさまじい形相でスマホを思い切り放り投げてしまった。一度は注目したものの、皆はそっとしておいてくれた。

教室での実習が終わると、Ｃ棟で玄関番プラスとドアホン子機の接続だけでなく、ホームセキュリティーに関する機器を一班八人程度で設置する。

一応リーダー役を買って出ていた岡口さんは、脚立の上から巨体をかがめて「いやこれ本番の現場やったら、ほんまいややわあ」と口をすぼめながら漏らした。

就職が現実味を帯びてくると、皆が訓練を「電気工事を学ぶこと」から「本番に向けてのシミュレーション」と考えるようになってきていた。皆の表情は硬く、右往左往しながらも何をすべきかが見つかればテキパキと作業をこなしていく。

「おぇ岡口！　次何させせんねん。皆にちゃんと指示出せや！」

建築関係で人を動かすのに慣れている伊藤さんは、班の鬼アシスタントを買って出ていた。美濃部先生にまでガンを飛ばすほどであった。

流石に何もしないわけにはいかないので、どうにか簡単な作業を探した。すると水町さんと木村さんとの三人でやるはずだったマグネットスイッチを4つ繋げる作業が手付かずだった。

いつまでも来ない二人をと待っていると、伊藤さんに睨みつけられた。

「おえ、あとの奴らは？」

「前で線ぴ切ってます」

二人は他の班の分もと、造営材が立ち並ぶ向こうの具材置き場前でずっと線ぴを切っていたのだ。

「フン」伊藤さんは顎を突き出し、具材置き場前にゆらりと向かった。

数秒後、雷が落ちた。ゴジラが火を噴いた。あの時ほどテレパシーが使えたらと思ったこともそうない。

木村さんはしょげてしまったが、水町さんは伊藤さんの雷にも「ハイ！　すみませんでした！」とハキハキと答えていた。それで伊藤さんは「こいつは鍛えたる」と決めたのか、伊藤さんは水町さんの作業をずっと後ろで腕組みをしながら監視し、手こずれば「お前、そのまんまで会社入ったら首やで？」と怒鳴り散らしていた。

就活真っ只中、C棟の実習からは笑いが消えた。

平時は笑い合えても、実習はもう戦争で、皆は戦友だと改めて思った。

第二種電気工事士試験は事前には3つの候補地のみ公表され、受験票は試験の1週間前ほどまで届かない。候補地は立命館衣笠、同志社今出川、京大吉田南だ。私は「立命やめて日曜に金閣寺通るバスしかないとかやめて！　寝袋持ってってやる！」「同志社がいい！　地下鉄一本！　同志社一択！」「まあ京大は京阪遠いし歩くしどっちでもええわ」と立命やだ、同志社がいい、それしか頭になかった。

受験票が試験前まで届かないというのは不安なものだ。不備があったら取り返しがつかない。周りでも「受験票届きました?」「まだやねん」との会話がちらほら出だした。そして10日前を少し過ぎたある日の夜、初宿さんから「受験票届いとったで」とラインが来た。私もポストを見に行った。

受験地は、「京都大学　吉田南総合館」。

母校であった。自宅から自転車圏内なので何の感慨もないはずだった。しかし実際届いてみるとこれは運命かなあ、と少し吹いた。

「なにをしに戻るねん」

私は法学部だったはずだ。ベクトルが違いすぎる。

ホームセキュリティーの次は、5月29日から筆記試験をはさみ6月11日までLANの概要を学ぶ。まず座学の理論、次に教室でLANコネクタの取付け、それからC棟でLAN工事の実習だ。

私はこれまでの人生、ネットワーク関連の設定等でエラーを出さなかったことがほとんどなかったと言っていい。メールの送受信すら設定できない。さくらのサーバーはログインするだけで胃が軽く痛む。原因不明のエラーの解決方法をぐぐっていたら分からないことが分からないことを呼び、あっという間にブラウザのタブが15個くらいになる。「詳細設定」を開いては宇宙語が並んでいるのを見てそっと閉じる。「サルでも分かるTCP／IP」分からなかった。ウサギさんやゾウさんが説明する「はじめてのネットワーク」分からなかった。もう苦手意識がありすぎるのだ。だからこの授業は気合いを入れて受けようと思っていたが、メンタルは悪化する一方、座っているのが精いっぱいな上に、内容はやはりこの9回の授業では広大すぎた。ネットワークカード（NIC）。なんだろう。とにかくツイストペアケーブル、カテゴリ5、覚えた。何か知らないけど。光ファイバー、100BASE-FX。何かプロレスのルールも知らないのにダルマ式ジャーマンスープレックスとかロメロスペシャルとか無理やりランダムに覚えている気分になる。CADのように分かる人はもう分かってる、分からない人は分からない内容のようだ。消防に続き、LANも追試決定だった。

次に行うのが、筆記試験明けから3日間は理論に加えてLANケーブルの自作の実習だ。ケーブルの中には8本の導線が束ねられている。8本の導線は、2本ずつねじって4ペアにまとめてある。ねじってある4ペアの導線を解いて1本ずつバラバラにし、白オレンジ・オレンジ・白緑・青・白青・緑・白茶・茶の順に平らに並べ、導線を12㎜程度にニッパーで切り落とす。

その作業が完了したら、普段見慣れている取り外し用のツメのあるプラグにケーブルを差し込む。きっちり奥まで差し込んだら、専用の圧着ペンチでかしめる。

このような教室での小さい実習は、机前後2台の四人で前の二人が後ろを振り向いて行っていたが、ネットワーク関連を目指して就活をしている訓練生はこの科ではほぼいないため、戦いもちょっと小休止、楽しいワークショップのノリだ。長谷部さんの「あーもう老眼で見えへん、キャーなるわ」木村さんの「ハッハッハッハッ」といった声が後ろから聞こえる。

次はC棟に移動し、フロアパネルという黒い正方形の、十字に溝が入ったプラスチックのパネルにLANケーブルを這わせるという工事の実習だった。しかし私には、実習に、C棟に足を踏み入れる気力すらもうなかった。


筆記試験前の最後の授業。試験会場が京大だと分かってから、スマホのマップで神宮丸太町を見ている人が気になった。いくら体調が悪かろうと、自分のルーツに関わる情報は自然と目に入ってくるらしい。

マップでは南側にある神宮丸太町駅が近いものの、正門は出町柳駅が最寄りだ。週末の京都、しかも観光地の密集している地域を通るバスなど使えたものではない。特にここ2

年ほど外国人観光客の増加はすさまじい。

私はお節介を焼くことにした。

「すみません。明日ですが、会場へは京阪出町柳で降りてください。神宮丸太町も京都駅から出るバスも駄目です。受験票通りに行ってください」

それに応えるように寡黙な団藤先生も「皆さん全員の合格を確信しています。当日頑張ってください！」と皆にエールを送った。クラスが『がんばろな』という空気に包まれた。

一方で、家では酒に溺れ、メッセージで罵倒の応酬を繰り広げていた私は、この日にやっと分からない問題の傾向をまとめることができたのだった。

その日の休み時間中だった私は幸いにも、遠くに見える本館横を歩いていた田宮先生を見つけ大声で呼びながらダッシュした。

「田宮先生！」

「すみません、今日しかなくなっちゃったんですけど前分からないとこ教えていただくって、今日大丈夫でしょうか」

「今日は御池のハローワークに行かないといけないんですけど…まあなんとか急いで戻ってきます」

本当にすみません。でもこれ遠慮してる場合じゃなくて…。

放課後筆記試験に向けた補習中、3時半をまわったくらいに田宮先生が来てくれた。後ろで座ったままだったので、「別に部屋おとりすることできませんか」とちぎった紙に書いて渡した。先生は鍵を借り、C棟奥の小さい教室を開けてくれた。

「本当に申し訳ないです、一人のためにお時間使わせてしまって。実は今次職のことで精神的に相当参っていて『この筆記だけは、とりあえずどうしても落ちてはいけない』んです。日航機123便のコックピットの気持ちが少し分かります」

「日航機？　何かありましたか」

先生は27歳。事故のときは生まれていない。「これはだめかも分からんね」「どーんといこうや」など1985年に起こったこの事故が元ネタの、寿命の短いネットスラングで驚異的に、廃れることのないネットスラングは沢山ある。先生は私のようなネット廃人ではなさそう。墜落事故自体もよく知らないらしかった。日航機事故と例えるのも失礼な話だが、起業はパラシュート抜きの飛行機の操縦だ。これから地面ははるか下、しくじれば肉片も残るかどうか。それでも、ジェットエンジンを回す。

私は早速、ベタベタと張り付けたカラフルな細い付箋が大量にはみ出しているテキストを取り出し、コンセントの問題は聞きに聞き倒した。そして地絡について。先生は広いホワイトボードを3回ほど消しては板書してくれた。二種では出題されない三相四線式についてもどんな質問にも応えてくれた。私は「分かりたいから」聞いていた。先生は「分かるようになるまで」教えてくれた。とても純粋な時間だった。ささくれだった心が優しく落ち着いていていった。

「家庭用なら対地150Vが原則だからなんですか？　めっちゃ大事じゃないですか、なんでここサラッと書いてるんですか、分かりにくいじゃないですか。なんでここオレンジで書かないいんですか？」

「それは電気書院に言ってください」

「三相四線式、それ要するにここは変に分かりやすく書いてしまうと一種の範囲になってしまうからぼかして書いてるんですね」

「そうです、ここ下手に書いちゃうと余計混乱させますね」

「直流と交流ってリミッター違いますけどなんでですか」

など少しずつ話がずれていき、私がやっていた英語講師経験からの先生あるあるネタまで1時間ほども乗ってくれた。

「ありがとうございました！『電気工事士二種筆記試験』が分かりました！」

そう言ってテキストを閉じた。時間は七時近くになっていた。言葉通り『私が分かるようになるまで』本当に教えてくれた。

「さっきの日航機の話、私が本当につらいと思ったときコックピットの音声記録を読みに行くんです、人間てこんな異常事態でここまで冷静に、優しく、最善を尽くせるポテンシャルがあるならもしかしたら自分もできるかも、と思って。私が先生に迷惑かけるの分かっててお願いしたのは私が今こういう非常事態だからなんです」

「私は先生やってたとき私が教えたところが丁度出た生徒がいたら、それが合格不合格を決める点につながったら、私は生徒の人生を1％くらい変えられたかもしれないと思ってやってました。今先生、一人の訓練生の人生を2％変えましたよ」

本当にありがとう、という意味を込めて1％増やした。

「そんなに」

いつもの無表情な顔にはなんか私そんな大層なことしましたかね、と書いてあった。相変わらずの無愛想な声でそう答えてから、私が必死でお礼をしているのを背に、とうに明かりの消えた薄暗い教師用控室に入って行った。

「田宮先生滅茶苦茶かっこええやないか！　モテろよ！」と心の中で叫んだ。

田宮先生は正直ぱっと見が地味で、合コン街コンで目立つタイプではない。そもそもこの佇まいの田宮先生を合コンに誘おうという人間がいるわけがない。行きたいなんていう訳もない。また、今回私にしたことと見せたことは多くはない。おっさん達のユーモアを愛嬌ある形でいなしてきたことと、「菅野さんが分かるようになるまで」という言葉をしっかり守ってくれたことだ。私に下心があったわけでもないだろう、そして誰にでも田宮先生はそうするだろう。

いつも無表情で飄々と構内を歩いている田宮先生は、分かりやすく薄っぺらい「『モテ』『コミュ力』の皮」をかぶっていない。そんな上っ面のマニュアル一切なしで、私に先生としての人間としての矜持を見せることができた。でも誰がどうやってそれを見出すのだ。先生こそモテてほしい。田宮先生の趣味は「寝ること」だそうだ。とりあえず起きてほしい。

6月2日。筆記試験当日。物忘れが多い私はカバンの中の受験票と写真票・筆記用具をしっかりと確認し、12時15分到着を見込んで京阪に乗った。入室時刻は12時45分で、その時に試験官からの説明が始まる。

久しぶりに歩いた出町柳駅前から百万遍までの道のりはそんなに変わっていない。改札から地上に出ればあの地味なケーキ屋さんがちゃんとある。観光の過熱化やメディアの紹介により柳月堂のパンが地元民の手に入りにくくなっているそうだ。オムライス屋さん、ビートルズグッズで覆いつくされたカフェ・RINGOも健在だ。ただ、歩きながらずっと先にある百万遍交差点のタテカンはどうかを気にしていた。

タテカンとは、サークルやイベントを告知する主に高さ1mほどの看板だ。ベニヤに紙張りか直塗りしたものを、百万遍交差点や東一条の時計台前までの石垣に立てかけるのだ。京都市は2012年から京大に対して景観条例違反との行政指導を行っていたものの、具体的措置は京大当局もとらなかった。ただ、ゴリラの研究で有名な山際総長・川添伸介副学長体制になってからなぜか、京大の『自由な学風』をことごとく排除する動きが加速し、今年5月から構内の規定箇所にしか設置できないようになった。そして百万遍も東一条も、なぜかその規定箇所すらアウト。早々に撤去される。しかしそこは京大生、「これが京大の景観じゃあ」とばかりタテカンの数とクオリティを上げて規制に反対したのだ。百万遍と東一条でタテカン大喜利が始まったが、今も京大生が何十回もの撤去にもあきらめずに作ってくれているか心配していたのだ。

懐かしい百万遍交差点。タテカンはあった。意味不明のドロドロの抽象画やポエム、『I Love ヒヨコ』など5枚ほど確認した。数日後確実に撤去されドイツ製の2万円もする鍵を2つも付けた撤去場に放り込まれたあと廃棄、でも、とにかく、とにかくこの文化は壊させない、という意志を感じた。これがついでに見たかったのだ。ほっとした。

吉田南構内の入り口には『経済産業省所轄　電気工事士試験』と書かれた案内板が立っていた。こういう状態でも相棒だから、まだ相棒だから。案内板を写真に撮ってマコタンに送った。「がんばってくる」と書いて。しばらくして「おう、落ち着いてな」と返事が来た。こういう状態でも、マコタンは相棒であった。振り返ればクスノキの向こうに見える時計台、周りに法経館を構える時計台に「そこ少しはお世話になったな。今日、私はなんしにきたんやろうな」と心で話しかけた。私がいた時の京大は私のような大馬鹿者にも優しかったな。いや、優しかったのではなくひたすら放っておいてくれた。高尚すぎるもの、下らなすぎるものが無秩序に転がっている荒れ野原で「ここで勝手にしろ」と言っているような大学だった。皆が好き放題やっていた。時計台が電気工事士の試験を受けに来た私を見たところで「まあええ引きしとるな、だから何やねん」とでも返ってくれれば御の字だ。

受験者数は思ったよりずっと多かった。工業高校のカリキュラムにあるのか、高校生もやたら多い。大勢の受験者と教室。タテカンをつい鑑賞してきてしまったゆえ自分の席を見つけるのに多少てこずった。入室時刻の10分前くらいに席についた。

12時45分。試験官が前に立ち注意事項の説明を始めた。

「受験生の皆さんは着席をお願いします。試験開始は13時、終了は15時。途中退出は開始後30分から可能です。受験票・写真票は通路側に配置してください。時計は計時機能のみ、スマートフォンは…」

2回ほど繰り返された後、13時までこの教室の百人超えていそうな受験生達と、それだけの数いるとは思えない静粛な空気をともにした。緊張感を一コマで表せといったらこれになりそうな光景の中、緊張なんか欠片もしなかった。過去問は43点が最低点だった。田宮先生の補習で締めくくった。やることはやった。

13時00分。

「試験開始です。問題用紙を開いて解答を開始してください」

問題用紙を開いた。

問題用紙を開いた瞬間は多少顔がこわばった。でも1問目。2月質問しに行った電位差の問題か。はい60、ニ。瞬殺。2問目。教科書とか過去問で3回は見た、イ。3問目。水の温度どうやって上げるかって。割り算1回すればいい。ハ。もういい。ゆっくり、マークミスがないようにじっくり確認して、綺麗に綺麗に塗りつぶして退出しよう。複線図が必要な問題であるリングスリーブや差込の数、最少電線本数の問題は3問あった。気が済むまで丁寧に複線図を描いた。コンセントや絶縁・接地抵抗値の問題、つまり田宮先生の補習がなかったら自信がなかった問題も4問はあった。それらは5秒以内にみな迷いもなく肢が切れた。

ゆっくりゆっくり手を動かして全問解答してもまだ、1時間は大幅に残っていた。氏名や受験番号をもう一度ねめまわすように確認後、解答用紙を提出して退室した。

迷った肢はひとつもなかった。

教室の外には先に退出した人が結構いた。吹き抜けになった総合館の1階で高校生がワイワイ言いながら答え合わせをしていた。さて、みんなはどうしているかな。入口のベンチでクラスの誰かが通るのを待った。最初に通ったのは大塚さんだ。

「お疲れっす、できました?」

気づかずそのまま帰りそうなところを声をかけた。

「うん、いけたと思う。なんか簡単やったなあ今年やたら?」

確かに今年はどの過去問より簡単だった。受かってくれと言わんばかりの肢だけ変えたような問題も多かった。電気工事士が足りないので増やしたいという経産省の意向はあるらしいが、試験の難易度にも思い切り反映されていた。二人で話していると続々とクラスの皆が出てきた。皆とやはり「簡単だった」と話し合った。岡口さんと木村さんは二人で今から一乗寺ラーメングルメに行くらしい。あの体格の二人がこの解放感の中ラーメン屋で何をどれだけ頼むんだろう…。

私と初宿さんは、進々堂でご飯を食べて、散歩で私の左京区の思い出めぐりをさせてもらうことにした。時計台側に渡り、クスノキと時計台を過ぎ少しくらいはお世話になった、かつ思い出の法経第四教室を見に行った。法経第四教室は少しきつい段差に机が据え付けられた大教室だ。後ろから入るには螺旋階段を上がらなければならない。京大キャンパスがCGのように無機的で美しい直線とガラスの光沢へと移り変わっていく中、この教室はいかにもな焦げ茶、なにより教室下の螺旋階段と窓がレトロでアカデミックな雰囲気を残していてかっこいいのだ。ドアノブに手を掛けた。当然鍵がかかっていた。

そのまま構内から今出川通りに出て、進々堂のテラスで一緒にコーヒーを飲み、サンドイッチを食べた。京都でカフェに連れていけと言われればとにかくやたら焦げ茶色でやたら古い店に連れて行っている。さっき通った柳月堂の上もそうだ。骨董品なんだかガラクタなんだかよく分からないものがやたら置いてある薄汚くも美しい部屋でおいしいコーヒーが飲める。

進々堂を出て、そのまま東大路をひたすら北上した。通学には東大路を使っていなかったため、元がなんだったのか覚えていないが大分変わっている。数年前、怪しいにも程があるバー・ミックのマスターが亡くなって閉店した時は悲しかった。マスターは中国帽をかぶったおじさんだった。カクテルも内装もほぼ意味不明。なぜかリアルおっさん顔のアトムとミッキーマウスとサザエさんが三人でちゃぶ台を囲んでいる壁画。いつのものか分からないおもちゃや置物があちこちに鎮座していた。焦げ茶文化の一角・寺町今出川のほんやら洞は数年前全焼した。吉田寮は何年もめているのかもはや分からないがまだある。しかし今の当局ではいつまでもつのだろう。私の知っている、小汚く自由でやりたい放題だった京都も少しずつ変化している。

高野からそのまま北上して一乗寺ラーメン通りに入り、アート、哲学、建築あたりがメインの焦げ茶色な本屋兼ギャラリー・恵文社が版図を拡大しながら健在なのを確認した。次は私が住んでいたマンション。これ手垢でオートロックの意味ないレベルで暗証番号が分かった。第一覚えてるし。普通に開いた。毎年変えないのか。万歳三唱しているとさすがに初宿さんに、

「怪しいわ、金庫破りか」とドつかれた。

あまり初宿さんを振り回すのも気の毒なので高瀬川から出町柳に向かった。途中でカナート洛北に寄らせてもらった。マコタンとも何度もフードコートとペットコーナーに来たところ。ペットコーナーにはセキセイインコの雛が沢山入荷されていた。団子のように固まって、震えながらピイピイ鳴いたり寝てたりしていた。「幸せな家にもらわれていくんだよ」と心の中で祈った。

高瀬川の途中にはもう一つ大事な思い出があった。大学時代、その後もみんなのアジトだった一軒家。基本私の友人が変わらず住み、度々就職その他で同居人が変わるシェアハウス。その友人の明るさや面白さで沢山の、いろんな人がそこに集まっていた。飲食持ち

よりで花見や七夕、クリスマスや年越し、その他どうでもいい理由で誰かがそこの居間でダベった。腹がよじれるほど毎度笑った。初対面の人なんかいくらでもその場にいたけども誰も気にしない、そんな空間だった。

そこは今は、家ごともうない。その友人が結婚して、鎌倉に引っ越してしばらくしてから取り壊しが決まった。今はパン屋か何かと聞いたか、前の家の面影を一切残していない建物になっていた。

「ここはすごく大事な場所やったけどこんなんなってもた」初宿さんに愚痴った。

こうして初宿さんに私の大学時代ダイジェスト版を見せてから、出町柳に戻り京阪で帰宅した。とりあえず、ちょっと切なくもいい日だった。

筆記の次の日。ラジオ体操を終えて教室に入ってきた皆はどこかほわ～んとした雰囲気を漂わせていた。筆記後会場で会った人達も不安げな顔は誰もしていなかった。教室の中で改めて『終わったな受かったなこれ！』と確かめ合う感じだ。その日のうちに解答速報が出ていた。私はあれで満点でなかったら無駄に悔しいので自己採点はしなかった。西谷君は満点だったそうだ。お昼に西谷君に聞いてみた。

「西谷君ほんと真面目やし満点とるくらいできるのになんで工業高校じゃなくて高専行かんかったん？　大学に編入もあるしそっち行ったらよかったんに」

「…けなか……す（行けなかったんです）」

西谷君はいつもの小声でボソッとつぶやいた。急に伸びたのかな。高卒でもぶっちぎりでできる人、商売やってるとよく見かけるからな。

「でもさでもさ、私山崎重工の人とネットで知り合ったんすけど、どっかいい大学の院出とるんかと思ったら工業高校卒で現場で潜水艦作っとるて、現場ってあんな大企業が直でやるって知らんかったから、西谷君充分それ狙えますよね、大企業なら福利厚生ちゃんとしてるやろし、いいなあ潜水艦！　ＨＩＨで護衛艦とかどかーて打ち上げたいなー四菱重工でパトリオットとか！」

「プラモデルとかペットボトルロケットとかでえんちゃいます？」

水町さんがガキかコイツ、という顔をしながら会話の邪魔をしてきた。なんでよ。本当に作ったほうが楽しいじゃないか。

5月が主に就活フェーズであれば、5月末から6月はやりとりした数社から内定をもらうフェーズだ。7月まで入ると会社からポリテクへのアクションは激減する。

初宿さんは電気工事の会社に決めた。岡口さんや水町さんもそれぞれ電気工事の会社に内定が出た。木村さんはビルメンテナンス。若い大谷君も東京に本社のある大企業に決めたが、ポリテクとなのか会社となのかは分からないがいざこざがあったらしく、ある日突然来なくなってしまった…。まあドライでマイペースそうだから別れの一言なんか似合わない。一方、真面目な西谷君は指名求人がありすぎてむしろ困っていたが、一部上場の梅本製作所に決めたようだ。皆で「すごいな！　一部上場やで！」とお祝いをした。伊藤さんも施工管理に決めたそうだ。伊藤さんは修了までおらず22日から出勤だ。めでたくも寂しい。大村さん達のように、定年退職して退職金・年金暮らしで第二の人生をエンジョイ、という訓練生も数人おり、彼らは修了後しばらくブラブラするようだ。

まだ難航している訓練生もいる。45を超えると内定もかなり出づらいらしい。60歳の長谷部さんは「条件と違う」と揉めて、しょっちゅう先生に相談に乗ってもらっていた。芦部さんも年齢と介護がネックになり決まらない。奥さんの就職も決まらない。芦部さんは母親の頑固さに加えた認知症で、老犬まで認知症になっており、就職は決まらず、焦りが顔色にどんどん見え出した。

皆が本格的に進路を決めている。私もぼちぼちLED事業を本格的に固めなければならない。6月2日まで私を筆記試験に専念させるために打ち合わせを控えていたマコタンは、私に問い合わせのメッセージを送るようになった。週末前、マコタンから早速依頼がきた。

「ちょっとバナー作ってくれへん、簡単な作業や」

お問い合わせはこちら、という電話番号へのシンプルなバナーらしかった。

「サイズは？　大体そんくらいならCSSで書いてもらった方がえんちゃう？　誰のサイト？」

「普通のサイズや、画像でほしいねん」

「いやウェブで普通のサイズの画像って普通のサイズの惑星はどれですかって話やで、せめて教えてもらわな」

「ウェブに乗せるんちゃうねん」

「なら印刷か？　よう分からんな、なら解像度上げな、なおさらサイズ分からな」

気が遠くなってきた。電話番号のバナーでウェブじゃないってなにをする？

「何を言うてんねん、だから、普通のサイズ、他の人に頼んだら皆それでやってくれるんや、なんでできひんねん」

「サイズも用途もデザインも分からんのにどうやって」

「普通のサイズの電話番号のバナーや」

「ウェブやんけ。せめてどこに置くか教えてえや」

「大体分かるやろが。なんで、他の人が、できることを、お前はできひんねん」

「だから、だから、それサイズ分からんと作れへんねん、コーディングする人に余計手間やねん、ごめんや、ごめんや、だから何回も言ってる、ＣＳＳか勇一郎さんにsassで書いてもらったほうがええってば！　それ」

心の中でもう絶叫しながら返信した。

「画像くれ、言うてるやろ」

「お前死ねよ」

「クズが」

「お前が死ねもう二度と送ってくんなクソが」

「LEDしたくなくてしたくなくて仕方ないのに、してるんや、画像でほしい画像でほしい画像画像画像画像画像画像画像、何回言わせるねん」

「お前嫌いや」

「ほんまに嫌いや」

「お前心の底から憎いわ死ね」

「なんでここまで人の言うこと聞かんのや」

「普通の人が普通にすることを」

「なんでここまでごねるんや」

「もう耐えられへんわ」

「これ、脳の病気や、憎しみが、溢れて溢れて止まらへん」

「病院行ってそのまま自殺しろこのゴミ」

日常化した10以上の未読メッセージを開いて、罵倒を返し、吐いた。何度目だ。もう胃は絞った雑巾のようになっているだろう。吐いていたら、マコタンとの思い出がそれこそ走馬灯のように浮かんでは流れた。

「おらっちおる。おらっちはずっとおる。心配すな」

「恋愛じゃなくても。おらっち号の特等席はいつもコミュ子のためにあけてあるんや。特等席やで。コミュ子はおらっちを助けて、そこで楽しく座っとればえええんや」

去年店を一旦閉めた時は毎日そんなメッセージが来た。おらっちおる。心配すな。それまでの数年も、辛いことがあれば飛んできた。ほとんど毎日一緒にいて、仕事の打ち合わせの10倍の時間、二人で下品すぎる話をしては大笑いしていた。

「白髪になるまで相棒や、二人で白髪になるまでやで」

振られれば京都タワーに連れて行ってくれた。展望台から「あそこ大阪市街やで」「あそこ御所やな」って。無理してよく知りもしないカクテルを奢ってくれた。鷺森神社にも何度も行った。一緒に沢蟹の赤ちゃんを愛でて、せせらぎに戻した。修学院の坂からの夜景も何度も一緒に見に行った。毎年、初夏はおらっちホタル、松ヶ崎のホタルを見に行った。冬はロームのイルミネーションの後、小川珈琲の本店でケーキを食べた。おらっちサマーは毎年マコタンの実家、淡路島で釣りをした。帰りの夜のフェリーから見えた観覧車はいつも綺麗だった。私達は贅沢に全く興味がない。クリスマスは安物のスーパーのケーキを買って、家で打ち合わせした後マコタンが帰ってしばらくしてから「ポストに忘れもんしたかもしれん、見といて」てメッセージが届くと、ポストには『オラッチサンタbooboo』とタヌキの絵が描かれた包み紙に、恵文社で私が見ていたピアスが入っていた。下手くそな手書きの絵が描かれた包み紙は、ピアスと同じくらい大事に思えた。何かあればサイゼで豪遊、普段は王将、西大路時代はフレスコで半額のローストビーフ、鳥羽街道時代は二人でしょっちゅう鴨川を散歩し、今はつぶれた小さなスーパーで買いものをしてご飯を食べた。京都駅前時代はヨドバシに散々行った。なぜか望遠鏡が好きだった。望遠鏡とマッサージ器と本屋にふらっと入り、6Fのおひつごはんが二人のお気に入りだった。マコタンは川端七条のタイ料理屋もやたら好きだった。御所、吉田寮、進々堂、八条口裏の寿司屋、イオンモール京都、東・西本願寺、サウナの梅湯、白山湯、焼肉弘、書ききれない。何年も二人で歩いた京都の道は、真っすぐにすれば日本列島を余裕で超えるはずだ。男性バレエのような変な踊りも散々、ほぼ毎日一緒にやらされた。「あ〜がんもどきった らがんもどきっ」「ねりぐそ〜ねりぐそ〜」変な歌もほぼ毎日一緒に歌わされた。にぎりっ屁を2回食らい、致死濃度を超えた硫化水素としか思えないような刺激臭に「殺す気か」と本気でぶんなぐった。クソ忙しいのに電話がかかってきたと思ったら「今から屁こぐから聞け、『ブリブリー』、ツー、ツー、ツー」そんな日常だった。この生活が本当に白髪になるまで続くと思っていた。喧嘩も何百回しながらも『友よ〜アナル〜アナル友達でいよう〜』と肩組み合いながら散歩する毎日が続くと思っていた。そんなバカな相棒と、ずっと二人でバカをやると思っていた。

そんなマコタンが、取っ組み合いの喧嘩と相撲は何度やったか分からないでもイチャイチャしたことが一度もない関係、恋人とは真逆といってもいい関係、でも『相棒』であることは間違いないマコタン。8年間、辛いことがあっても、私が男性に振られても、仕事のトラブルでナーバスになっていてもそばにいてくれたマコタン。そのマコタンが、1か月ずっと私に毎日死ね、死ねと何十通ものメッセージを送ってくるようになったのだ。

明くる日の朝。勿論遅刻し、C棟に直行してLAN工事の実習に参加しようとしたが、頭の中は実習どころではなかった。マコタンが私に向ける憎しみは完全に自分自身への憎しみと同化していた。リミッターがない。どうしても正常な状態には戻せそうにない。無限に積もっていった。

もうだめだ。

先生に許可をもらい、教室で自席につき暫くの間震えながら突っ伏していたが、ふと腰に掛かっている電工ナイフに目をやった。

自分でも何をきっかけに出た衝動なのか分からない。工具ベルトの電工ナイフを握りしめ、自分への憎しみを自分の太ももに思い切りぶつけた。痛みは全くなかった。大腿骨を粉砕するつもりで刺したが、電工ナイフが使い込んだなまくらだったこと、作業着に多少の補強がされていたことが幸いしてナイフについた血糊は1cmにも満たなかった。ただ、血は噴き出しはしなかったが時間をかけてジクジクと膝上十センチの傷口から膝全体を真っ赤にした。

これでは構内で歩いていることすらホラーだ。医務室で少し様子を見てから長岡天神駅近くの病院で二針縫って、ズボンを借りて早退した。私の精神状態は辛さを通り越した虚無、思い返せば洗脳状態だった。「自分が憎い、殺せ」と、淡々と。自分に向かう呪詛以外なにも存在しなかった。泣き喚き激怒することはこれに比べればどれだけ暖かいものか。

虚無は私の周りの景色を舞台のセットのようにパタンと消し、グレースケールの丁度真ん中、そのただ1色以外何も残さなかった。どれだけ暴れても叫んでも、もがいた手は空を切り、叫びは声帯すら震わせることがなかった。

初宿さんは、私を心配して病院に付き添い家まで送ってくれた。私は布団に横たわるしかできなくなっていた。そんな私を見て、初宿さんは事務的なことしか話さず、ただひたすら隣にいた。

「俺、怒ってるで」

「自分で自分を傷つけたらあかん。それしたら俺怒るで」

私の頰を軽くパチンと叩いた。

私の脳裏には「ねえ、初宿さんてなにやったら怒るんすか？　全く想像つかんわ」と問いかけた光景が浮かんだ。目の焦点を合わせることも諦めてしまっていた私の頭に「ありがとう」とうっすら浮かんだものの、すぐに輪郭を失ってしまった。

「俺は菅野さんに自分で自分を殺させへん。どうしても、どうしても死にたいなら俺が殺す」

初宿さんは私の首を少し強い力で握りしめた。

「菅野さんのためちゃう。あの父ちゃんと母ちゃんのためや。自分の娘が自分で自分を殺したら、自分らどれだけ苦しむか。俺が殺したなら父ちゃんと母ちゃんは俺を恨めばよくなる。自分ら責めることが少しでもなくなるように、俺の手で殺すんや。刑務所行く覚悟もできてる」

「そんなこと……しなくて……いいから。いいから……」

「いや殺すのは俺や」

「いいから……」

しばらくほぼこの繰り返しだけを続けた。その後初宿さんは黙って、私の隣に座っていた。夜も深くなり、初宿さんには「大丈夫、大丈夫だから」とうわ言を繰り返し終電前に帰ってもらった。後で睡眠薬を飲んで寝よう。ずっと天井を眺めたままただ横たわっていた。人がいるよりも、一人でいる方が幾分か精神衛生上よさそうだった。しかしある瞬間、

「うわああああああああああああああああああ！！！！！」

自分への憎悪が唐突に膨れ上がり慟哭が虚無を切り裂いた。深夜のコンビニに走り、安酒を買えるだけ買ってがぶ飲みした。自分が自分であることが痛かった。ここにいるだけで、ただひたすらに自分が傷ついた。吐き気や頭痛の苦痛で憎悪をどれだけ塗りつぶそうとしたか。ひたすら飲み、吐いてはまた飲んだ。苦しみがすべてを忘れさせてくれる。自分であることも。身を置きたくない現実も。思い出さえも。そう思えればどれだけよかっただろう。トイレが吐瀉物にまみれ、飛沫が服に飛び散り、なにも考えられなくなっても虚無は鎖のように私を縛っていた。

私はフェイスブックを開いて書き込みをした。ＬＥＤがボヤを起こした時は、フェイスブックにはボヤのことについてすら書けなかった。だからこそ、これは決心して書き込み

をした。そしてこれはフェイスブック一番のタブーだ。

「もう、ここまでかも、ごめんなさい」

私の頭にはろくなものが詰まっていない。2ch仕込みのありがちなツイッター廃人だ。そんな人間が通常フェイスブックに書き込みをするはずなどない。当然閲覧専用だ。フェイスブックは旧友やビジネスパートナーとの社交場だ。結婚した、子供が生まれたといった人生の大イベントの他、おいしいものを食べた、素敵なところに行った、そういうポジティブで尖っていない、きれいな部分を皆に見せる場所だ。自殺企図、こんなことを書いていいわけがないのだ。

ただ、私は去年一番尊敬する友人を亡くしている。それは、筆記試験の時高瀬川沿いで址を通ったあのアジトの主宰者、あの彼女なのだ。白血病で病床についていることすら知らされていなかったが、旦那さんや近しい人から訃報が広まり、『お別れ会』には友人関係者が一堂に集まった。皆、彼女とはきちんとお別れをすることができたと思う。私はそうはいかないだろう。うちの家族は滅茶苦茶になり、皆への報告をすることもないだろう。「最近すげのから連絡ないなあ。誰も連絡とれへんなあ。まあどっかで元気にやってんちゃう」とふとたまに思い出してくれたらいい方だ。

いや違う、私はもういない。それが悲しくて耐えられなかった。

「私には皆とちゃんとしたお別れをする機会がないだろうからここに書きます」

「皆さん、さようなら」

そう続けスマホすら重たくなった手からスマホをだらん、と放り投げた。ベッドから垂れる腕は痺れてもう動かせなかった。私が生まれた時、父親と母親と姉達は病院から戻ってベビーベッドでパヤパヤと動いている私を眺めていたら、誰も気づかないうちに外は暗くなっていたそうだ。明日はふらりとサンダーバードに乗って、最後に両親の顔を見て何気ない話をして、「買いもん行ってくるわー」と言いながら、幼稚園の頃大好きだったメリーちゃんのお人形とディズニーのパズルを「道具」の入ったリュックに入れて、鶴来の山奥に行こう。

ごめんなさい……。

すでに夜中の一時を回っていたはずだが、通知音がやたらと鳴り始めた。フェイスブック通話のコール音が鳴っては消える。スマホに手を伸ばす気力はもうない。通知音とコール音が遠くなっていき、意識が薄らいでいった。

………ポーン　ピンポーン
ドアチャイムの音で目が覚めた。夜は明けていた。警察だ。
「下京警察署の者ですが、菅野和希さんでよろしいでしょうか？　ご友人から自殺企図の連絡が入りまして…お話をうかがいたいので、署までご同行願えますか？」

朦朧とした頭は辛うじて車に乗れと言われていることを認識した。パトカーに乗せられ、下京警察署の一室に入った。準備が整うまでここで待っていてくれと指示され、いかにもな取調室の椅子にもたれかかった。

このように自殺企図で運ばれてくる人達は当然精神状態も最悪だろうし、一人で放っておくわけにもいかないだろう。待ち時間を埋めるために来たであろう若い警官二人が私の前の席についた。一人は威勢とガタイのいい先輩おまわりさん、もう一人はモヤシのような気の弱そうな後輩おまわりさん。

「落ち着いたはるみたいですね。よかった。いや大変でしたねえ」

「…はい、なんとか」

「いやー僕らもねこういう時どうやって皆さんに平常心に戻ってもらうか一生懸命考えるんですけどねー。あ、ところでこの腕すっごいでしょ。全部筋肉です。ガタイ自信あるんっすよ。柔道優勝しかしたことないんすわ」

「やまさんまたいきなりその話っすかどんだけ筋肉自慢なんすか……」

「お前に言われたないわい竹ひご。お前職質刃物出されたらどうしとんねん」

「そんくらいの対応術心得てるにきまってるじゃな」「ーいやお前な？　あんときな？　ひどかったであれ？」

二人の掛け合いが始まった。どんどん置いてきぼりにされていっているのだが。それに反して憔悴した脳に少しずつやりとりが入っていった。しかもやりとりのクオリティがどんどん上がっていくのが体感できた。

突如朦朧とした洗脳状態から脳がクリアになった。そしてある疑問がわいた。これは仕込みではないか。素人の会話でなくなっている。自殺企図で連れてこられた人間の相手をするおまわりさんは、漫才師としての修行も積むのではないか。この予想は当たっていた。8月の同窓会で今県警にいる同期に話すと、「あ、ばれた？　ツッコミ先輩おまわりさん、ボケ後輩おまわりさんコンビ、それ鉄板！」と大笑いされた。各警察署に漫才師おまわりさんもいるし、おまわりさんしか調書が書けないのにいい加減なことを書けないため、その辺の玄人より腕のいいＩＴエンジニアおまわりさんなどもいるとのことだ。

人身事故を起こしてしまう人の多くはほんの一瞬の気の迷いでそうしてしまうと聞く。だからこそ椅子を線路側に向けないようにしただけでホームの事故が減るのだろう。私にとってこのおまわりさんの漫才は心臓マッサージのようなものだった。我に返った。そして私も自殺企図で警察に運ばれておきながら、下を向いて吹いているだけではなくつい会話に加わってしまった。心配してくれた皆に怒られそうだ…。しかしおまわりさんという仕事はすごい。

「ちょ聞いてくださいよ、私なんかしらんけどここ連れてこられたんすけど何があったってもう」

「それはなかなかですね」と話に付き合ってもらっているうちに私の精神状態は落ち着い

ていった。

1時間ほどで行政の人が聞き込みにやってきた。漫才師おまわりさん達のおかげで冷静に話をすることができた。その後来た精神科の先生に対しても同様であった。ここで暴れたり取り乱したりすると強制措置入院で1～2か月では出てこれるかどうか分からないそうだ。しかしここで理路整然と話すことができたこと、ポリテクに通学中で途中退所はとても困るときちんと訴えられたことで無罪放免となった。

身元引受人は原則として親族が来る。父親が病み上がりで母親も急には動けない。一番上の姉のところに連絡がいったようだ。姉は岡山に単身赴任中だった義理の兄のところにいたが、警察からの連絡を受けて急遽下京警察署に駆けつけてくれた。別室で2時間半待ったらしい。ねえちゃんは、カツカツと足音を立てて部屋に迎えにきてくれた。

「『状態はどうなんですか?』て聞いても『今聞き取り中ですのでお答えできません。もう少々お待ちください』の一点張りでほんと困ったわ。ちょっとぐらいいいがいね? なに? 一目見れば安心するがに、ほんとお役所って融通きかんわ、いっじるかしいわあ」

家族と話すと金沢弁が戻るねえちゃんは悪口をまくしたてた。妹の自殺企図に動揺を全く私に見せることがない。深刻な状況を笑いに変えながらやることはやってくれる頼もしい長女だ。

ねえちゃんが四条烏丸周辺のレストランで遅いお昼をおごってくれた。ねえちゃんが呼ばれた経緯を話した。さっきの漫才師おまわりさんの余韻が残っていたため熱弁を振るった。

「いや、今年一番笑ったわ。なんなんそれ？　ほんといいもん聞かしてもらったわ、ありがとう」

妹の自殺未遂の話聞いといてそれかと思ったが、本当に有難かった。岡山から新幹線で駆けつける時の心境は想像できないが、私のためにきてくれた、私がやってほしいことを分かってくれている。それで充分だった。皆に迷惑をかけた事実を自責するだけの余裕はない。今だけは体を張ってネタをやったと思い込むことにした。

京都駅地下の改札辺りで、ねえちゃんに固くありがとうと言いお別れした。ねえちゃんは途中何度か振り返った後、またカツカツと新幹線口に去って行った。

そして、本番はこれからだった。

家に置いていったスマホはとんでもないことになっていた。何十もの着信履歴、未読フェイスブックメッセージ、ラインで埋め尽くされていた。実家もとんでもないことになっていた。日曜だったため、都合のついた高校時代の友人達が、金沢からでは何もできない、せめて実家に行ってお母さんから話を聞こうと実家に集結したらしい。「京都の家はどこだ、分かれば行くのに」とまで言ってくれていた。

まず母親に電話をかけ返すと当惑した様子で皆の様子を説明してきた。母親はもう何が起きたのか分からない様子で、心配を通り越してもう一体なんなんだ、と言いたげな妙に冷静な調子だったので「ねえちゃんがきてくれたよ、もう大丈夫」と言って電話を切った。

未読メッセージの数に圧倒されながらフェイスブックメッセージを開いた。一番上は私の大学時代の自主映画制作サークル「泥だんご・MudPie」の後輩の澪ちゃんだった。

「菅野さんお元気ですか、どうされてるかなっーってふっと思うことがあります。MudPieのみんなには、元気にしているといいなって思っています」

「菅野さんは、私にとってMudPieを象徴する先輩のひとりですよ！」

私の書き込みの内容には一切触れていない。おそらく言葉を選んでわざとそうしたのだろう。そうして今の私に思い切り刺さる言葉をくれた。グレースケールに色が付き始めた。急に、締まりの悪い蛇口のように涙が止まらなくなった。

澪ちゃんは十人通り過ぎたら十人振り返るMudPieの女神だった。自主映画のヒロインはまず澪ちゃんだ、どころの話ではない。読者モデルをしていたレベルですらない。身長もある澪ちゃんは芸能事務所にも所属し本物のモデルをしていたのだ。そして長刀鉾に上がれるような京都のど真ん中の家のお嬢様だ。慶應医学部出身でドイケメンの旦那さんと、小1だというのに既に苦みばしったドイケメンの息子さんと旦那さんの実家・白金に住んでいる。

一点の陰りもないどころか全部上に突き抜けていて、本当にこんな人がいるのかと唖然とする。ただ。ただ、それだけではなかった。8月の飲み会で分かったことだが、澪ちゃんの人生はただの「あなたはいいよねえ」などとひねた人間に憎まれ口でも叩かれそうな順風満帆の楽勝人生なんかではなかったのだ。実はたくさんのドラマが詰まっていた。澪ちゃんは中学では体重が70キロを超えており、いつも一人で教室の隅にいる少女だった。本や映画だけが友達だったという。今の姿になったのは過酷なダイエットに耐え抜いた大学入学直前、そして、二重瞼の手術をしてからだ。

結婚してからも大変だった。イケメン医師の旦那さんは看護師キャバ嬢と浮気し放題、慶應幼稚舎を落ちた息子さんのことで同居で名家出身の姑から自分の責任だとひどくいびられ、元々は内気な性格なため、若いママ世代の女性ファッション誌に誰も彼も掲載されている白金のママ友達とそりが合わない。澪ちゃんの近くのどこに味方がいるのか。セレブ美人の苦悩のオンパレードだ。やはり心療内科に通っていたのだ。気が遠くなるほど信じられなかった。一連の出来事を話しあい、本当にありがとう夏に会いましょう、と何度も感謝を伝えてから次のメッセージを開けた。

高校時代の部活の旧友、ツッコミ役の宿敵・木田っちからだ。母子家庭育ちながら慶應SMCを中退し、敢えて進んだオーストラリアの大学からMegasoft、そして今は転職しMTTでVRの開発室にいる。名前を検索すれば顔写真入りのインタビュー記事が沢山出てくる。難しすぎて何を言っているのか1行も読めない。

「どうした」

「来週水曜出張で大阪行くわ来れるか、牛丼でも食わせてやろうか」

「王将でもいいぞ」

腹立たしくもありがたいことに、あいつが本当に牛丼や王将をおごるわけがないのだ。

「大丈夫か！　思い切りご馳走食わせてやるぞ！」なんてあいつが言ってきたら気持ちが悪い。しばらくしてまた木田っちからメッセージが来た。

「大阪のホテル、京都にしてやったぞ。ありがたいやろ」

ありがたいやろって押しつけがましいな。しかし平伏してありがとうと言うしかなかった。実際のところ、大阪のホテルをキャンセルして京都に急遽取り直してくれた以外考えられない。京都から朝イチで大阪に向かうそうだ。いや悔しいがこれはありがとう言うしかないわ、とすがるように水曜に飲みの約束をした。

京大で機械を学び、ホヨタ自動車で設計をしているMudPie仲間・齋藤さんのメッセージを開いた。大学時代から見た目がヤクザ、中身が変態であった。

「おいどーかした？　なんか尋常じゃない雰囲気だけど」

軽くいきさつを話した。

「とりあえず静かにな。兄貴も起業失敗して、今かなりの借金抱えとる。そのせいで嫁さんとも離婚やなんやで家裁行って。相当揉めとるけどめげずにやっとるよ、なんか儲かる方法考えなって」

そうだな。商売が何が成功ばっかりするよ。とっとと起き上がって次の手を考えなければ。

そして、ガラが悪い上に頭が切れるという、因縁つける人間がどこにいるのかと思われる齋藤さんも順風満帆ではなかった。これも澪ちゃんと同じ8月に分かったことだが、齋藤さんは実はもうホヨタにはいなかった。実はあまりの激務に身体を壊し、退職したものの、天下のホヨタから同じ職種に変わることは都落ちのようなものだ。ホヨタを退職する人は思い切り職種替えする人が多いらしい。齋藤さんも今はコンサルティング会社にいるが、無法者の齋藤さんにコミュニケーション能力が必須なコンサルが向いているとはとても思えない。さらにまたしても激務で成績も悪く、本来の力を出せていない齋藤さんもまた心療内科に通っていた。知人づてらしいがなぜ齋藤さんがコンサル行くかね……。齋藤さんはホヨタ時代の職場についてこう語った。

「なあなあサバンナにいきなり放り出されてやで、後ろからカバが追いかけてくるとするやん、死のう、てならへんで、まず『逃げな』それだけやで、つらいも死のうもないで、『これ今死ぬ、逃げな』しかないで」

あの齋藤さんが生命の危険を感じる職場に戦慄した。しかし自分は呑気なものだったのかもしれない。向こうから死に近いものが押し寄せてきたら確かに「生きな」と思いながら夢中で逃げるしかない。私はそこまで追い込まれていなかった。

夏の澪ちゃんたちを交えた飲み会の約束をしてから、高校の同級生、かおるからのメッセージを開いた。かおるは地元の名士、正月の新聞に毎年挨拶を出すエンジン関連の会社のお嬢様、美人でおっとりした、会う人すべてに癒しを与える性格。子供たちと犬との幸せの象徴のような写真や優しいコメントをフェイスブックにいつも上げていた。優しそうな子供たちとの工作、二人の子供と犬のスリーショット、一面のお花の広い手入れの行き届いた庭でみんなで作ったおべんとう。澪ちゃんのように、挫折、絶対に、ないでしょ、と言いたくなる友人の一人だ。

「すげっち！　どうしてるかもう心配で心配で。会いたくて。抱きしめたくて。すげっちの顔をずっと思い出してたよ」

「本当にありがとう！　皆から微塵も予想していなかった量のメッセージが来て、励ましてくれてるんだけど、なんかそれだけじゃないもの感じるんよ」

「私も、自分の中にダメなところがほんとにたくさん。私もつい最近すげっちみたいな経験をして、オープンにしたときに物事がぐわーっと変わったの。すごく助けてもらって。だから私も、すげっちが苦しみを一人で抱えていることを知らずに過ごすことよりも、知って、少しでも分け合いたい」

本当に困惑した。幸せの象徴・かおるに今の私みたいな経験てなんだ。聞けはしなかったけど、死を考えるような辛いこと、何があったのか、あのかおるにまで。本当に信じられなかった。そして、こんなにも温かい言葉をくれたのだ。

「すげっち、すげっちが辛い時に辛いっていってくれてありがとう」

なんて温かい、有難い言葉なんだ。辛いと打ち明けられて感謝するなんて。私も人にそう言いたい。人が苦しんでいたら苦しんでると言ってほしいのだ。大人になればなるほど人生の悩みは深くなる。そして比例するように人に言いづらくなる。家族友人も多忙で、深い悩みなど受け止めさせられないから。そして皆悩みなどないように人に振る舞うようになっていく。フェイスブックは虚飾とは前から揶揄されている。実際は闇を抱えているのは自分だけなのではないかと怯え、自分のいいところ『だけ』を載せる場所だと皆が自分自身に呪いをかけて書きこむところ。いや、友人知人が集まるフェイスブックでこそ、辛いと人に言うべきだ。その辛さは、闇は、一人で抱え込み辛さに耐え自分を責める必要などないと言われた側も伝えるべきだ。そしてかおるが言ったように、辛いと言ってくれたことにありがとうと言いたい。巡り巡って自分も、皆も救うことになるだろうから。

こんなやりとりが一体何十回あっただろうか。一度会ってフェイスブック友達申請しただけの人からも何人もメッセージをもらった。「自分は付き合いが浅いからメッセージが憚られる」と私の近しい人に伝えてきた人も何人もいた。この数からしてフェイスブックのアクティブユーザーのほぼ全員が私の書き込みに対して何らかの具体的行動を起こしたのではないか。関西に残っている友人は少ない。それでも月曜から向こう1週間の予定があっという間に埋まった。皆、話を聞きたいと言ってくれた。

まず会いたかったのは大学時代散々研究室で無駄話を夜通しやった現アート系ライター・編集をやっている楓さんだ。月刊誌・芸術手帳の常連だ。しかし東京のメディアが肌に合わず、左京区に逃げ帰り隠遁している。

「すげのはなんでそうろくでもない目に遭うのが得意なんだ」と開口一番笑われた。

笑ってくれてもちろん助かった。ただ、楓さんはライター・編集業を一人でやってきたわけではない。先に書いた白血病で亡くした、高瀬川のアジト主宰の友人とユニットで大学時代から去年まで活動していたのだ。私とマコタンのように魂の片割れだったはずだ。その友人・あや乃さんの話はほとんどしなかった。できなかった。

確か7時にお邪魔したはずなのだが気が付いたら夜中の2時を回っていた。ヒトカラによく行く、とのことだったので今度一緒にPerfumeメドレーをやろうと約束してタクシーで帰った。

火曜はネットで出会った灘から東大医学部卒の木村さんだった。精神科医だ。

「あの書き込みなら、1日もてば、絶対大丈夫。1日もってくれ、て思ってたで」と専門家らしく話を切り出した。私も東大理Ⅲは一生絶対に入れない。東大理Ⅲや京大医学部は越えられない壁がある。彼は父親も阪大哲学科教授のサラブレッドだ。当直は1晩8万。そしてなぜか書道家。その他文化的なイベントを多数主催して自由すぎる人生を謳歌しているように思っていた。

そして、彼もそれだけではなかった。研究室時代、教授から壮絶なアカハラに遭っていたのだ。

「アカハラなんてどこの研究室でもありえますよ、僕もありもしないこと研究室の奴に讒言されて、僕が犯人にされましたし。アカデミアの世界ってほんま狭くて。おとんとか家族まで侮辱されて…。アカハラだけちゃいますよ、めっちゃブラックでしたわ、週90時間タダ働き、辛さのあまりピペットがどうしても握れへん、自分どこにいてなにしてんやろって毎日続きましたわ」

「でも京医で仕事ないってことないでしょ、ポストにつけば人生安泰なんじゃないんすか？」

「いや、研究費とかの予算も出来レースで決まってますしね、研究者の人生は9割がた壊れてますよ」とぼやいていた。

日曜からの、またこれからもしばらく続くと思われる人生ぶっちゃけ話に軽く眩暈がし始めた。

水曜は木田っちだ。ゆかいな三人組ともこの顚末を放課後話していたら約束時間ギリギリになってしまった。木田っちとの約束に間に合うよう京都駅にダッシュした。

「おいはよせえや、お前の返答とかお前の話のくだらなさ如何によっては魚肉ソーセージやぞ」

との脅迫に平伏しながら待ち合わせ場所まで急いだ。焼肉をおごってくれようとしていたようだが満席で、近くの海鮮料理屋に入った。

これまでのいきさつを話している間、木田っちはずっと半笑いだった。

「お。おう」

「あーまあ。大丈夫や」

それらは無責任な言葉ではなかった。

「だってやぞ、俺初めて言うけどな、俺東大落ちて慶應しか受からんかったけど慶應ってガラじゃねえやろ？　研究室ＡＯとかで受験勉強もしとらん奴多いとこ入ってしまったらノリ違くて、病んだ。ここおったらまずいと思って逃げるようにオーストラリア行ったんや。でも行ったらな、人種差別なくなってなくて、生卵投げつけられるわ、車から知らん奴がジャップ帰れって怒鳴ってくるわ、アパート借りれんわ、行ったらもっと病んだ。大学でも語学学校出て学部行くと日本人おらんくなるし、心細かったわマジで」

「木田っちに病むとかそんな神経あったんか」

「おう、思い切り病んだ」

木田っちにそんなしおらしいところがあったとはな…鬱なんか絶対になりそうにない、いつも憎たらしい冷静な半笑いでアホみたいなツッコミを私に入れてくる奴が。

「木田っちが心細いってもはやウケるな、ところで実家たまには帰っとん」

「あ、俺もう金沢家ないよ」

「は？」

「かーちゃんヤクザと結婚して今福岡に住んどる」

「え、とーちゃん死んでもて母一人子一人やったの知っとるけど、なんで再婚相手ヤクザなん」

「かーちゃん片町でスナックしとってん、そこで一目惚れされたらしい。羽振りいいけど何で稼いどるんか知らんやて、それ聞いてから会っとらん」

「きっかけでもないと話すことでもないけどそこまで苦労人生とは…」

「そ〜やよ〜」

それ「明後日滋賀で釣りね〜ん」と同じテンションでその話するのやめろ。

「でもMTTで開発職なんてめっちゃうらやましいわ、仕事は楽しいやろ？」

「なーん、日系巨大企業なんて俺らでも社内政治巻き込まれとるよ、1年の半分近く事業計画書だの説明資料だのって紙芝居作っとるわ、俺今なにやっとれんろってよく思う」

天下のMTT研究開発職でもそんな非生産的なことしてるのか。しかしどんだけ苦労してるんだ。

「やからまあ、お前もなんとかなるぞ。おう、俺もなっとっし」

「分かった。ありがとう。ほんとに」

グレースケールの景色は完全に彩りを取り戻していた。晩は皆と会い、まだ未読数十件のフェイスブックメッセージとラインの返信を返していたが、突然投網で縛り上げられるように襲ってきた自殺衝動を、皆ひとりずつ優しく解きほぐしてくれるような体験だった。あの書き込みをして、それを見たみんなからあれほどに心配してもらって、普段のフェイスブックからはとても窺い知れない自分の人生ぶっちゃけてもらえなければ私はまず、そのまま行っていた。

皆さん、ありがとう。

木曜は店長兼ミュージシャンのKAZUMAさんに会いに、四条を少し下がったライブハウスへ行った。RuralToupeという京都でも有名なライブハウスの1つだ。映画制作をしていた時に少しお世話になったのだ。ダンスや電子音楽などマイナーなジャンルを扱っているライブハウスなのに店はかなり混んでいた。流行っているようでよかった。ライブがひと段落ついた。KAZUMAさんはすらりとした長身で、細身の黒パンツとTシャツを年季の入ったミュージシャンらしく着こなしながらバーカウンターで巻きタバコを吸っていた。音楽が好きな人なら憧れの存在の一人だろう。KAZUMAさんにお礼を言いに行った。

「めちゃ人入ってますね！　よかった！　スケジュールはちょくちょく見てるんですけど、なかなか来れなくて。メッセージ本当にありがとうございました。ほんと沢山の人からメッセージ来て、今お礼参り状態です」

「そらあんな書き込みあったらみんな心配するって！　どうしたん一体？」

「事業リニューアルで内輪もめがこじれて…ちょっと洗脳状態なってしまってあそこまで行きました。KAZUMAさんもご苦労あります？　テナントの敷礼家賃払ってリフォームして、人雇って飲食ってだけでも大変やのにイベントスケジュール管理とか機材トラブルないかとか、そんで勿論曲作りも。もろもろ大変そう」

「うんめっちゃつらいで、俺友達に言われたしな、俺やったらお前やってるみたいな仕事絶対やりたない、しんどすぎるやんて。実際やってる奴に対してひどない？」

KAZUMAさんは笑いながら言った。

「でも楽しいからな、それに自分店長やからもっと先考えていかなあかん、ニッチな世界やけどどうもっと面白く、大きくするか、いろんな人来てもらえるか、どんな曲作るか、考えるの楽しいで、しんどくても全然構わんくらい」

つらいけど楽しい。とてもいいことだ。傷だらけになって、多大なリソースをつぎ込んで、自分自身より大事ななにかを作り上げる。小学生じゃあるまいし、いい大人が辛い思いをせずにできる楽しいこと、この達成感の喜びなんかない。KAZUMAさんのところで3杯ほど飲み、また気になるイベントがあったら来ますね、と伝えてから古いビラから新しいビラまで年輪のように貼られているガタガタの廊下を後にした。

金曜日は奇跡の縁結びをした日だった。京都清城大学で芸術学部の助手や映画の撮影助手をしているMudPieの先輩かわさんが、私のフェイスブックの書き込み後電話をかけ続けてくれていたのだが、私の書き込みに返信をしているメディアアーティストの松本さんを見つけ、「共通の友達がいい人だったから」という理由でその二人が電話を掛け合い、友達になってしまったのだ。そして松本さんはかわさんと偶然同じ大学で講師をしている。同じ大学でかたや映画、かたやメディアアートという素敵なつながりを作ってしまった。

惜しむらくは私の自殺企図であったことくらいだろう。

かわさんは仕事で遅くなるとのことで、松本さんと居酒屋で二人で始めることにした。松本さんは日本のメディアアートの先鋒だ。アメリカのSIGGRAPHでも受賞歴がある。ライブでのプロジェクションマッピングなど演出も多く手掛けている。いつも愛猫との楽しそうな写真を上げていた。その他友人と楽しく飲んだ写真がたくさん、こんな作品をリリースしますという告知、すごい作品ばかり。キラキラしているにも程があった。しかし、サシでこの状態の私と飲んだ時聞いた松本さんの生い立ちは想像を絶するものだった。

「俺んちな、実はおとんめちゃくちゃやってん。殴るわ蹴るわ、数千万の借金あるわ。俺自体もヤンキー高校行って。盗んだバイクで走り出すどころか3階までバイクで登って暴れまわっとる奴おったで。世界史の先生なんかいじめ散々食らった挙句生徒の目の前で刃物出して切腹したんはさすがにびびったわ」

「壮絶ですね…しかしそこからどうやってメディアアート？」

「俺高校出たら調理師免許とって創作料理の店やっててん。そこでメディアアートやってる奴とたまたま出会ってな。俺もはまってプログラミング始めてん」

「じゃあ今はお父さんからも独立してるだろうし安泰？」

「実は俺、一人息子おんねんけどパニック障害から引きこもりなってもうて、学校行ってへんねん。誰にも言うてこおへんかったけどな」

息子さんがいたことも知らなかった。友達2500人を抱えるアカウントでは確かに言いにくい。

「そんな話って友達とかにするんですか？」

私がこの半生であればそんないつも明るく、面倒見のいい松本さんではとてもいられないと思って尋ねてみた。

「うーん、やっぱみんな引くだろうしね」

いや引かない。だから、抱え込まないでくれませんか。私こんな大きい仕事してる人とはとても浅い付き合いですけど、よかったら聞けるだけ聞かせてくれませんか、とお願いしたかった。

その後はメディアアートの仕事の裏側や制作過程をスマホで見せてもらった。

多忙なかわさんは8時を過ぎたころに到着した。当然二人は初対面なので挨拶をし、私が無事なのを確認してからさすが本気で芸術を愛する業界人、映画業界からの、メディアアート業界からの濃い映像話に花を咲かせていた。

大阪から来た松本さんが終電だというのでお開きになった。烏丸七条の地下道前で三方に別れる前、かわさんが謝ってきた。

「なんかごめんな、通報したら余計大変なことなってもうたみたいで、でも俺中学のクラスヤンキーばっかでな、中学んとき付き合いあってん。俺も実はその辺の気弱そうな奴殴ってカツアゲしたら警察お世話なって。そんな俺でも警察の人丁寧に対応してくれたから、なんか力になると思って」

通報したんのはかわさんなのか！

「いや全然大丈夫ですほんとご心配かけて。申し訳ない。措置入院なったら長いらしかったんでヒヤッとしましたが全然です、て、今なんて言いました？ MudPieの良心、何かあれば皆が頼るMudPieのお父さん・かわさんがお縄食らってたんですか？　実は元ヤン？」

「それはまた今度会ったらじっくりな」

オチがかわさんのお縄話とは……。

土曜、この怒濤の一週間の最終日はMudPie最低の人間を私と競い合った福島くんだった。彼は今左京区の奥地で農家をしている。とてもいい人なのに生きるの下手そうな、博学なのにそこ誰からも評価されず、アイドルに口出しした時だけ皆からドツッコミを食らうという気の毒なツッコまれ役なのは変わらない。四条のサイデリアで散々愚痴を聞いてもらった。ただ、彼からだけは「実は自分も」という話がなかった。いつも連絡がまめで、MudPieの飲み会を企画してくれて、独身ではあるけれど孤独でない。でも、京大を出て農業は普通はしない。なにか余程考えることがあったのだと思う。

私が知っている、順風満帆の人生を送っていると思っていた人達はほとんどが光だけではなく、闇を持っていたことをこの出来事で思い知った。はたから見れば、みんなは何の苦しみもない人生を送っているように見えるかもしれない。そりゃ年収は皆高く肩書もある。おそらくエリートと美人のお嬢様との交配が進んだ結果なのだろう、容姿レベルまで高い人が多い。ひねくれる理由がないので性格もいい。でも彼らもそれだけではないのだ。大きいことをしているからこその苦悩はもちろんある。そしてその他に、受験勉強と引き換えに何かを失っている友人も多い。

ＩＱ60は社会生活をまともに送れないのが明白だから、障碍者として分かりやすい。でもその逆のＩＱ１４０も、「優れている」に異常性が内包されていることが多いはずだ。都合よくおべんきょうだけできる方が不自然だ。素晴らしい研究ができる、社長さんになれる、医者・弁護士になれる、だけではない、異常性をうまく隠せているだけの人達も相当いる。アスペルガー、双極性障害、ＡＤＨＤの知り合いはフェイスブックのみんなの中にどう考えても平均より多い。生きづらさを抱えている人はあの中にも沢山いるのだ。

ただ、皆はこんなにも助けてくれた。皆はほかの人にもそうするだろう。才能があり地位を得て夢を叶えていても、いくつになっても助け合って、人のダメなところも笑って受け入れてくれて、自分のこともさらけ出してくれるのがフェイスブックのみんなだ。私を元気づけるのに「何があったんだ、自分もこんな思いをしたんだ、でもなんとか生きている、だからお前もなんとかなる、大丈夫だ」「俺、私、話聞くで、聞くよ」ほとんど皆がそう言った。京都からも、東京からも、地元からも、海外からも。

火曜に会った精神科医の木村さんがこう言っていた。

「菅野さんそれ、『宿題忘れてもた！　俺だけやろかどうしよ！』て焦ってたところに隣の席で堂々と宿題を忘れてる奴がおったらほっとする、みたいなやつちゃいます」

と言っていたのも得心がいく。

大人として、社会人として外れた行為をすることはもちろん恥ずべきことだ。でも自分がやらかしてしまったときに隣に同じ奴がいたら嬉しい。これだけ「正しさ」「普通」の要求水準が異常に上がっている時代にやらかさない自信など自分には到底ない。私はやらかした、やらかされた人達と是非語らいたい。みんなのネガティブな話を聞きたい。皆が社会人として表向き真っ当に生きているのはよく分かっている。だから、私はみんなの気のおけない本心が綴られた格好悪い便所の落書きを見たいのだ。


壮絶な話に私が圧倒されている一週間。昼間の授業はシーケンス制御へと移った。シーケンスでの制御を一言で言うと、「一つのボタンを押すことで電気的に回路内に作用し、回路内で順序だった操作が行われる」だ。具体例はそう考えながら周りを見渡すといくらでもある。工場全般、信号、エレベーター、自動ドアなどがいい例だ。

ボタンは普通に考えて通常押している間しか作動しない。世の中の押したら点きっぱなしなっているボタンは自己保持回路を組んでいる。

クイズ番組の押しボタン。最初にボタンを押した解答者が持つ画面や装飾だけがＯＮになりそのまま自己保持をかける。後の回答者は、どれだけボタンを押しても最初の回答者のボタンに紐づけられた自分の席の接点が閉じて作動しないように、それぞれ回路を組めばよい。

トイレの照明と換気扇の制御。自動的に照明と換気扇がつくようにしたいが、トイレから出てもしばらくは換気扇は回っていてほしい。まず光電スイッチで人間が入れば光が遮られスイッチが入る。照明は人が出ればスイッチが切れ、そのまま消えていいが換気扇はオフディレイタイマーで30秒、切れるのを遅らせればよい。

身の回りで電気で動くものはシーケンス制御を用いたものがあまりに多く、その辺にある電気製品がどう動いているか考えてみるのも楽しかった。

受け持ちは佐伯先生。真っ青な講師用作業服の袖をラフにまくり、少しだけ腰を下げてサラッと着こなすさわやか青年だ。

「今日からシーケンスを担当します佐伯ですよろしくお願いします。皆さんはほとんどが人生の先輩ですから、私も多くのことを皆さんからご教示いただきたいと思っております」

なんとそれっぽいよくできた挨拶だろう。訓練生の皆からも学びたいとは殊勝な、謙虚な先生だろうと思っていた。

さて授業は、予想を大いに裏切ってくれた。理想的だった。「俺カリキュラム守ってるよな、実績出してるよな、文句言われる筋合いねえよな？　後は勝手にやらしてもらっていいよな？　飽きるから」との言葉を授業で表現するとこうなりそうだ。佐伯先生はいい大人にものを教えるとはこういうことなんだ、ということを実践しているよう思えた。

佐伯先生の授業は、「あ、僕火曜休みます。子供が生まれるんです。逆子で帝王切開なんですけど立ち会うんです」という思い切りプライベートな話から始まった。気持ちはとても分かる。誰にでもいいから報告したい話題だろう。しかし次は「僕オームの法則大嫌いなんです、いらないですよ」いきなり2月初っ端に習った電気の大法則の否定が続いた。村上冬樹が『円周率に好き嫌いが言えてたまるか？』と小説で書いていたが、先生はオームの法則が大嫌いだそうだ。凄い感性をしている。せこかん（施工管理者）時代の地獄の愚痴、「ちょっと一人言です」とおもむろに無関係な数式を書き出す、「ユンケルは三千円以上じゃないと効きません」。無駄な情報だ。更に麻雀がとてもお好きなようだった。「昨日ボロ負けしまして。今日皆さんを裏切って休もうかと思いました。南鳴いただけの親に中切りましてまさか…」また愚痴が始まった。

ただ、シーケンスの授業はそれなりにややこしいはずなのに、水町さんが真面目にやっていたくらいだから内職者すら出なかったのではないか。我妻先生は、ここパン、て励磁します、そしたら次ここb接パンて開きますよね、と光速で流れるシーケンスを、順次接点やリレーに小さく丸いマグネットを置いていくことで示しながら説明していた。

教室はなぜか妙にシンとしていた。到達度テストも二種に関すること以外は少なくとも追試からは答えを見ていい、など先生方はある程度のズルを許してくれたが、全員ズルなしで到達度ライン6割を超したのはこの授業だけではなかろうか。そして、唯一全く「先

生」らしくなかったのは佐伯先生だった。なぜ体育会系のシバキ先生や何段もの組体操が
はびこり佐伯先生のような人は理想的とは言われないのだろう……。

6月半ば、今年はやけに天気予報にない突発的な大雨が降っては止んでいた。その日の朝も大雨で、相変わらず遅刻し私は教室前で雨でずぶ濡れになりながら団藤先生と口論をしている伊藤さんと出くわした。口論というよりは伊藤さんが団藤先生を罵倒し、団藤先生がなだめている状況だった。

「どうしたんですか！」

「お前はすっこんどれ！」

「菅野さん。いいから、いいから、教室で待機してください」

どうしようもなさそうなのでスゴスゴ教室に入って行ったが、あまりに長時間やりあっていたのか、教室の中はゆったり雑談モードであった。

「なんなんすか？　表なにやってるんすか？」

佐藤先生に聞いたところ、伊藤さんは、団藤先生が分かりもしないこれから必要となるとも思えないＬＡＮの追試を形だけでも無理やり受けさせて、そのための半端な勉強時間を使わせるのが気に入らない、俺は受けない、と反発しているようだった。団藤先生はそれでは退所になってしまいます、なんとか考え直して、と説得しているとのことだった。

しばらくして団藤先生が教室に戻り、

「伊藤さんは本日で退所ということになりました。残念ですが」と淡々とクラスの皆に伝えた。

伊藤さん！　本当は修了まで一緒にいたかった盟友伊藤さん！　早期退所で仕事は22日から。就職が決まったのはめでたいことだが、できれば修了までいてほしかった伊藤さんが……。こんな突然、こんな形でいなくなるのか……。言葉にならない気持ちが頭を駆け巡った。伊藤さんにはラインで思いとどまるようメッセージを送ったが、伊藤さんは感情がまだ昂っているのか、私にまで喧嘩腰だ。私ではだめだ。学級委員長かつ先生・佐藤さんに懇願してみた。

「伊藤さん、あれ意地はってるだけだと思うんですよ、なんかこんなことで退所って悲しくないですか。伊藤さん佐藤さんになついてましたしなんとかなりませんかねえ」

「え？　本人がそう言ってるんやからえんちゃいます？　彼が決めたことやからうちらなんも言えないですよ」

「でも円満退所じゃなくてあんな冷静さ失って罵声言い散らかして…」

「いやそんなもんですよ？　ここでは僕も皆に教えたり手伝ったりしてますけど、仕事戻ったら僕も現場の人間に『死ね！』『死ね！』くらいはどやしつけてますし」

「え？　従業員詰めるのに『死ね』て普通に言うんですか？」

「そうですよ？　死ね言うてついてこれへん奴にはやめてもらってますんで」

私は1か月にわたり家族同様の人間から死ね死ねと毎日食らい、分かった、死のうと決めたのがほんの1週間ほど前だ。よくさほど理性を失わずにすんだものだ。よりによって佐藤先生と慕っていた人が、パワハラハゲだったのか！　本当に底意地の悪い人間はなぜいつもこうぱっと見はいい人なんだ。

「オイおっさん何抜かしとんねん月百万もろて死ねでつとまるおしごと楽しうございますね、ゴルァ金属管けつめど突っ込んで口から出したろか？　それかお前の4歳のガキドヤしつけたろか？　そういうことやんなお前言うてんのは？　お前が死ね言うてるのは誰かの大事な息子や、おんなじやんな？」と心の中で思い切りどやしつける光景が頭にはっきりと浮かんだ。

そして目の前のこの資本主義の豚が座っている椅子ごと蹴り上げようかと思ったがそこは我慢ができた。こう言えた。

「あの喧嘩売ってるわけじゃないですよ、でも『死ね』て普通にパワハラですよ、証拠とられて病気なられたり死なれたりして訴えられたら大事ですよ大丈夫なんですか？」

実際人は死ね、死ねと言い続ければ死ぬ。証拠が揃って因果関係が明らかにされれば裁判では負ける可能性が高い。若いのを死なせれば億飛ぶこともある。命に値段はつけられないが、逸失利益といい、死んだことでどれだけの利益が失われたかで賠償額を決めるしかないのだ。

「え～僕別に菅野さんに言ったわけじゃないですよねえ？　僕らの業界に口出ししないでもらえますう～？」

そう言って佐藤さんは足で地面を軽く蹴り、椅子の方向を私から机の前に移動させた。

「いや、あの口出しではなく」

口出し？　蹴り飛ばしたいの必死で我慢して「大丈夫ですか？　それ危険ですよ」と言ってる、これが口出しか。話のかみ合わなさがすごい。イスラム過激派と会話する方が外国人だと諦めがつくだけましだ。

「え～っとおa接点が開くからありレーがあ」

シーケンスのテキストを開き、声に出す必要など絶対にないものを唱え出した。これがメッセージか。誠実に対応する気も1㎜もないというメッセージ。私の怒りのダムは緊急放流に切り替わった。沸いてきたものはそのまま出す。緊急放流のように、出す必要があるときは出すべきだ。怒らないことは常に美徳であるという考えは私にはない。強いものがやりたい放題になるから。窮鼠猫を噛む。鼠をそこまで馬鹿にするなら自分の首思い切りホールドされて刃物突きつけられることも覚悟しろ。

「なぁに言ってんすか」

私はボソッと、しかしできるだけ心の底から響くような声でつぶやいた。

でもそのことでこの人には何が伝わるわけでもないだろう。私は席に戻り、パワハラハゲが机の縁に貼りつけてくれたＬＡＮの追試用のカンペを怒りで震える手で引きちぎり、丸めて思い切り奴の足元に投げつけた。足元でも勿体ない。踏みにじるのは堪えた。そのカンぺはLANの試験後、落ちた訓練生や受けられなかった訓練生をパワハラハゲが調べてこっそり机の縁、先生からは見えないところに一人一人貼り付けてくれていたのだ。皆で「ほんと佐藤さん気が付きますよね、ほんとええ人ですね」と言い合ったカンぺだ。私も神経がズタズタで試験が受けられなかったので私の前にも貼ってあったのだ。皆と一緒にパワハラハゲをほめちぎっていたのだ。

パワハラハゲは自分が一体何をしたのか全く分からない、といった顔で私を見ていた。ただ、何かが起こった、ということは周りの人達にも伝わった。その場の全員がこちらを振り向いた。まず飛んできたのはやはり芦部さんだ。

「菅野さん、何があったんですか、どうしたんですか」

「いやこいつとんでもないパワハラ親父です、私は許しません、絶対に、ゆるs」

「菅野さん、ここは教室です、落ち着いて、みんな何事かと思うじゃないですか。クラスの雰囲気を悪くしないように、ここは一旦落ち着いてください、とりあえず謝りましょう」

芦部さんが私の言葉を遮った。みんなのためなら仕方がない。私は不貞腐れた顔を隠すことはできずに、

「余計なことを言って申し訳ありませんでした」と発語した。

これっぽっちもそんなことは思っていないので謝罪はしていない。

「ご勝手に」振り向きもしないでそう返ってきた。

こちらも口先でこちらこそすみませんと言われても無意味なのでそれでいい。私は席に戻って授業の準備をした。授業中、ノートの上の握りしめた左手はずっと怒りに震えていた。


伊藤さんは結局、何度か実技の課題問題を取りに来たり、皆と話しにきたりしていたが、結局その時に退所届を出したようだ。

そしてその揉め事の後、特に私とよく話していた人達からの対応が変わった。

クラスの図体の大きいツートップをあいつと組んでいた岡口さんはどこか目を合わせなくなった。原田さんが病んで退所したときに、あれだけ「このクラスにも闇があったんですね…」と一緒に帰ったJRでうろたえていた西谷君はやはり、菅野さんどうしたんでしょうこのクラス大丈夫なんでしょうかとあちこちに相談していたそうだ。その他の皆は私が波風立てたことを問題視していた。あいつではなく私をだ。そしてあいつ側もお昼を教室で一人で食べるようになった。私は佐藤先生とゆかいな三人組を引き離してしまった。

あの次の日から、お昼はゆかいな三人組と、放課後は忙しい西谷君を除いた二人組とで私があいつにしたことの話を頻繁にするようになった。これまでの肩書や生まれ育ちが全く関係しない環境で平等に助け合ってきた仲間達との根本的な違いを突きつけられたやりとりだった。

お昼は三人組とおおよそその話になった。芦部さんが切り出した。

「僕ね、菅野さんのあれはやめてほしかったんですよ、僕ら佐藤さんとも仲いいですし僕ら対応困るんです、実際佐藤さん来なくなったじゃないですかお昼」

「いや私ならどんな友達でも『従業員に死ね死ねいうてますけど何か』言うてたらその時点で縁切りますよ。私自分がクソやから人のこと言われへんし大概のことまあええよって言いますけど死ねは速攻縁切ります。ええ人ってやっとくと得なんすよ、カンペ一つで皆ありがたがるじゃないですか」

「でも僕ら言われてへんのですわ、菅野さんだって言われてへんですよね、なんでそこまで怒るんですか」

マコタンのアレがあったから余計腹が立ったのは認める。でも「死ね」は許せない。電気工事は危険な現場だから、「死ぬぞお前！」と怒鳴りつけるのは分かる。彼は電気に関係のない親方をするはずだ。どんな大層な仕事してるんだ。エアコン実習の時にスマホのビデオで見たのは何のスキルも要らない、重いものを運ばせるだけの力仕事だった。使い捨て労働だ。高偏差値大学出ている人間の入学から就活、卒業までの努力と才能は高収入に値するのは理解できるが、命令するだけの人に負けるのは解せない。この世界は労働と対価の釣り合いがおかしい。電気業界や建設業界の現場は上に立てば甘い汁をすすれるが、下は搾取されるだけの存在になっているようだ。

「菅野さん、疲れてるんですよ」

芦部さんが私へのフォローのためにそっちを持ってきた。冗談じゃない。元気はつらつならもっと徹底抗戦している。みんな一体どんな環境で働いてきたのだろうか。水町さんと西谷君は多くを語ろうとしなかった。芦部さんの独壇場になった。

「僕もね、めっちゃ怒鳴り散らす社長の下で働いたことありますよ、あんまりひどいんで僕社長に歯向かったんです、言いすぎですよって。そしたらみんな僕のことハブるんですよ。社長が怖くて僕の味方についてると思われたくなかったのか本当に僕の言い方気に入らなかったのか知らないですけど、それからずっと誰とも口きかずに働きました」

「また別の職場で、めっちゃ僕のこと嫌いらしい先輩がいて篳篥の木型、微妙に注文と違う奴よこすっていう嫌がらせ何回もされましたよ、それで違うもん作ったのが僕になって、滅茶苦茶怒られました。でもその場の空気考えたら、あの先輩が違う木型よこしたんだって言えなかったですね」

水町さんも、芦部さんそれひどいっすねと言いながらも、働くってそういうことなんですよ、僕もそんなんです、と言いたげに私に対して頷いた。

「僕ね働いてて辛くて辛くてもう、自分がどこにいるのか、何をしてるのか、どれくらい時間経ってるのか全く分からなくなった時期ありましたよ、でも、転職って大変じゃないですか、業界も狭いし。黙って働くしかなかったですよ」

芦部さんは鬱にもなったのか。

「そんなんこちらもそれなりの目遭いましたよ、お花畑で言ってるんじゃないです。でもそんなんおかしいじゃないですか、なんとか団結だけでもできないんですか」

日本では、労働組合が形骸化してる。そんな酷い職場であっても、なんとか団結だけでもして信頼関係を結ぶことはできないのだろうか。そう聞いても、

「僕ら同士、取柄もないメリットないもん同士が組んだってなんにもならへんのちゃうって思っちゃうんです、バラバラです」と返ってくる。

「そんな、そんなのなんとかならないんですか、ちょっとでもお昼にでも誰かに話して…理不尽にも程がありますよ、詰んでるじゃないですか。逃げ道がない、自由が全くない」

これまで全く違う生き方をしてきた自分が昨日や今日こんな話を聞いたところでどうしようもない。でもそう言わずにいられなかった。

「僕らだってそんな職場嫌です、でも僕ら覚悟して行くんですよ」

私に真面目にものを言ったことなどなかった水町さんが真顔で、覚悟して僕らは行くんだ、と言ったのだ。そして、

「僕らだって色々若いうち反抗しました。怒りました。でも他にいくところないんです」

芦部さんが真顔で、辛すぎる言葉を吐いた。

「僕らは、社会の底辺ですから」

自虐も入っているだろう、冗談も入っているだろう、でもその言葉は、選ぶにはあまり

にも悲しすぎる。泣けてきそうになるの堪えた。

「なんで芦部さんが社会の底辺なんすか！　なにを、いうてんすか！　自虐でも笑えませんよ！　芦部さんより優れてる人ってどんだけいるんすか、なんの尺度ですか？　誰が芦部さんに社会の底辺て言わせてるんすか、許しませんよ」小学校3年生並みの情緒で言い返した。

　悔しくてしょうがなかった。何がこんなに悔しいのだろうか。

「大丈夫僕もね、僕にしかできひんことってあるって思って生きてますよ、でもそれ世の中でそんな通用せえへんすよ。そういうもんです。僕どんな職場で働いてきたか分かったでしょ？　どれだけ正しいと思ってもそれが通ることなんかなかったです」

その話をした後の食堂からの帰り道はいつもどこかしんみりしていた。

ある日、「ちょっと待ってください」と芦部さんは皆を呼び止めた。何かと思って振り返ると芦部さんは7月のまだ早い、アスファルトに転がっていたセミの死骸を両手で大事そうに掬い上げて近くの草がふかふかの植え込みに置いていた。それだけ命を大事にする人が、死ねが飛び交うかもしれない職場に覚悟して行くのか。怒りとやるせなさをどうしたらいいのか、途方に暮れた。

　あの喧嘩についての激論は放課後にも波及した。

　ある日の放課後、大石さんがくれた北海道土産のキャラメル柿ピーを水町さんに見せびらかすと、「食べていい?」と聞くや否や私が返事もしないうちから開けて食べだした。そこにちょうど顔を見せた芦部さんが「あ僕もいいすか」とぼりぼり食べだしたので、もらった本人が最後に食べる羽目になった。

「今日雨なんで僕車で来たんです。よかったら二人駅まで送りますよ」と芦部さんが誘ってくれた。

二人でお言葉に甘えることにした。駅までは普段通りの話題だったが、駅についてから「このままでは帰れない」といった雰囲気で、あの喧嘩について激論の続きが始まった。これまでお互い全く同じ立場で訓練を受けてきた。でもここに深い断絶があることに気付いてしまった。これをまだそのままにしておきたくないと、おそらく三人が思いながら。

まず水町さんが切り出した。水町さんはあいつと同じ向日町で、よく帰りに車で送ってもらっているので私や芦部さんより縁があるのだ。なんとかあいつをかばいたいのも分かる。

「何回も言ってますけど、萱野さん。あの喧嘩はほんとあかんかったと思うんですわ。佐藤さんだけに言っても解決せえへんすよ、クラスの雰囲気壊しただけやないすか。佐藤さんと萱野さん、どっちも関わりあるんで僕ら辛いんすわ。僕も萱野さんに散々あれはあかんかった言うてますけど、萱野さんと関わりたないて思ってたらここでこんなしゃべってへんすよ」

「ありがとう。波風立てただけ、それは分かるんです、でも、うちらはたまたまポリテクで出会っただけです。佐藤さんに死ね死ね言われてるの、私が出会ってない芦部さんや水町さんの立場の人ですよ？　自分が言われてないからって『きつい言葉言わなあかんような厳しい職場なんですね、お疲れ様です』とかでお茶濁せばよかったんですか？　従業員になる人皆への裏切りに思えました」

皆を困らせるだけなのは分かった。でも皆もどこかの職場で、これから言われるのかもしれないと思うと黙っていられなかった。後悔はない。

芦部さんはいつも自分の主張だけでなく相手側の立場にも立てる、またその状況を俯瞰できる人だ。従業員としての立場も自覚しながらパワハラハゲの立場も想像していた。

「僕ね、佐藤さんみたいに人使う側も大変だと思うんですよ。僕仕事はきっちりしよう思てめっちゃ頑張ってたんですよね。そしたら後輩がどんどん僕から離れて行くんですよ。今思たら『これくらいの仕事でええのに何イキってんねん、やりすぎやろ』て思われてたかもしれないです。僕があかんかったかもしれないすね。そんなんまとめるの大変ですわ」

「いや従業員は経営者目線持たなくていいと思うんです。そういうのまとめるのは経営者として当たり前の仕事です。『死ね』まで言うって従業員のやる気根こそぎなくす言葉吐くのは無能だと思います。『死ね』まで言いたくなるような奴雇ったなら人事が無能、そんなんこなしてこその月１５０万でしょ？　批判くらいはすべきじゃないすか」

そこは水町さんも同意見だった。

「もちろんそう思います。そういう経営者からは人離れて行くやろうし、それは経営者の自業自得ですよ」

「それ、離れて行くのを見てるだけしかできないんですかね？　経営者が上で従業員が下、みたいな風に思ってませんか？　労使対等ですよ、理不尽にもの申す仕組みがその業界、ないんですか」

「菅野さん。法学部出身で机の上で仕事してきた人なんもあって法律とか行政を信じすぎです。法律が意味のない世界なんかいくらでもありますよ。暴力ひとつとったって障害残されてから訴えるなら最初から近づかへんの一番でしょ。チンピラ法律なんか知らずにゃりますから。行政だってそんな助けてくれへんすよ」

ないのは分かっていても言ってしまった。何かを変えることはエネルギーが要る。厳しい環境に置かれれば置かれるほど無理になってしまうことだ。またファーストペンギンは捕食者に食われるリスクを負う。それでも誰かがならないと前に進めないが、自分は事をなさず「誰かがやってくれるのを待つ」のが個人の最適解になる。組合が存在して、組合員全員が『やる側』という意識を持って、お互いの意思疎通が容易に行われれば全員がリスクなく動ける。そうしてやっと対等だ。

しかし、「僕ら弱いから団結するメリットお互いないって思っちゃうんですよ」と返ってくる。何回このやりとりがあったんだ。弱い者ができるのはまず団結という認識だったのに、あいつや皆の世界は労使双方組合なんてもの誰も知りもしないかのように動いている。ブラック企業という言葉が認知されて久しいが、労働法・労働基準法が機能していない。憲法も機能していない。勤労の義務はあるがどれだけ権利があるのか。団結権、団体交渉権、争議権、中小企業で実質保障されているところがどれだけあるのだろうか。拡がる格差を野放しにするどころかアクセルをかけている政治、「法の下に平等」なんだろうか。

芦部さんに以前聞いてみたことがある。西谷くんが「年収300万いくかもしれないじゃないですか！」とお昼に言った後、「そんな年収で生涯未婚率上がってるって言ってるところにきて子供なんか作れるんですか？」と聞いてみたのだ。「子供欲しいです。でも嫁と共働きですけど無理っすね。金も子供の面倒見る時間もないです」と返ってきた。それは「健康で文化的な最低限度の生活」なんだろうか。金も時間もない奴はお前の代で絶えとけという世の中ということだ。そもそも「ルートってなんですか？」って、芦部さんは教育を受ける権利を享受できていない。

「法律なんか守ってたら会社成り立たねえんだよ！」と当たり前のように吐く経営者への愚痴もネット上で散々見るが、現場の世界は業界が世界狭そうだから波風立てて辞めても転職リスクがありそうだ。お先真っ暗だ。

話しているうち、初夏の雨は豪雨となり、車の中の三人の声をかき消しそうとしていた。芦部さんが時々動かすワイパーはものすごい量の水を拭い飛ばした。

「もちろん雇う側、雇われる側対等なの知ってます。僕らだって奴隷根性ないです。プライド持って働いてます」水町さんも知っていた。

「僕ら、20年くらいこうして働いてきたんです、いろんな事情あるんです。菅野さんの京大法学部の世界と全然ちゃう、知らへん世界やと思います、僕らの立場、菅野さんにも分かってほしいって思ってます」芦部さんも私を諭すように付け加えた。

「いやそんなウエメセで下々に話してあげてるみたいなこと全然思ってないですから」

その応えに水町さんがドッツコミを入れた。

「当たり前やでこっちが話してやっとんや！　大体な？　2月の菅野さんに初めて関わった初宿さん、ほんま、すごいで！　なっとう世界で初めて食った奴並みの、偉業やで偉業！　よう近づけへんわあんなん、くさった、豆、最初に食った奴くらいすごいねんで、分かってるか？　菅野さん、くさった豆やで？　それ以上のなんでもないわ」

「なんで逆にそっちがウエメセなんすか、それに加えて人くさった豆呼ばわりひどない？」

この車の話し合いの場でいつも通り笑ってやり取りしたのはそこだけだった。

芦部さんの携帯が鳴った。奥さんからだろうか「もうすぐ帰るからごめんな」と返していた。

「とにかく、佐藤さん一人に言ったたってしょうがないんです、菅野さん本当に何とかしたかったら、労働系弁護士にでもなってください。政治家にでもなってください」

芦部さんが「そのくらい無理なことなんですよ」と暗に言うものだから、

「分かりました。なります。本当にやりますよ」と言うしかなかった。

引っ込みがつかなくなっただけではない。本当にやりがいがありそうだと思った。

実感なき景気回復を内包した失われた30年で虐げられてきた労働者を保護したい。LED事業は労働集約型を避けた仕組みを作ろうとしている。利益率が高く、一案件をさばくのに時間がかからないため、私はこれから別の安牌を考えようとしていた。でも司法試験の勉強にも時間を充てられるのだ。

ロースクールに行っている金と時間はさすがにない。合格率は全国の頭脳精鋭が受けて3％台の予備試験ルートがある。私は実は大学時代法曹も考えて司法試験予備校にも通っていたのだ。映像作家の夢とどっちつかずになり辞めてしまい無駄になっていた。そもそも世間知らずの大学生だったため、「会社勤め向いてないから資格をとった方がいい」と親に言われて何の信念もなく通っていた。ただ、答練という論文を書く練習までしていたので、初学者とは言えない程度には覚えているはずだ。「それをここで活かせ」ということかもしれない。憲法。法律。なんて大事なんだ。機能させろ。そして政治家には弁護士が多い。おそらく弁護士一人の力ではどうにもならないと政治の世界を目指すのだろう。投票する側も弁護士の肩書がある人間を信用する。地方局のアナウンサーだった母親の人脈は相当なものだ。叔父も政治家の選挙の後援会長をしている。性格的に向いているかは別として、政治家も夢ではないかもしれない。

芦部さんは僕らの世界も分かってほしいと言った。それなら私の世界も分かってほしい。

旧友の名刺に「代表取締役」とついてる人間が何人いるか。「〇〇法律事務所」を抱えている奴が何人いるか。そしてポリテクに来た。ポリテクの皆と本音で散々語り合った。「だって、私はずるいと思うんです。皆のことを分かって、それで『私は事業家になるから、ビル一棟燃やすかもしれないけどハイリスクハイリターン狙っていきます、皆さん理不尽に耐えてください、ほな』てずるくないですか？」

二人から返ってきた答えは「いえ全然、好きな事したらえんちゃいます？」だった。

私のことが分からないからだ。私はお利口さんだから京大に行ったわけではない。友人から「お前会社勤め絶対無理」と散々言われてきた社会不適合者の私は、安定がほぼ約束された京大新卒カードをあっさり捨てられた。我慢などしなかった。なりふり構わずやることをやる。「どうしようもないことなんだから」など考えない。これで野垂れ死んでも自己責任。悔いは全くない。私はずるい。この自由は再分配しないとずるい。いや、灘や開成が安定志向から医学部を目指す世知辛いこのご時世ではこの自由は再分配に適さないかもしれない。そうだとしても安定と自由どちらも選べる、その自由があった私はずるい。この車で話し合った後では、格差の上にいる側の人は心情的にずるい。テレビやネット記事では治安悪化防止や経済活性化等の観点から格差是正を弁じている。そうじゃない。

気づけばもう7時前になっていた。先に奥さんからの電話を受けてからそわそわしていた芦部さんが嫁晩飯遅れると怒るんすわ、そろそろお開きで、と申し訳なさそうに言うので、激論終了となった。

帰り際、芦部さんがこう漏らした。

「菅野さん、僕の若い頃にそっくりですわ、理不尽許せへんくて、喧嘩っ早くて」

懐かしそうな顔をしていた。私はそれをまだ失いたくない。実際芦部さんは数日後、お昼の帰りにふと思い出したように水町さんに言ったのだ。嬉しそうに。

「菅野さん、本当にやってほしいですよね、本当にやってるの、見たいですよね」

水町さんもいつもの「菅野さんておかしいやん、なんもできひんて」と言いながら皮肉たっぷりに茶化す顔ではなく真顔で黙って頷いていた。

それは、食堂で水町さんが、

「テレビで特集やっててんけどな、よど号って何したかったんかな、そこまでして北朝鮮行って、なんか社会変わると思たんかな、分からへん」と西谷君と会話していたところに私が、

「ハイジャックじゃなくて暴動とかどうですか？　私ちょっとやりたいんですよね、お縄ですけど。あ前科者弁護士あかん、令和ええじゃないかデモとか」

と机をドンドン叩きながら茶々を入れた。水町さんはほんまアホらしいわという顔で菅野さんに首謀者やる人望あるかいな、と吐き捨てるように言って皆で笑った、その食堂の帰りだった。

6月最終日。講師は前回ホームセキュリティーを教わった美濃部先生に代わり、ＰＬＣ

制御の単元に入った。佐伯先生のシーケンスでは、端子台やボタンのついた練習用制御盤に黄色い結線をしていたが、その作業をこれからはパソコンのソフト上でするのだ。そして出力はもっとややこしい制御盤とシーケンサで行う。シーケンサはほぼ三菱製だ。長谷部さんが早速シーケンサをぶん殴りながら「分かれへん三菱か、もうここのなんも買わへん」と三菱不買運動まで起こそうとした。これまではシーケンス図は縦に書いていたが、PLCではラダー方式という横に書く方法が使われる。接点やコイルの書き方も違う。これは確かにややこしい。

お昼では、水町さんが席に着くなり第一声、

「あーもう全然分かれへんわ、小泣きの授業！　こなき！」と思い切り伸びをしながら叫んだ。

「小泣き？　小泣きじじいですか？　先生？」

「せやて、もう分かれへんてーこれこれから続くんかいな！」

PLCが理解できない腹いせに美濃部先生に小泣きじじいの『小泣き』というあだ名をつけた。ひどい。あんなに優しい穏やかな先生、かつあの佐伯先生も頭の上がらない偉い先生なのに…。

水町さんは放課後、就活先に提出するための履歴書をワードで作成するのにも相当手こずっていた。普段パソコンを立ち上げることなく、そもそもあの大雑把な性格ではキーボード作業なんか大嫌いだろう。そして小泣きのあだ名は江頭先生のドラえもんのように

すぐに広まり、皆が言い出してしまった。

7月1日。ポリテク最終月に入った。小学校時代の夏休みが甲子園が終わるとやたら早く感じるように、ポリテクの修了ももう目の前な気がする。ゴールデンウイーク時に購入時期がずれた定期はもう買わない。回数券を買った。

最後の席替えのくじを引いた。私は変わらず前を希望した。最後の席替えはこれまでよく話していた人がよかったが、隣は私達のような悪ふざけ集団とは毛色の違う、いかにも実直そうな痩せたメガネの男性だった。名前は潮見さん。これは融通がきかなそうな真面目さんだ。ブラックジョークは禁止しなければ。この人は皆がオリエンタル工業の話をしていた時「ちょっと、菅野さんいるからそういう話やめましょう」と言ってくれた人だ。オリエンタル工業については私が一番活舌がよかったのにだ。悪ふざけと下品な会話が脳の大体を占めている私はおりこうさんを演じなければならない。

芦部さんと同じ43歳ロスジェネ直撃世代、かつポーランド文化の研究で地方公立大学の博士課程まで行ったそうだ。ロスジェネ文系ドクターがポリテクで電気工事の求人票を見ているのか…。社会現象になったドラマ『逃げるは恥だが役に立つ』でガッキーが演じたみくりも20代にも拘わらず文系院卒の就職難にあえいでいた。もう何も聞かないことにした。

芦部さんは初宿さんと隣になった。芦部さんは席替えでは、6月に水町さんと隣になった以外は初宿さんか山口さんとしか隣になっていない。二人とも優等生だ。

「芦部さんほんと席くじ運いいですよね。6月以外」と私が意地悪を言った。

芦部さんが愉快そうに水町さんを煽った。

「水町さん、なんかやり返されてますよ。6月だけバカと隣でしたねって」

「さすがにそれはなんも言い返されへんわ」

水町さんはムスっとしながらぼそぼそつぶやいた。みんなで大笑いした。

7月のカリキュラムは、6月末から始まった美濃部小泣き先生によるPLC制御の続きとTVアンテナ設置、光ファイバー。それらに関わる仕事に就く訓練生は少なそうだ。授業は学園生活の最後の思い出作りと、就職が決まっていない人は就活、実技をとにかく完璧に、という空気が7月のポリテクに流れていた。7月1日から実技試験直前までは、放課後から5時のイエスタデイが流れる時間までの実技補習が訓練生の力の入れどころとなった。

数日後、電気技術者試験センターから合格通知が届いた。

「あなたは令和元年度第二種電位工事士筆記試験の結果　合　格　となりましたのでおしらせします」

これで本当に実技の補習を頑張る資格が得られた。やたら合格の文字間が空いているのは「不合格」を埋めるためなのだろうな。満点で受かっているはずだが、通知の封筒を開くのはどんなものでも緊張するものだ。その報告の他、技能試験の受験票、受験地や筆記用具、工具などの指示が淡々と書かれていた。

補習では候補問題13題を一つか二つ仕上げて先生に確認やアドバイスをもらう。やりすぎると却って甘く見てしまい、本番ではケアレスミスが出てしまうことが多く、1周半くらいがちょうどいいとのことだ。つまりまず1周、そして苦手だと思ったものをいくつか練習する。

実技試験で試験官がまず着目するのは出来上がりの美しさだ。電線が真っすぐで、ランプレセクタクルや引っ掛け、アウトレットボックスの中の配線部分が見やすくなるよう綺麗に固定されていれば「こいつはできる奴だ」と見るところが甘くなる。出来上がりが雑なものは「どこか間違えている可能性が高い」と試験官は施工不良部分を探そうとしてしまう。

ランプレセクタクルに黒白二本のＩＶ線の芯線が綺麗に接続されているか。つまりランプ上の二つのネジに、4分の3以上の綺麗な輪を描いて芯線が巻き付けられているか。これがやっかいだ。ランプレセプタクルの輪づくりは練習が要る。私達は7月の放課後、13題の課題をこなすことと、ランプの接続が完璧にこなせるよう練習しまくることをひたすらやり尽くした。ランプは13題全てに出てくる。必ずマスターしなければならない。

神工具と噂で崇められていたのが青い取っ手のストリッパーでシース、被覆、を1・6や2・0のサイズごとに一度に二本や三本剝ける。電線ごと切るペンチのような部分、定規までついている。何より有難いのが、ストリッパーの先端は1㎝程長く、さらに丸みをおびており、芯線をはさみストリッパーをクルっと回すことで綺麗にランプに取り付けるための輪が作れるのだ。おそらく受験する全員が買った。そのストリッパーに取り付け、より正確に長さを測るための『合格ゲージ』や散乱する電線を一つにまとめる『合格クリップ』などもネットで売っている。それらを試しながら試験まで毎日練習をした。

課題の制限時間は40分だが、もう皆時間内に終わらせることはできる。ただ一課題終わらせるとそれなりに消耗する。その時に皆がやるのがランプの輪づくりだ。作ってはストリッパーで切り、またシースや被覆を剝いて輪づくりをする。皆で雑談をしながら輪づくりをするのが日課となった。マシンガントークに任せて輪づくりをしていた水町さんは何度も机の上に輪の山を作った。呪われてるんすか、と皆からツッコまれていた。木村さんは数日練習に参加しなくなったと思っていたら腱鞘炎になっていた。皆で爆笑した。プロどころか資格もまだ持ってへんのになんで腱鞘炎なんねん、と皆で腹がよじれるほど笑った。

実技の練習は皆も頑張っていたのは最初の3、4日で、後は情報交換・談笑しながらの和やかムードだ。私も無駄口を叩きながら他の訓練生が作業しているところを覗きに、話しに行ったりした。最初は時間ギリギリにしか仕上げられなかった水町さんは、伊藤さんのホームセキュリティーの次は腕組みをした初宿さんに、監獄の看守のように監視されるようになった。

「俺、受刑者かいな」水町さんは悲しそうに絶叫していた。

ある日の実技補習中、私は両手を組んでウーンと上に伸ばしながら、

「ねーカラオケ行きたくないっすか？　なんか大声出したくなりません、チマッチマ輪づくりしてたら」と深呼吸の吐息にまかせて言い散らかした。

「大声ならC棟であげてきたらえんちゃいます？　金属管曲げながら『オウリャーウエエエエ』言うて」

水町さんがまたどうでもええこと言うとるでこの人、という態度を全く隠すことなく返事した。

「それやる奴おりそうやな、しゅうしょく、どうすんねん！　ウワーーーいうて発狂した奴」と周りに問いかけ、

「うわそれクッソ悲しいすね、見てられへんすわ」

「俺一年後また金属管曲げてるかもしれへんウワーー」

水町さんのボケに周囲が乗っかって波及していった。

「そんなん頭おかしいて思われるやないすか、まともな人が絶叫できる場所ってカラオケしかなくないすか？」

「まあ皆誘ってみたらえんちゃいます？」

というわけで訓練生の皆さんをカラオケに片っ端から誘ってみることにした。

まず初宿さん。「あの、カラオケ行きm」「やだ」ませんかまで言う事も許されず終了だった。

ただ、私のカラオケスカウトには同行してくれた。

西谷君。まああの小声でさらに歌なんて拷問かけられてくれって頼むようなものだろう。期待せず声をかけた。

「ねえカラオケ行きません？　わーってストレス発散」

「……」

西谷君は無口な分表情で自分が何を考えているのかを伝えるのがうますぎる。視覚障碍者が点字をスラスラなぞって読めるように、口下手だと表情でのコミュニケーション能力が高まるらしい。そのいつもの困ったような、笑いを我慢しながらこちらを見ている顔は明らかに、

「僕絶対行きたくないんですけど、角の立たない断り方が今思いつかなくてそれで悩んでいます」と言っていた。

「まあ分かったやろ、しゃあない」と初宿さんに肩をポンと叩かれた。よく分かった。

岡口さん。ノリよさそうだから来てくれないかな…。

「ぃや僕ね、ほんと歌歌えないんすわ〜、ぃや〜ほんと申し訳ない」

いつもの丁寧な、ぃや2回で断られ、水町さんにはお昼の後教室に戻るときに聞いてみた、いや聞いてみようとした。

「カラオケな？　誘われる、前から、言うとくで、絶対に、行かへんで」

誘う権利すら与えられなかった。バンドでボーカルをしていたと2月の飲み会で聞いた。歌声を聞きたかったのに。

芦部さん。誠実だから付き合いだと断れないのではなかろうかもはや無理強いだが。

「僕ね、歌ここ20年くらい歌ってへんすわ、音痴な歌聞かせるの失礼やから充分練習してから参加します」誠実すぎて断られた。

大塚さんはスナックで歌ってるのとか似合いそうだ。

「いやカラオケて飯食って酒入って盛り上げてから行くもんちゃう？　しらふでいきなり歌えへんなあ」

そこは糖質ゼロチューハイ仲間、悲しいがよく理解できた。

長谷部さん。長谷部さんこそスナックが好きなのでは。

「いや俺自分の歌どころかスナックみたいな他人のヘッタクソな歌聞くのすら大っ嫌いやねん、ほんま想像するのもいややわ」ハエでも追っ払うように手をブンブン振り回して断られた。

スナック嫌いは予想の真逆だった。

大村さんには「小田和正好きだって言ってたから小田和正メドレーしましょう」と誘った。

「カラオケ？　うんええよ」

「やった！　これだけ断られてようやく見つけた参加者！」と両手を思い切り挙げて万歳した。

しかし初宿さんが茶々を入れた。

「菅野さんね、皆からカラオケ断られて、ＯＫしてくれたの大村さんだけなんですよ、いいんですか？」

「えっ？　それは…ちょっと考える時間くれる？」

「オイコラ余計なこと言いやがって！　邪魔せなんだら参加者一人確保したんじゃ！　初宿さん余計なこと言わへんかったら大村さん普通に来たんすよ？　責任とってくれませんん？　初宿さん強制参加」

かくしてたった三人で実技補習憂さ晴らしカラオケ大会が開催されることになった。たった三人。

しかし、これほど個性を活かしたカタチでバリエーション豊かに断られるとは思わなかった。


補習後、大村さんの車で大村さんがいつもヒトカラをしているという伏見のカラオケ屋に入った。まず大村さんがやはり小田和正を入れていた。普通に上手だ。初宿さんは知らないアニソンを歌っていた。やはりうまい。悔しい。私は最初はPerfumeの隠れたアンセム、Perfumeがポリリズムでブレイクする前、スタッフ皆が「これは世に出る」と確信して完成させたというエレクトロ・ワールドと決めているのだ。さて。私は歌が大好きであるが、音程が必ず上下にぶれてほぼ合わないことが自覚できていない。二人はティッシュを丸めて耳に突っ込みだした。その後も二人は私の番になるとジュースを取りに行ったりトイレに行ったりしていた。初宿さんは私の歌が始まると寝た。40代男性向けに気を遣ってGetWildも歌ったらマイクを取り上げられた。ひどい扱いだ。大村さんは小田和正周辺メドレー、初宿さんはアニソンか90年代、私は中田ヤスタカメドレーで3時間歌った。ジャンルそれぞれ欠片もかぶりはしてなかったけど皆楽しそうにしていた。しかもカラオケ代私持ち。

でも、みんなも来ればよかったのに。そう言えばポリテクの外のお誘いは3月の飲み会以来だ。なぜ来ないの。

一方、PLC制御はどんどん佳境に入って行った。美濃部子泣き先生も嘱託になり給料が半分になってもこの仕事を続けたかっただけあって、内容が複雑になればなるほど嬉しそうに教えていた。授業内容がデータ処理に移り、進数やプログラミングが入ってくるあたりで「これからは皆さんにとっては私は宇宙から来た人間に聞こえるかもしれません、でもこんな世界があることを知ってくれたら、それで充分です」と穏やかかな、でもとても嬉しそうな顔で説明を始めた。PLCも進化が速そうだ。ポリテクの訓練生にも時代遅れなことは教えたくないという矜持があるのだろう。どんどん饒舌になっていく。一方、パソコンを使っていない衆はほぼ全員脱落した。私は人生で15回は本気でプログラミングに挑戦して挫折している。ネットで商売をしていて、ｐｈｐができなくてどれだけ苦労したか。私も転送命令あたりで脱落し、それ以降のテキストはつるつるだ。

水町さんはこの授業、もはややたら姿勢よく座っていると思ったら目をつむっていた。

「寝てるのもうばれてるから堂々と寝ても同じなんちゃいます？」

と皆で言っていたが、美濃部小泣き先生が宇宙語を話しだしてから何かをずっと書いている。

「何を内職してたんすか」

「木村さんとの漫才コンビを想定してネタ出しのノートずっと書いててん」

「だってな知り合いで吉本行った奴とかおるで、でも木村さんの方がどう考えてもおもろいしな、コンビ組みたいなって」

授業中後ろから見ると、西谷君は隣の木村さんを覗き込んでは笑っていた。やはり寝ていたのだろう。

「よかった、夢、あるじゃないですか」

「まあ、僕だってなんかやらかしてみたいすよ」

ただ、どうやって人に見てもらうのだろう。とりあえずyoutuberでもやればいいのではないかと思うがネット関係がやはり弱そうだ。やり方を知ってるのだろうか。

結局、元ＩＴ関連を除く訓練生のほとんどが脱落したＰＬＣが11日に終了した。最後のカリキュラム。試験をはさんだ18日から修了式直前までは光ファイバーだ。授業は座学はさらっと、実習に時間をかけた。

一つ手前のTVアンテナの実習は、快晴で暑かった。皆でウーンと腕を伸ばしながら外に出て、「あっついなあこれ～」「角度こんなもんやろか？」「もうちょい右ちゃいます？」とワイワイ言いながらアンテナを取り付け、教室では「おわ！　映った！　やったぜ！」と皆で沸き上がった。

その和気藹々とした雰囲気は、光ファイバーの実習でも健在だった。

団藤先生が持っている保守点検に使用する機械がカラオケの予約機に似ていたので、長谷部さんが「先生、ここで一曲」と一声あげた。

講師唯一の真面目一徹な先生と思っていた団藤先生はすぐに「いえいえ」と言うと思っていたが、団藤先生は一瞬、顔を上げて手をマイクの形にした。

しかし、我に返ったように「いやいや、やめときましょうね、授業ですしね」と言って、笑いながら片付けた。真面目一徹団藤先生にこそ是非歌って欲しかったのに。皆拍手喝采するはずだ。

実技試験の準備は皆もう万端だ。実技試験をはさんだ最後のポリテクのカリキュラムはそうして明るく穏やかだった。

第二種電気工事士技能試験。みやこめっせ京都会場にやってきた。これをクリアできればとりあえず安泰だ。入室時刻は10時50分だが、いつも通り7時半に起きて13題の複線図を念のため2周した。ノーミス。もう間違いようがない。複線図さえ描ければ、あとは図面通りに施工するだけだ。

受験票もある。写真票も大丈夫。リングスリーブや差込等は試験前に支給されるが、工具は持ち込みなので抜かりがあってはいけない。工具の他に本番では使わないと思われる絶縁手袋、その他NOZAHで揃えたプラス・マイナスドライバー、リングスリーブ用圧着ペンチ、そして特に最強武器である青い取っ手のVVFストリッパーもある。万一のときの絆創膏も用意し、工具袋に何度も確認して入れた。

服装は完全に部屋着。Tシャツとスウェットにスニーカー、スポーツタオルを首から提げている。「なりふり構う気はありません」という気概が一目で分かる格好で会場に向かった。絶対受かる。楽しみだった。

会場には10時半過ぎには着いた。入室時刻まで20分もある。

しかし、会場を見まわして大事なミスに気付いた。会場に時計はなかった。完成に30分以上かかったことがないので大丈夫だと思うが、ケアレスミスやり直しに残された時間が予測できない。一発で完成させた方がリスクが小さいので、一つひとつ丁寧にやる作戦に切り替えた。

10時50分。入室。電線と具材の配布の完了後、説明が始まった。

電線はそのまま配布され、器材は全て箱に入っていた。まずVVF2・0が2芯と短めの3芯がある。候補問題5番だ。もう受かった。指示されて開いた箱の中には予想通り、ランプ、タンブラスイッチ二つ、20A250Vのコンセント、普通のコンセント、連用取付枠、端子台、リングスリーブ小5個、差込4本用1個が入っていた。

11時30分。試験開始。図面通りに施工すれば完成するように、複線図をじっくり描いた。電線の片端をひたすらストリッパーで剥き、ゆっくりコンセントやスイッチを付け、連用取付枠に繋ぎ、狭い机の上でも全体像が分かりやすくなるように配置した。後は電線の片側の被覆をストリッパーで剥き、端子台や差込、リングスリーブにつなぐだけだ。

端子台は力いっぱいプラスドライバーで締めた。最初何度かミスしたリングスリーブも問題なし。

差し込みに失敗していまうと私の力では抜けないので、時間をかけて確認しながら4本の電線を差した。リングスリーブからはみ出た芯線をＶＶＦストリッパーでカットし、電線を真っすぐ揃えて、試験官が正しく接続されていることを確認しやすいように電線を広げた。

施工終了。おそらく体感で所要時間25分といったところだろう。あとはリングスリーブのサイズの見直し、ランプに綺麗にＩＶ線が繋いであるか、コンセントその他芯線のはみだしがないかを繰り返し確認したが、それでも終了の合図がかかったのはずっと後のことだった。

試験終了後退出する時、もう二度と会うことはないだろうと思っていた大谷君が机で退出を待っているのを見て、片手を挙げて挨拶をしながら通り過ぎた。相変わらずしれっとした顔をしてこちらを見ていた。できたのだろう、よかった。

入口で皆と合流して試験の出来について話した。「あんで落ちとったら知らんわ」というのが皆の総意だろう。久しぶりに会った大谷君の様子が気になっていたのか、そこの話だけが長引いた。何やらひたすら監視しながら段ボールを運んでいるらしく「つらい、5キロ痩せましたよ」とネガティブな言葉を漏らしていた。たむろしたのもしばらくの間で、私達も帰り道が同じな初宿さんと芦部さんとあっさり帰った。皆合格を確信しているのかいつまでも寄り集まる必要がないようだった。


実技試験後はもう5日しかポリテクに来ることはない。光ファイバーの実習は、もう皆工具や機材をおもちゃを触るように扱い、融着接続した光ファイバーをネックレスのように首に巻いて皆で遊んだ。町内会のサークルのようなものだ。完全に思い出作りだ。

食堂では「もう終わりなんですね、なんか信じられへんすわ」としみじみ言い合った。皆が別れへの準備をし出した。「せこかんの仕事したかったら電工含めて5つは資格とらないと」と佐伯先生から言われて、国語苦手と悲しそうに言っていた西谷君には、私は就職祝いと鈴木孝夫『ことばと文化』本多勝一『日本語の作文技術』を餞別としてあげた。『ことばと文化』は言語学とまではいかず、英語と比較しながら日本語を教えてくれる良書だ。講師時代、生徒が英文法を理解できなかった時、彼らは大概日本語の文法に無意識に邪魔されていたのだ。

　西谷君が決まった梅本製作所は英語・中国語のサイトにも力を入れていて、世界シェア65％を誇る旋盤の部品も製造している。思い切り外需を狙っているので、これを機に斜陽の日本からは出てみるといい。『日本語の作文技術』は日本語がちゃんと書ければ読むこともできるし、文章がうまいとできる奴と思われるからという理由で選んだ。西谷君は、先生が板書をしている瞬間を狙ってその本を読みだした。板書を書きまた読んでいるのが斜め後ろを振り返れば見えた。

「面白いです、でも読めない漢字がいっぱいあって…でも頑張ります」と言うが、読めない漢字があっても筆記で満点をとるくらい努力家なのだから会社でも頑張ってほしい。

　また、仲のいい訓練生同士はラインを交換し合った。水町さんは「またなっがいライン送ってこんといてや？」と言いつつも交換してくれたが、芦部さんは「嫁、僕が他の女性と話すとめっちゃキレるんすわ。このクラスも男しかおらへん言うてるくらいなんです、ライングループならなんとか……」とのことだ。西谷君にはＩＤを渡しておいた。やりとりが活発になってきたあたりで、パワハラハゲがＢ６の一枚の紙を配りだした。

「訓練生の皆様、半年間の訓練生活お疲れ様でした。このご縁、今後も続くよう名簿の作成をしようと考えております。任意で下記の名前・住所・電話番号・ライングループ参加希望欄にご記入お願いいたします」

　相変わらず自分が仕切り屋だと思ってそうなところにはカチンとくるが、この半年を過ごした皆全員とこれからも関わりを持ちたいと思っている私には渡りに船であった。名簿はこいつに個人情報を預けて大丈夫なのかと思うが、ライングループには絶対に入りたい。皆も各々の情報を書いた紙をあいつに提出していた。ITがとにかく苦手な芦部さんは、このライングループのために、ガラケーをスマホに変えてラインのやり方を皆から教えてもらっていた。

また、初宿さんとはもうまとまりましたとはとうとう言えずにいたせいで、もう恋路を叶えるには時間がないと焦っているのか、芦部さんと水町さんからの木村猛プッシュが初宿さんに変わった。

「初宿さん、賢いし、あの親切さ菅野さんには特別な感じするんですよね、誰のことも助けてますけど。僕そういうの当てるのうまいんです」

「あれ、木村推しはやめたんすか？」

「あんなんネタに決まっとるがな！」

「面白がってただけに決まってるやないすか！」

二人して真顔で真剣に返事した。

「それに初宿さん、ええと思うで」水町さんが珍しく真面目に続けた。ありがとう。

いやまて、木村さんもきみと同じ歳だ。誰かまとめてあげたらいいのに。

それからの私と初宿さんが楽しそうに話している視線の向こうには、いつも「喋ってる喋ってる、よかったなあ」とこちらを見て微笑んでいる芦部さんが見えた。

水町さんと二人でJRへ帰る日も恋バナがあった。

「水町さん私のことはおいといて自分はどうなんですか？　38でしょ？　彼女とか結婚とかまず自分こそどうなんですか」

「だって俺、しつ、ぎょうしゃやで？　しつぎょーしゃ。しつぎょーしゃに女寄ってくると思う？　まずちゃんと仕事せな」つばを散々飛ばして口調は漫才だが真面目な返事を返された。

「でも就職決まってるやないすか」

「そこだってやってけるか分かれへん、安定させな恋愛だの結婚だの言うてられへん」

初宿さんも就職が決まったとはいえまだ失業者の身分なのだけどもそれはいいのかと疑問に思った。しかし避難訓練でも思ったことだが、「まともな仕事についていない」ということがこんなに自己肯定感を下げていいのだろうか……。

次の日は、皆他の人ともお昼を食べといておきたいということで、関西スーパーイズミヤに行ったりと食堂に来なかったので、残った長谷部さんと二人で食べることになった。

「長谷部さん、お互い人生いろいろあったと思うんですよ、でもなかなか人にぶっちゃける機会ってないですよね。ぶっちゃけてすっきりしてかつ仲間意識できたらいいと思うんです。人生ぶっちゃけ会やりません？　放課後どっかの居酒屋で」

「ええなあ、なかなかそんな機会ないしなあ」

「でしょでしょ？　んで私芦部さんも参加してほしいんですよ、あの人色々ありすぎですし」

長谷部さんは家では孤独と絶望の極みにいるとぼやいていたので、なんとか話を聞く機会がないものかとは思っていた。特に中島みゆきや70年代ロックが好きだけど一人で聴いているだけだそうだ。音楽談義も含めた飲み会の提案を持ち掛けた。

まず芦部さんに声をかけた。しかし、芦部さんに声をかけて水町さんには声をかけないというのも…水町さんに声をかけて木村さんに声をかけないというのも…と考えていると、芋ずる式に声をかけるはめになり、人生ぶっちゃけ会ではなく誰でも参加可能な爆笑飲み会計画のお誘いとなってしまった。十人ほどで16時から、まだ真夏の猛暑が落ち着かない16時から長岡天神駅前すぐの居酒屋を予約した。

「し、つ、ぎょうしゃがまっ昼間から飲みやて、ポリテクおる間はええけどもう二度とやりたないな」と水町さんが自虐をかましただけで、ほとんどの時間は電気設備技術科2月生のゆるキャラ・木村さんを中心とした大喜利大会各自ネタ出しだった。

「え～僕のお～童貞喪失の件についてですが、コルルれまた大変な苦労があルルりましてぇ～」と話し始める容姿も声のろれつの回ってなさも、これまでの人生も笑わせに行っているか、人をなごませようとしているとしか思えないが、言葉遣いだけは、それだけは大企業のそれこそ面接かというくらい礼儀正しいのだ。それがまたおかしい。やはり童貞喪失の話も普通ではなかった。皆で腹がよじれるほど笑ったが、本人は自覚がないのかいつものとぼけた顔で「ん？　ん？」と言いながらキョトンとしているのだ。安い居酒屋だ

が飲むわ食うわ、大笑いするわ、店員さんはどう思っていたんだろうか。明るいうちから

おっさんらがひたすら大笑いしている。

しんみりした話はほとんど出なかった。唯一、切なくなったのは芦部さんの「僕ね。いつも言うてますけどね。ほんま自分アッホやなって思うんすよ。ここだけやないすか立場の違いなんかないの。佐藤さんとか初宿さんとかようできる人やなあって思いますけど仕事出たら同じ机になんか絶対座れへんすからね」の一言だった。ポリテクが仮初めの場、だから上下関係もしがらみもないのだということを改めて思い出した。

皆が披露した話。トラウマらしいこれまでに数度聞いた水町さんと木村さんが行ったボイラー製造会社の工場見学での一件、担当の人も申し訳なさそうに紹介する恐怖の電気部屋の件も大いに盛り上がった。「次行く人気の毒ですわ、僕ら最悪の前例作ってまいましたから」と水町さんが言っていたが、次は芦部さんが見学に行っていた。同様に恐れおののいていた。

私もマッチングアプリで出会ったエリートヤリチンに食らった不愉快すぎるエピソードを面白おかしく披露した。ネタは沢山あるのだ。任せて欲しい。「慶應コンサル君、『会う前に性病検査するの大人としてのマナーでしょ?』だそうです。そんなマナー、知ってました? いっぺんも会うてへんすよ?」

「俺慶應のツレおらへんけど刑務所行った知り合いならおるけどな。慶應は分からへん」長谷部さんがなんやそんな世界知らんで、と笑いながら答えた。

「僕も」

「俺も」

いや一緒なのは頭文字の2文字だけだ。でも中身が違いすぎる。俺もが複数なのもどうかしている。そういえば伊藤さんは院に行きかけたと言っていたが、勝手に当然のように少年院と脳内で修正していた。一方私の周りでは院といえば大学院だ。

その他長谷部さんが若いころ方々でどれだけトラブルを起こしてきたか、芦部さんが『ヤンキーとは』の講義。芦部さん自分が全然ヤンキーじゃないのに、周りはヤンキーしかいなかったそうだ。ルートを学べなかった環境だったのも合点がいく。ヤンキーの度合いをグレードに分け、彼らがいい年になるとどういう人間になるのか、伊藤さんなどを例に挙げて説明してくれた。

「39でまだあんだけやんちゃなの、そんなドヤンキーちゃいますよ？　若いころ散々やった奴もうとっくにええ人のおっさんなってます」

よく分かった。しかしパワハラハゲのことがまず思いつき、「奴が筋金入りだろうが！！！」と思った。色々無駄知識にも程があるが面白かった。

辛い過去、人生の闇に触れることはなく、もうすぐ終わるポリテクでの楽しい思い出作りとして思い切りはっちゃけて大笑いする会だった。主旨は全く違うものになったが、楽しすぎた。

「いくらなんでもアホやろうちら。電車もあるしお開きするか」

水町さんが残念そうに半分、恥ずかしさに半分でお開きの宣言をした。
気づいたら10時過ぎだ。6時間以上も大笑いしてたわけか。人生であれほど気を遣わず言いたい放題、ひたすら大笑いした飲み会の記憶はそうない。

7月26日。ポリテク最後の日が来た。2月は一人だった。寒かった。辛かった。早く終わらせたかった。しかし、3月から風向きが変わりだした。「修了まで実質まだ半分越してない、だって十連休あったし」「結構長い訓練生活だけどまだ3分の1も残ってるぞ！」などと、終わりはまだ来ない、まだ先だ、と自分に言い聞かせるように過ごすようになっていった。おっさん達との奇天烈な夢の学園生活は、お昼は大笑いしながら先生にツッコミを入れ、実習中の出来事を振り返り、放課後は人生相談につい長話をして、青春真っ盛りの中学高校のような日々だった。そんな中、迫りくる「現実」が視界を覆い出すのを感じながら、今日という日はやってきた。

団藤先生からまず掃除の指示があった。これまでの教室机雑巾がけ、C棟モップがけ、床モップがけ、玄関掃除機だけとは全く違う大掃除だ。工具の中を次のクラスのために揃え変え、床はもちろんライトや棚の上のホコリも雑巾がけをした。C棟ももちろん、私達が通った廊下も、私達が触れたところみな。私達が過ごした痕跡までもが雑巾で少しずつ消されていった。

「ほ～た～るの～ひ～か～り、ま～ど～の～ゆ～う～き～～」

大石さんが床の雑巾がけをしながら歌いだした。いつも明るい大石さんの声には心なしかポリテクとの別れを惜しんでいるような悲哀がこもっているように感じられた。そこには楽しい日々への決別と、向き合わなければならない現実に戻る覚悟も垣間見えた。私にとっても夢のような時間であり、ポリテクの同期と分かち合った時間の分だけ一体感が生まれた感覚があり、そこから引き剝がされる心地には言い知れない辛さがある。

「ふ〜み〜よむ〜つ〜き〜ひ、か〜さ〜ねつ〜つ〜〜」

大石さんの蛍の光に心を揺さぶられたのか、長谷部さんや数人の訓練生が一人一人歌を口ずさみ合唱となった。きっと誰の胸にも楽しかったポリテク生活との別れを惜しむ気持ちがあったのだろう。その歌の響きはだんだんと大きくなり、まるでバラバラだった皆が一つになっていく訓練生活の走馬灯のようであった。

明けてぞ今朝は別れ行く。

この大掃除は私達のポリテクとの別れの儀式でもあった。皆が器具を取り付けては外し壊れかけた連用枠、足りなくなったリングスリーブの入った訓練生番号つきの工具箱は次の訓練生のために各自で綺麗に準備し直され、木村さんがモンスターエナジーを散々飲みこぼししてついたであろう床の染みは綺麗に拭い去られ、机の前にあった各自用の物入れはすべて空になった。床掃除が完了し、机と椅子が綺麗に戻されたとき、私達がここにいた形跡は全てなくなった。半年間当然のように出入りしていた教室はもう私達の場所ではなくなり、妙に居心地の悪い場所となった。

事前にスケジュールを見て、なんで修了式七限やねん、それまでなにせえいうねんと皆でぼやいていたが思ったより掃除に時間がかかり最後の昼飯をまたいだ。昼食後、講師用控室にいた美濃部小泣き先生や田宮先生、佐伯先生に皆で最後の挨拶をして回った。

その後席につき、この場で今更急に気の利いたことや重たいことがすぐに思いつかないような話題の皆だから、各自一人ずつ立って最後の挨拶をすることになった。普段言いたい放題の皆だから、この場で今更急に気の利いたことや重たいことがすぐに思いつかないようだった。「半年間、素晴らしい仲間と共に学ぶことができ得難いものを得ました、ありがとうございました」といったような無難な挨拶と拍手が続く中、やはり木村さんだけ立っただけで笑いが起こった。

「ん～このようなわたくしですかルルら～次の職場勤め上げることができルルるか心配ですがあ～頑張って参ルルります！　ハッハハッハッハッ」

木村さんはその人徳で、拍手喝采でのスピーチを終えた。

「このクラスは……本当に……いい仲間でした、クッ」

潮見さんは涙ぐんで次が言えなくなっていた。「まあまあかわええやっちゃなあ」といったなだめるような笑いがクラスを沸かせた。

しんがりは席順上私だった。

「皆さんは入所時顔が真っ青な私を見て、また私の経歴を聞いて、『なんしにきたん？』と思ったかと思います。私もなんでか分かりませんでした。今は分かります。こんな実りある半年になるとは思っていませんでした。本当にありがとうございました。今後自営をやりますが、皆さんの労働環境を考えるため法律を勉強しなおそうと思います。半年間、お疲れ様でした！」

思い出などを少しでも語ったら泣く気がして、私もこれ以上は言えなかった。


入所式をした場所と同じ３０１研修室に移動したが、修了式までしばらく待ち時間があった。本館右の窓からは私達がいたB棟・教室棟、C棟がすぐ見下ろせた。

「あっついな～地球壊れとるでこれ」

「なんで俺らこんな一番暑い時に放り出されなあかんねん」

「これからC棟みたいな～エアコンは～なし！　ぬっるいとこやったなC棟、勘戻るかこれ！　サービス残業は～アホほどあるわな！」

「私これからの仕事でボヤやら何やらやってもうたら消防署帰りのお土産の時点でもう嵩むんですよね、ムショ帰りやのに菓子折もってかなみたいな。クッソあほらしっす」

私たち数人で窓の手すりに寄りかかり文句を言い合った。

極寒の2月1日、皆は誰一人にこりともせず、職を失ったというあまり楽しくないものを抱えながらぎこちなくこの会議室の席についた。盛夏の今日、全く同じ場所で思い思いにダラつきながら高校生のようなノリで好き放題を言い散らかしている。こんなにノスタルジックな光景がみられるなんて。この最後の日は、全く予想していなかった。会議室のホワイトボードには席順がかかれた紙が貼ってあったが、スマホで写真をとる人が何人もいた。私も最後まで戦い抜いた戦友達の名前を写真に収めた。

たった半年の訓練生活だというのに、これまでの卒業式とは重みが違っていた。学生時代の友人とも卒業後の進路はバラバラになったが、連絡先が分かっているのでいつでも集まれる。また当然社会人の実体験がないので、苦労はもちろん覚悟はしつつも皆晴れ晴れとした面持ちで散り、皆大きなステージに上がって行った。

一方、明日からはこの皆とも散り散りになるが、この皆は人生の場数を散々踏んだ人達、未経験の体力仕事につく人が大半だ。まだ就職が決まっていない人も3割ほどいる。皆明日から新しく人生を戦いに行く。それがどんなことかもよく知っている。


時間通り修了式が始まった。所長の他、訓練課長の隣に、「やっと一仕事終えたわー」という達成感を醸し出している団藤先生が並んでいた。

「ただ今より、電気設備技術科2月生の修了式を行います」

所長の宣言に始まり、挨拶と修了証授与式が続いた。

「芦部雅英」

「電気設備技術科、芦部雅英殿。右の者は本校指定の課程を修了したことを証する。令和元年七月二十六日」

礼をして受け取り戻る。

「大石草太、以下同文」

「佐藤信善……」

代表生の答辞はないが、それ以外は記憶の中にある学生の卒業式と同じだった。答辞は誰がやるのかという話だ。パワハラハゲになりそうだがそれだけは絶対に許さないぞ。蛍の光はさっき自分達で歌った。ポリテクの校歌、もしプロの作詞家に頼んだらどんなもの書いてくるのか。こないだの避難訓練みたいな人生の悲哀を皮肉り揶揄したものをてんこ盛りにして書いてほしいところだ。しつぎょうしゃ万歳じゃ。プロならもっと面白く書けるはずだ。作曲は中田ヤスタカで。リオ五輪や北陸新幹線の発着メロディー等、別ジャンルでもいけるのだから職業訓練校の校歌もいけるはずだ。

就活面接対策2回やったけどな、なんやねんこの世界。とっとと部屋入らせろや。椅子当然目の前にあんねんからお座りくださいい言われんでも座らせれや。失礼しますて失礼なことなんかしてへんわい。トータル何回お辞儀させんねん。時間の無駄や。でもやらな社会人はあかんねん。

どんなに理不尽でも上の命令は従うとか、間違っとるやろ。盾突かせろや。そりゃ現場で「死ね」と言われたら、自分が悪いとだんだん思ってくやろ。こんなん洗脳じゃ。わしが6月よう思い知ったわ。確かにポリテクでは人の手伝いをして、率先して分からないところを教えたりもしてたけどな。強面がちょっとええことしたらええ人に見えるよな。捨て犬に餌やるヤンキーみてえにな。パワハラハゲみたいに人を虐げるような奴が上に立つのがおかしいねん。手垢のついた話やが『サービス残業』て呼び名は間違いや。正確には『無報酬理不尽非効率長時間奴隷労働』『中間搾取』『人件費泥棒』や。そんなところで働くくらいならしつぎょうしゃ万歳じゃ。

私は、あのパワハラハゲに虐げられて叛旗を翻すこともできなくなった従業員の分まで歪んだ社会に争って合法的にいじめて泣かしたるこの野郎。

しかし、いや当然のごとく修了書授与の後は所長の簡潔な挨拶だけだった。

所長さんの宣言により修了式が終わった。全員でお疲れ会でもするかと思っていたがないようだ。そこかしこに固まる春先の雪のように、仲のいい人達同士が会議室前や廊下にしばらく集まって話していたが、それも少しずつ消えていった。団藤先生との別れの挨拶が長引いた私も、先を歩いていたゆかいな三人組に追いつき長岡京駅に向かった。

「まー、ちょっと名残惜しいくらいが丁度ええねん！」

「いや〜ポリテクいうて、めちゃゆるかったっすよねえ、現実は8月から考えよ8月から」

「今日もパン10％オフなってへんかな、俺あんときめっちゃ嬉しかってんで。西谷君にはめでたいバカ扱いされたけどな」

「西谷君の毒ほんますごいですよね。僕も『芦部さん思ったよりバカじゃなかったんですね』て黙って思いっきり馬鹿にされてましたしね」

「西谷君女遊び30まではしとけよ。30超えたらコンプレックス悩むし、彼女できたら溺れてまうで」

いつもの水町さんのパンの話、芦部さんのルートの話、代表的なエピソードをいつものテンションで話しながら歩いた。まるで明日も明後日もこうして話すかのように。

そこへ、長岡京駅が見え出したところで潮見さんが後ろから声を掛けてきた。

「長谷部さんと岡口さんが長岡天神の居酒屋にいるんですけど、皆さんも参加どうですか？」

「いいですね！　お別れ会ないの悲しんでたんですよ実は」

三人で言い合った。こないだの失業者十人組6時間、明るいうちからどんちゃん騒ぎをしたあの居酒屋だ。

そして。

五人で長岡天神に引き返す道中、潮見さんは私に強い口調でこう言った。

「菅野さん。飲み会で労働の話したら、少なくとも開始3時間以内にしたら菅野さんに全額払わせますよ。僕ら楽しく飲みたいんで。労働の話なんか聞きたくない」

「労働？　私なんか労働の話で一説ぶつようなことしましたっけ？　そんなつもり全くないんですけど何しました？」

「いや、菅野さんには前科がありますから」

「前科って何の話ですか？」

「佐藤さんのことですよ」

はあ。パワハラハゲ軽くドヤしつけたら私が加害者か。腐っても元法学徒に前科って言うか。前科を何だと思っているんだ。あまりの予想外の言葉に何も言い返せず黙って歩いていたが、湧き出てくる釈然としない思いは止めることができなかった。

「あの潮見さん。あなたはそれで気持ちよく飲めるでしょうけど、これ聞いた私は不愉快な気持ちを抱えたまま飲むことになります。納得いきません」

潮見さんを思い切り睨みつけて言ってしまった。

また「場の空気」を壊してしまった。白土三平の忍者ものや百姓一揆漫画と筒井康隆の不条理ＳＦで物心つけた私は、何か理不尽を感じれば逆らうことを躊躇しないのだ。三人組は顔をこわばらせて「菅野さん落ち着いてモード」に入った。

「菅野さん、今日はポリテク最後の日です。もめ事はやめましょう。落ち着いて」

「労働の話をするなと言ってるんです。したら払わせます。それだけです」

私をなだめる芦部さんを他所に潮見さんは妙に毅然とした言葉で返した。

「いや前科って何か知らんけど。皆から散々言われてもうおつとめ果たしてません？　それこそ最後の日にまた私がこんな愚弄されるの？　なにお前？」

「労働の話はしないでくれって言ってるだけです。菅野さん、しそうでしょう」

「しそうってだけでそこまで言うか。推定有罪か。不愉快ならお前が帰れ。うちらは数か月一緒に昼飯食ってんねん。お前が仕切るな、帰れ！」

「帰りません」

「帰れ！」

完全に口論となった。水町さんが怒鳴った。

「道の真ん中でなに喧嘩しとんねん。こっちが恥ずかしいわ！」

何というかもう、本当に、悲しくなってしまった。

「わし商売人や。警察署も消防署も行ってきた。クレームなんか鼻くそほじりながら聞いてんねん。感情のコントロールなんか完全にできるわ。どうでもいい相手ならな。このわしが激怒しとんねん。意味分かるよな？　佐藤パワハラ親父の話では水町さんも芦部さんとも本気で散々話したはずやんな。私が何をしようとしてるか知っとるはずやんな。それでそれ言うか？　その程度の信頼関係やったいうことやんな？」

「私が黙って楽しく飲めるなら勝手にせえ！　ああ楽しいやろな！」

四人を睨みつけて、ポリテクの他の連中も聞け、と思いながら言い放った。

「はいその通りです。楽しく飲みたいですから」潮見さんも意固地になっている。

完全に頭に来た。

「頭おかしいんかお前は？　こんクソッタレが！」

「もうなんでもええて！」水町さんがついに、何もかも投げ出したように吐き捨てた。

とうの昔に楽しく飲める空気ではなくなっていたのは当然私も分かっていた。私はそれを合図に踵を返した。

「はい帰りますわ。お元気で」

能面のような顔をして、「のしのし」という擬態語が擬音語になって伝わりますように、と呪いながら大股で長岡京駅に向かった。

能面のような顔を続けたまま修了証をビリビリに破いた。丸めたガラクタを力の限り道端にぶん投げずにいられる理性だけが残っていた。妙に晴れ晴れした気分で歩き続けた。気に入らないなら勝手にしろ。こちらは気にしない労働系の弁護士になるために事業はできる限り自動化して空いた時間、自分から娯楽を一切奪って司法試験予備校・ヰ藤塾に大枚をはたき2回以内で合格率4％以下の予備試験コースを突破し、5年以内にバッジを取りに行く無謀さと覚悟が分かるわけがあるまい。気にしない君らに嫌われた程度で「やーめた」と抜かす程度の頑固さじゃねえんだよ。ブレねえよ勝手にしろ。そこまで労働を語ることを嫌悪する君らがいつか「何かちょっと居心地が良くなった」と思ったらそれは君らの知らないところから私が世の中に放った矢が1㎚くらいは関係してるかもな。そんなことは知らなくていいよ、大体なパワハラハゲお前絶対いじめて泣かす、何年かかっても「お前まだ覚えとったんか」と呆れられてもこちとら覚えてんだよ、わししつけえんだよ、泣かす過程で世の中少しはましになるかもしれないな、そんなんどうでもいいんだよ。いじめて泣かしゃあ、世のため人のためとかきめえんだよ、そもそも死ねって世界最大級のお願いをだな、ウエメセで抜かすのも語彙が貧困なのも気に入らねえんだよ、もっと、大変恐縮なお願いを申し上げます、貴方様におかれましてはこの日の下は勿体のうございます、黄泉比良坂を何卒お越えいたd……。

「菅野さん！」


長岡京駅バスロータリー目前で、背後から聞き慣れた声がした。

初めて聞いたのは「ルートってなんですか？」のあの声だ。ゆかいな三人組が私を追いかけて猛ダッシュしてきたのだ。振り返って見た、両手を太ももで支え精いっぱい肩で息をしている三人の立ち姿は、数か月食堂で一緒に無駄話をしたゆかいな三人組の光景のピリオドとして、私の心に焼きついた。ずっと残るだろう。

「菅野さん飲みましょう。僕らも潮見さんのあれはちょっと失礼だと思うんです、菅野さんが不愉快になるのも分かりますし、何より菅野さんがどんな気持ちで家に帰って行くのかと思うと追いかけずにいられなくて、それから僕らのことまで疑うなんて」

水町さんと芦部さんが息を切らしながらそう伝えてくれた。西谷君はいつもの困り顔で、いつものように何も言わず私を見ていた。

「とりあえず駅前で一杯やりましょう。潮見さんには伝えてあります。落ち着いたら合流しましょう。お互い謝って、最後に本当に楽しく飲みましょう」

芦部さんは何を食べたらそんな大人になるのだろう。私達は駅前の飲み屋で一旦席に着いた。

「菅野さんあれ、僕が言うたらああいうことにならへんかったですよね？　怒らへんかったですよね」水町さんが切り出した。

「当たり前やないすか水町さん私が空気読めへんのよう知ってますよね。暴言吐く前じゃなくて吐いてからドつけって話ですよ。大体労働の話したら全額払わすってお前なにもんや。あつかましいわハイ行こ行こ、で終了に決まってるやないすか」

一つ気になったのは、西谷君が左利きの箸を矯正しようとしていることだった。皆で理由を聞くと、「社員さんとの飲み会で肘が当たると迷惑になるから」だった。社会人をなんだと思っているんだ！　しもべか！　後の二人も「それはええんちゃう、いくらなんでも」と諭していた。これほどまでに理不尽な社会に若者を適応させる社会とはなんなのだ。

その後の皆との会話はいつもと少し違っていた。

「ついこないだ京アニの大量殺人事件ありましたよね、あんなことやりたいと思ってやってる人いますか？　僕ね、人間に自由意思なんかないと思うんですよ。先に決定されてると思います」

「分かります。太平洋戦争も『まともな』国民が支援しましたよね。あんなこと誰もやりたくないはずなのに」

「また自由とは本当にその人を幸せにするのか、かといって『まともな社会人』『大人』というものに無批判に従うことは善なのか。菅野さんは逆らった。それは良かったんでしょうかね、すごく悩みます」

といったような真面目な、抽象的な話を、いつものくだけた口調で四人で語り合った。皆二次方程式の解の公式を自分で編み出そうとした人のように、自分の頭で自分の言葉で人生を世界を考えていた。皆がしていたのは、私が学生時代読んだハンナ・アレントやエーリッヒ・フロムやラカンの話と似通って聞こえた。私は周りに流されて、カッコつけで読んだだけのただの衒学者だった。自分で考えてなんかいなかった。

今日明日生きるのも精いっぱいで、勉強が嫌いと公言していた水町さんも、聞かれればすぐ言語化できる偉大な哲学者や思想家が悩んでいた物事に対して同じように自分で考え、自分の世界観を持っていた。

そろそろ気分も落ち着いてくるのを見計らって合流しようと、芦部さんから潮見さんに電話をした。JR長岡京から阪急長岡天神までは徒歩十五分程度だ。時間がもったいないのでタクシーを使った。

万札を出そうとした助手席の西谷君に個人タクシーの運転手は「500円ちょいで何出しとんねん」と返した。

「えっと私一人だったらみんないなかったらここはですね、私」

まだ気が立っているのもあって余計な一言を吐きかけた私に隣の芦部さんと水町さんは両手を開き、馬でもなだめるように「分かったからおちついて、お願いお願い」という必死のジェスチャーをした。

「ああいうのは当然客が寄り付かへんなるから自分らが損してるんすよ。それでええやないすか」

「そら『カード使えますか？』みたいな個人タクシー除けの方法すら拡散されてますよ？でも今うちら直撃じゃないすか。これ客商売としてどうよ」

水町さんとブツブツやり取りしながら店に入った。


潮見さんが早速迎えてくれた。

「菅野さんさっきはすみませんでした。僕がここは全部出しますわ」

「いやそういうのなしにしましょ。みんなで割り勘で、本当に楽しく飲みましょう。こちらこそ本当にすみませんでした」

七人のお別れ会が始まった。ただ、それは前回のようなどんちゃん騒ぎ大笑い飲み会とは似ても似つかないものだった。でも私はこの飲み会こそ、みんなが本当にやりたかった飲み会だと信じたい。なぜならここでも、こないだのフェイスブックの書き込みの後のような人生ぶっちゃけ会・ポリテク版が始まったからだ。

それぞれの人生がつまびらかにされていく。西谷君は両親がおらず、お兄さんと片寄せあって暮らしていた。以前お昼に話した「なぜ高専に行かなかったのか」の答えはおそらく、学級崩壊した中学から工業高校、早く社会に出て働くため高専で学ぶ高専のプラス2年の余裕がなかったのだろう。マリー・アントワネットの逸話の人も、本当に悪気がなかったはずだ。私も悪気はなかった。しかし、何と残酷で無神経な質問をしたことだろう。筆記が満点で、佐伯先生からも「すごい！　飲み込み早いですね！」と褒められていた。失業してはいるものの人生の先輩である皆にいつも何かを質問していた。私があげた本を授業中、板書の合間に必死で読んでいたあの姿。学習意欲の塊のような青年だった。でも「冠詞」も知らず、「諺」も読めなかった。西谷君をそうさせたのは環境だ。ここにきて生まれて初めてたくさんの優しいメンターに出会えたのだろう。

水町さんも母子家庭だった。高校の同級生は無免バイクが当たり前、コンビニでの万引きが当たり前だった。冷静になってそこに入れない自分をなぜか恥じていた。今でも売れない音楽を続けている友人を見下していた自分を恥じていた。「俺は世間体のためにあんなに好きだった音楽を諦めて職についてしまった」「自分の信念を貫き続けているあいつの方がどれだけかっこいいのか」と語る水町さんに慰めの言葉をかけることはできなかった。このご時世、夢を追いかけることは事実上よほど恵まれた環境に育った人間の特権だ。それを持たずに今も音楽の追求を貫き続けることは生半可ではない。

「菅野さん、俺だって大人しく奴隷やってんちゃいますよ。職場が気に入らなかったらまた別のサイコロ振ればいいんです」

と言っていたが、38歳で独身。音楽活動が長く、職歴は印刷工場で働いていたのが一番長いくらい、資格は普通免許と受かっていれば電工二種。サイコロ、たくさん、あってほしい。頼む。もしくは最初にいいサイコロが出てほしい。できることなら音楽を趣味程度にでも続けてもらって、それから木村さんとお笑いコンビを組んで業界に進出して人生を謳歌してほしい。夢をなんとか、持てないか。潜水艦やロケットは、プラモデルやおもちゃでなく本当に作ろう。

「人生に絶望した自分がよくもめ事を起こして迷惑をかけてまう。人はなんでなかなか死なへんようにできてるんや」

長谷部さんは奥さんとは離婚、息子さんも自分を嫌っていて、無理やり年に1回だけ会ってもらっている。中学の時から自殺未遂の経験が数回あるということも打ち明けた。ポリテクではあれだけ笑い、皆を戦友だと言っていた長谷部さんは、この先の人生でも心から笑う場所があるのだろうか。佐伯先生に話を聞いてもらっていた揉めている就職先とは本当に納得できる形で決着がついたのかは定かではない。私は想像したことがある。自分は年老いて、親姉妹皆が死んでいなくなり、独りになって虚空を見上げた空と景色は人類絶滅後のように鬱々たるものだった。気が遠くなった。しかし今現在、その想像と同じような立場に置かれている中高年はいくらでもいる。長谷部さん、私は長谷部さんの人生には責任は持てないが、なにか耐えられないことがあったら本当に、呼んでくれないか。長谷部さんのこれまでの人生は、この前の飲み会のように面白おかしい口調で話すことができたかもしれない。でも実際は本当に毎日苦しいのだと思う。

岡口さんは本当は看護師になりたかった。しかし、お年玉はもちろん高校時代自分でアルバイトで稼いだお金まで「お前金もっとるやないけ」と両親に没収される家で育ち、一種の奨学金はとれたものの、国立の志望校に落ちたため自衛隊に入った。当然、浪人は許されなかったのだ。いつものように、人を絶対に傷つけない話調にしながら、微笑みながら話してくれた。岡口さんは高校卒業後両親が離婚しお母さんが出て行った。久しぶりに実家に帰るとお母さんがフィリピン人になっていた。なぜ、みんなこれほど環境に問題のある家庭が多いのだろうか。そして、どれだけの人が夢を夢のまま諦めながら人生を送るのだろうか。

芦部さんは半年前の入所当初より明らかに白髪が増えていた。就職は迷いに迷った挙句決まったのは聞いていた。どんなところかは聞いていない。言えないような会社なのだろうか。ただ、四十過ぎての未経験夫婦揃っての就職活動。奥さんも四十を過ぎていて、ただ返送された履歴書は数知れないそうだ。夫の実家のある勝手の分からない土地での就活が難航しないわけがない。父はおらず、認知症が入りだした母の介護。これまた認知症で夜吠えが激しかったペットの犬は数日前に死んでしまった。

「僕の周りはね、ヤンキーばっかだったんですよ。でも僕はヤンキーにすらなりされなかったんです」

「俺もそうやねん」

水町さんも続けた。「いやそこは卑下しないで、誇ってくれ頼むよ」と心の中で祈った。

芦部さんもまた、先日のヤンキー講座の裏にある芦部さんの人生は苦労の連続だった。

私は地元の進学校に入ってから、ヤンキーどころか少しでも黒い噂のある人とすら関わることがなくなった。私の周りは生徒会長なのにイケメンでサッカー部、しかもベスト4、○○中のマドンナ、○○外科の娘さん、そして性格もよいという完璧な人達がやたら増えた。友人の家に遊びに行っても大概でかい家に住んでいるなとは思っていた。それは逆に、そうじゃない人達ばかりが集まるところもあるということを意味するのではないかと17歳では想像しなかった。

私は今の今まで周りがヤンキーばっかり、そんな世界を生々しく想像することがなかった。格差の存在こそ知ってていたが、実感はなかった。そしてこの格差・断絶は簡単には解消できないことをパワハラハゲの一件まで理解できなかった。そんな自分を恥じた。先日の慶應おれへんけど刑務所おるわの話も真面目に考えると洒落にすらなっていない。住んでいる世界がここまで違うのだ。

「僕ねこれ、人に言ってもめっちゃ引かれたことが何べんかあるんでもう嫁とか人生共にしようって人にしか言わないようにしてたことなんですけど、菅野さんがあんまり毎日辛そうな顔してたから言いますけどね、実は……僕……」というあのエピソード、続きは実は「父は自殺したんです」だ。それをここで皆に打ち明けたのだ。「辛かったら逃げて、取り返しがつかなくなるから」という言葉は、父親は辛さを全て一人で受け止め続けた挙句死んでもう戻らないという意味だった。私も6月に本気で死のうと決意して、それを思い知った。

「小さい時からまーちゃん、ええ子にしとったか?て頭なでてくれた父親が、糖尿病わずらって会社辞めて病気辛い、家族にも迷惑かけたくないって死んだような顔になってって。病院のカーテンで首絞めてほんとに死んじゃって、二度と動かへんなった父親みるの来るものありますよ」

と話したのだ。

そんな辛い思いをして、それを打ち明けたら引くのは、きっと相手がそうした重い話を受け止めるだけの度量がなかったに違いない。ここの皆は温かく受け止めるに決まっている。芦部さんが前に言った「僕ね、この歳で、こんなところで、本当に『友達』と呼べる人ができようとは」という言葉に皆が頷いたとき、年を取るごとに増えていくただの上っ面の友達や仕事上のやりとりしかしない人達のことを考えて涙が出た。ネット上の友人などはワンクリックで縁が切れるのだ。

フェイスブックの時と同じだ。皆何故、これほどまでに辛い思いをして、それでも人に優しくできるのか。その温かさはどこから来るのだろうか。そして私はこの半年あまり、旧友、父親、自分自身、それから死ねというパワハラ、そしてこの芦部さんの秘密と、死に関わるものを沢山見て、その重さを体験した。

ポリテクの楽園から去り、パワハラ自殺や過労死が他人事ではない、そんな世界に散っていく無情さを嚙み締めていた。私は机に並んだおかずが取れなかった。ずっとスミノフアイスをちびちびやっているふりをしていた。瓶を思い切り傾けて上を向いて。それこそ、涙がこぼれないように天井を仰いだ。

誰しもが人生の紆余曲折を経てポリテクに来たのだろう。潮見さんはさっき自分が言ったことを考えてか、ずっと何も言わなかった。潮見さんも芦部さんと同じ43歳ロスジェネ世代、マイナーな大学のマイナーな文系学部の博士に行って、新卒就職は厳しいだろう。席替えの時に聞いたアカデミックのポストにもその経歴では最初から就く気がなかったはずだ。これまで何をしてきたのか聞けなかった。文系博士課程からポリテクの電気工事で就職を決めるまでなにがあったかは。

西谷君は就職の関係で早めに帰っていた。

その後残りの皆と2時間ほど話していたが、芦部さんが閉会の挨拶をした。

「そろそろ終電もなくなるし、お開きしましょうか。みんなと会えて本当によかったです」

潮見さんと長谷部さんと岡口さんは阪急、水町さんとはJR長岡京で別れ、芦部さんと二人で京都駅までの電車の中話をした。

「芦部さん、前に『この年で、こんなところで、友達、と呼べる人ができようとは』て言ってましたよね。私はペーパーテスト以外何もできない人格破綻者です。ポリテクの皆に迷惑を散々かけたと思うんです。人生ガチャで当たり引いて恵まれた家に生まれただけです。でも私も皆に芦部さんと同じこと、言っていいんでしょうかね、友達だって言っていいんでしょうかね」

私はポリテクでは異物だった。のうのうと生きてきた視野の狭いウエメセの自覚もない人間だった。協調性のかけらもない。芦部さんにこう聞いても、よい返事しか返ってこないだろう。大人なんだから。内心どうか理解することなど無理だろう。それでも聞かずにおれなかった。

「いいですよ！」

芦部さんははっきりこちらを向いて、一語一語かみしめるようにそう言ってくれた。LED看板に詰める緩衝材のスポンジのように、私の心に隙間をなくそうと押し込めてくれているように思えた。

京都駅ホームを降りて、階段下で戦友としての挨拶に握手をした。芦部さんは八条口側に、私は真逆の中央改札側にそれぞれ歩いていった。

そうして、私の電気設備技術科が終わった。

2日後、レンタカーを借りて初宿さんと金沢に戻った。今回は金沢観光と食事といった歓待の色はなく、初宿さんは庭木の剪定や草むしり、重いものを持てなくなってきた両親のために肥料や米を運んでもらうなど、家族の一員として過ごした。顔色がだいぶよくなった父親と相変わらず上品に下品なことを言う母親と四人で、お客さんを招き入れることのない散らかった居間で談笑した。初宿さんは母親にしか懐かないセキセイインコのもちゃんと仲良くしようとするも、敵と認定しているのかつつかれては何度も流血していた。それを見て腹がよじれるほど笑った。

平和な3日間。映画で全ての戦いが終わった後、平和に楽しく暮らす主人公達を見てほっとすると同時にやってくる物語の終わりにも似た寂しさを感じ続けていた。

初宿さんは8月から仕事が始まることもあって、30日に一人で帰って行った。私は月前半は実家、後半は助けてくれた皆への東京でのお礼参りと事業を進めることにした。

「この三人では無理だ」ということで、私一人のLED事業に戻ることになったのだ。

結局、我妻さんとは決別したが、新しい取引先や商材についてなど、これまで動いてくれた成果は残していってくれるそうだ。

マコタンとはやはりどうしても縁は切れなかった。かといって前と同じ仲にはそう簡単に戻れない。マコタンは一度しか会っていないのに初宿さんを気に入ったこともあって、「二人で会うとまた険悪になるかもしれないから、やりとりは初宿さんをはさんで三人で」と落ち着いた。ｗｅｂ担当は続けてくれるそうだ。

前より大きくなったものを一人でやることになった。

分からないことが多いが助けを借りてやり切りたいと思う。事業を誰でもこなせるように仕組みを変えて、作業内容がルーチン化されたら初宿さんにバトンタッチして、私は司法試験の勉強に専念する予定だ。

ポリテクの皆は今頃どうしてるのだろう、とどこかでずっと思っていた。特にラインのＩＤを渡したのに申請がいつまでたっても来ない西谷君はどうしたのだろうか。水町さんにメッセージを送ってみた。

「西谷君にライン申請してくれないかって菅野さんが言ってたって伝えといてもらえませんか？　あげた本、読み終わったら続きがあるんです」

「西谷君が申請する気がないならしゃあないんちゃいます？　西谷君の意志に任せた方がいいと思いますよ」

そういうものなのか……私はそういう存在だったのか。

確かに西谷君は、私の存在自体に内心カチンと来ていたかもしれない。まともな親、大学に行くのが当たり前の環境と金、京大に受かる学力が私には普通にあった。その分、西谷君に対してできることがあったはずだ。向学心がやたら強かったから、読んでもらいたいものが私なんかからでも沢山あったのに残念極まりない。引っ越しの後のがらんとした部屋を連想した。虚しかった。

「水町さんは仕事どうなんですか？　ツバつけとかな！　てやたら向こうが乗り気やった奴」

「ああ、辞めました！　今ポリテクでまた就活してます」

「１週間も経たないうちに仕事を辞めるとかどういう事？　ブラックやったん？　パワハラ食らったん？」

「いや、言ってた条件と違っただけで、理不尽な目に遭ったわけじゃないんで大丈夫です！」

辞めるレベルの言ってた条件と違うって既にそれは理不尽じゃないのか。

「いやそれ理不尽やないすか、何があったんですか？　うちら何か月同じ釜の飯食ったんすか？　めちゃ心配ですわ」

「ご心配ありがとうございます！　もう学生気分じゃありません、社会人ですから頑張って次探してます！　ハイ！」

なんと礼儀正しい。あの情け容赦ないドッコミは跡形もない。終始礼儀正しいやりとりに終始している。しかしいつまで夢を見てるんだと社会人への圧力をかけられてきたであろう挙句定職につき、また失業した水町さんはポリテク在所時から自分が失業者であることを人一倍恥じていた。いつまでもポリテクの世界にしがみつくことは絶対にしないだろう。

他のみんなはどうしているのか、パワハラハゲが集めていた情報で名簿かライングループができるのを心待ちにしていたのだ。

「佐藤さんが集めてた名簿はどうなったんですか？　全然回ってこないんですけど」

「あああれやめたらしいですよ。やっぱやめるわいうて」

「あ？　やめたってどういうことやねん。個人情報散々集めといてなしのつぶてって何をしくさんねんあいつ、さっさと作らんかい言うといてもらえません？」

「佐藤さんが好意で作ろうとしはったんやから。佐藤さんがやめる言うならしゃあないんちゃいます?」

「冗談じゃない、個人情報こんだけうるさく言われてんのにやるなら最後までやれ。無責任にも程がある。皆あの紙信じてクラスのつながり託しとったよね、パワハラハゲ佐藤、このクラスはお前のクラスか。私物化するな。それになんで水町さん子分になってる?なんで怒らない。修了後もこのクラスつながって情報交換必要ですよねて自分も言うてたやんけ。なんで黙って従う」

あんのパワハラハゲがまたやらかしやがって。あいつが名簿かライングループを作るものと信じて、個人間での連絡をしなかった人が私を含めて一体何人いただろう。あのクラスが、バラバラになってしまった…。怒髪冠を衝くとはこのことだ。ポリテクにも問い合わせをした。ポリテクでは個人情報の管理が厳しく、連絡先をポリテクに問い合わせても、個人情報を開示することはできないとの返事だった。それはそう言うしかないのだろう……。またいつか飲みたいのにもう二度と会えない人が何人できてしまったんだ。もう大村さんにも、大塚さんにも二度と会えない。

この野郎。キレて水町さんについパワハラハゲを罵倒する長文を書いてしまった。既読はついたが返事はなかった。その後は既読すらつかなくなった。

フェイスブックで友達になっておいた長谷部さんにも連絡してみた。

「長谷部さん、その後はどうです?　仕事どうです?　中島みゆき談義ならいつでも付き合いますよー」

「仕事はなんとか。でも、音楽の話は難しい…」

「難しい？　音楽談義より楽しいことってそうないレベルでは？」

「『中島みゆきなんか今更』って人から散々けなされたことがあります。mixiで中島みゆきコミュニティに入ってたら、『あの曲のよさが分からないなんて』とか『そんな曲駄曲でしょ』とか喧嘩ばっかりになってハブられました」

「音楽の話で喧嘩するとか音楽好きのやることじゃないでしょ、気にしないでいい。私そんなこと言いませんよ」

「いや他にもイルカ好きでライブ行く言うたら、散々知り合いにいい歳してと笑われたことがありまして、音楽の話は難しいです」

「なんなんすかその人らまじで分からないです。私はとにかく絶対貶さないです。んで、施工管理の勉強は進んでます？」

「勉強は大嫌いやけど誰も助けてはくれないから一人で武器身に着けないといけないので、頑張ってます」

「大嫌いまで言うって他に勉強の仕方ある気がします。やり方が間違ってると非効率だし当然つまらないですよ。助けてくれないって私は全然助けますんでテキスト見せてもらえますか。私コツ探します」

「いや大丈夫…自分でやりますから」

なんでそんなみんな、私を拒むんだ。

「長谷部さんともずっとお昼を食べて、『ねえ、これ人生ぶっちゃけ会しましょ！ お互い色々ありすぎでしょ、でもなかなか言えないでしょ』て言い合って、実際やりましたよね。私信頼できないいんですか。あの場と私はなんだったんですか。ハイサイナラって感じなんですか？ なんだったんですか一体？ 同じ長谷部さん？ なんなん？」

そのメッセージを最後に返答はなくなった。

言い過ぎたことをさすがに反省して、フェイスブックで長谷部さんとつながっていた、4月に退所した原田さんに友人申請して伝言を頼んだ。精神を病んで退所した原田さんには、どうしているのか怖くて聞けなかった。そして長谷部さんは、修了直前散々もめて佐伯先生にずっと相談に乗ってもらっていた仕事先を結局、1日で辞めて次のところにいることが原田さんから聞き取れた唯一の情報だ。

「長谷部さんに謝っておいてください。楽しい音楽談義をして、『勉強は分からないところを教え合って、喜怒哀楽共有できない仲間が今までいなかったのなら私がなりますよ！』と私は長谷部さんに言っているのになぜそう頑なに拒むんですか、なんで敢えて不幸になろうとするんですかと、そういう意味できつく言ってしまったんです。私は長谷部さんが気の毒で、その分腹が立ってしょうがなかったと、そう伝えてもらえませんか」と原田さんにメッセージを送った。

既読だけついたものの、返事はなかった。時間をおいて長谷部さんに「無視、されたんですね」と送ったが、やはり返事はなかった。長谷部さんは私に心を閉ざしてしまったのだ。それは無理もないことだ。壮絶な人生を歩んできて、つい数か月前に出会った、全く違う人生を送ってきた女が声をかけたところで信用などするはずもない。信頼して、また裏切られた時の落胆が如何ほどかを先に考えるはずだ。なら、どうすれば長谷部さんは救われるのか。「特殊清掃の人だけが気の毒だ」といっていた長谷部さんは。

世間を見渡せば、友人もおらず独りで仕事場と家の往復をする人達がどれくらいいるだろうか。ほかの似たような境遇にある訓練生、西谷君のように環境のせいで教育の機会を奪われた訓練生達はどうすれば幸せになれるのか。

伊藤さんとは仲違いはしていない。ただ、職場が相当きついらしく精神的にも体力的にも参っているそうだ。ヘルニア直前の体で毎日両手に合計40キロのポリタンクを持って階段を上り下りする生活。電工とは結局何の関係もない仕事。毎日仕事上がりは23時半だそうだ。

「つらい」

「誰か、俺を癒してくれ」

と、とても伊藤さんとは思えないメッセージが届いた。泣いた。

あれだけいつも伊藤さんと一緒にいた大谷君ももう誰がラインを送っても、返事がないそうだ。実技のとき、あれだけ、今の仕事がつらいんだって愚痴りたいって言っていたのに。もう、そんな余裕もないのだろう。

そして、初宿さんが今働いている会社の手取りは15万円だ。土日両方休める日がほとんどないのに。残業代は出ない。朝の5時半には起きて、家に着くのは9時。仕事が嵩めば11時を過ぎる。めまいが1か月ほど続いていると病院に行ったら「過労です」と言われたそうだが、休めない。めまいがしながら電気工事をしている。「お客さんが困るんです」と言えばもう治外法権だ。もう何度も200V感電しているが気にもとめられないらしい。早くLEDを軌道に乗せて、事業を拡大して、初宿さんをホワイトに雇わないと。

そして芦部さん。あの芦部さんはどうしているだろうか。芦部さんとは嫁がうるさいと連絡先を交換できなかったので、潮見さんにメッセージを送ってみた。潮見さんとは事業が軌道に乗るまでCADオペバイトをしようかと考えていた時に電話番号を交換してあり、潮見さんと芦部さんと繋がっているのを最後の飲み会で確認したのでメッセージを送ってみた。

「潮見さん、芦部さんの電話番号知ってますよね？　佐藤さんが作ると言っていた名簿なくなったせいで私も初宿さんも芦部さんと連絡がとれなくなりました。うちらの番号、伝えてもらえますか？　奥さんが気にするなら初宿さんだけでも」

数日後メッセージが返ってきた。

「芦部さんは個人的信条により、第三者を通して連絡先交換をすることは遠慮するとのことです、あと、芦部さん精神的にも体力的にも相当参ってるらしいですから、そっとしておいたほうがいいと思います。それから僕も明日から始業なので、これから相当忙しくなりますしあまり連絡が取れなくなります。菅野さんの電話にも、ちょっと受けるのが難しくなります」

第三者を通してって、半年一緒にいたんだから第三者もクソもないでしょ……。友達と言っていたのは口から出まかせだったのだろうか？　あの芦部さんが？　あれだけ私が辛そうなのを心配してくれて、アスファルトに転がっているセミの死骸を両手で掬って植え込みにそっと置いていた芦部さん。私と初宿さんが話していたら、いつも嬉しそうに後ろからこちらを見ていた芦部さんが同一人物とは思えなかった。友達だったのはあの日までだったのか？

そして潮見さんとのやりとりで分かったことだが、芦部さんが相当参っているといった会社は、あの電気部屋だった。絶句した。年齢のせいで沢山の会社から祈られ、芦部さんには、あれだけ水町木村コンビが恐れおののいた電気部屋、出張がなく残業が遅くとも8時までの電気部屋しか選択肢がなかったそうだ…。家に帰れば認知症の母親の介護だ。潮見さんとの電話まで知らなかった。道理でポリテクにいる時ははっきり言わなかった訳だ。

木村さんとは連絡が突然全くとれなくなって木村さんまでもかと心配していたが、実家の有名なお茶屋さんに電話をしたところようやく繋がり、スマホを壊してデータを全部飛ばしていただけで仕事はそれなりに楽しくやっているようだ。今のところ、これだけが救いだ。データ全部吹っ飛ばしてたからというのはあまりにも木村さんらしい。笑ったのはそこだけだ。ただ、忙しくて飲みには誘えなさそうだ。それに、「スマホ壊したから」なんて、他の皆は知る由がない。しかし潮見さんと芦部さんがああでは、木村さんの連絡先を皆に伝えられない。皆を忘れたからではないと伝えられない。クラスのゆるキャラ木村さんも、皆から離れてしまうのか……。

今、職歴や学歴、年齢、性別の区別なく笑いの絶えなかったポリテクという楽園、そして仮宿は跡形もなくなった。7月27日からは皆は皆にとっての現実を受け入れ、ポリテクの仲間のことは忘れてしまった。芦部さんが「そんな職場僕らも嫌です、でもそれを覚悟して行くんです」と言ったように、皆現実世界に戻りポリテクの思い出は全部消えてしまった。

私は皆に何もできなかった。皆も望まなかった。

そうした思いをひとしきり刻んだ後の私は、ポリテクに来る前の友人親戚、本当に沢山の人と会った。スケジュール帳は真っ黒になった。前半は地元、6月に実家に来てくれた親友達から「あんた、ほんっとなんしとれんて！」とこっぴどく叱られ、大量のケーキをおごらされた。

叱ってくれる友人のありがたさが身に沁みた。高校の同窓会では皆が口々に私の生還を祝ってくれた。「今日はお前の話聞きにきたんやぞ！」との部活仲間の言葉に心から安堵した。

後半は毎日のように東京で友人達と、「気の置けないって本当にいいねえ」とこれまで言わなかった人生の恥を暴露し合い、皆で腹がよじれるまで笑った。終電や次の予定ギリギリまで私に時間を割いてくれた。昼過ぎに集まり、終電で帰る日まであった。本当に楽しい、充実した1か月だった。大事な友人と笑い合い、本音で話をすることがどれだけ人生に潤いをもたらしてくれるか、助け合いの出来る友人がどれだけありがたいか、それはいくつになっても変わらないであろうことを改めて実感させてくれた。

東京滞在の間に第二種電気工事士の合格通知が来ていた。免状発行は長くかかり10月に手元に届いた。財布に電気工事士の免状がある状態に慣れるまでに時間がかかった。

ＬＥＤ事業も無事にスタートした。今日日googleがＡＩにより神と化しているため、小手先のスキルでは検索順位の上位に載らない。リニューアルしたサイトは検索順位が人目につくには来年の春まではかかるかと覚悟していたが、嬉しい誤算があり逆に1月も経たないうちにちらほら問い合わせが来だした。本業も離陸だ。自分のことはなんとかなりそうだ。

やはり頭から離れなかったのはポリテクの皆の顔だった。私はどうしてもポリテクの皆をこのままにしておくことはできなかった。8月があまりにも楽しかったからこそ、気の置けない友人関係を続けることの大事さが身に染みたからこそ、なんとかしたかった。

皆にもう一度、声を掛けてみることにした。どうしても分かり合えないのか。ポリテクから連絡先を聞けないのが本当に悔しい。皆への連絡は難航した。

潮見さんは私のことを嫌っているので、誰にも嫌われていない初宿さんを起点に、初宿

―潮見―芦部ラインの構築できないか潮見さんに伝えてみた。

「芦部さん、初宿さんには連絡とってもらうように言えませんか？　芦部さんどんだけ実習やら座学やら教えてもらってたんですか。頭上がるんですか？」

「いやー、言うてみますけど僕らたぶん向こう数か月は忙しいですわ。誰も連絡とれないですね。前も言うたやないすか」

「芦部さん、あんな嬉しそうに勝手に『結婚式呼んでくださいね』て言ってましたよね？　あの、芦部さんの都合のつく日を結婚式にしますし、祝儀なんてしゃらくせえもんいらないんでこちらがたらふく食べさせますって言っておいてください。芦部さんの空いてる日をお披露目にしますんで教えてくださいって言っといてください」

「言っときますが～。まあどうなんでしょうねえ」

それで電話を終えたが、待てど暮らせど返事はなかった。

腹が立ったので、数日後もう一度かけてやった。

「水町さんや西谷君はどうしてるんですか？　私と繋がります？」

「あーもう関わらへんほうがええと思いますよ。水町さんも西谷君も菅野さんの上から目線で実は苦手やった、西谷君も苦手やったて言うてましたし」

本当は嫌いだったのに、あんだけ情け容赦ないドッコミをしたのか……？　軽く絶望した。人を腐った豆扱いしておいて上から目線とはどういうことか。水町さんは奥さんの機嫌を気にする芦部さんをよそに、初夏の豪雨に打たれた車の中で本気の激論を飛ばしていたのに……。西谷君の「菅野さん見てこの先の人生京大出の人とは関わらないでおこうと思いました」というのは冗談じゃなかったのか…。クレーム処理や同業からの嫌がらせ、そんなものは鼻くそほじりながら対応できる。嫌がらせする奴にはニッコリと微笑みながら路頭に迷っていただく。しかしその分、身内として気を許していた人達からの、楽しい思い出を沢山くれた人達からの苦言『実は苦手だった』は中々堪えるものがあった……。

その後、潮見さんは私を着信拒否にしたようで、かからなくなった。初宿さんが代わりにかけたところ、西谷君は分からない、岡口さんは辞めて行方不明、水町さんは2番目の職場でも辛い辛いと言っている。潮見さん本人はアルバイトを探していると。アルバイト？　なんのためにポリテクに行ったのだ？

私は修了後「芦部さんはどこや芦部さん！」「だから芦部さんて誰やねん」と友達から呆れられるくらい芦部さんを探していた。もうやけくそだ。第三者を通しての連絡先を交換するのがまずくて、なおかつ嫁にばれなきゃいいのなら勤務先に突撃するしかない。私は芦部さんが今いる、「電気部屋」の所在を木村さんから聞き出した。興信所すら頭をよぎった。私は叔父のつてで関西の電気工事工業組合の人達とつながりを持てた。電気工事の業者さんでもないくせに関西一円の業者さんが一堂に集まる集会にもちゃっかり参加させてもらった。従業員が「ねー岡本さん、うちホワイトですよねー」と向こうのテーブルにいる社長に声をかけると「いやーブラックブラック！」と社長が腕でバッテンをして皆で大笑いするような飲み会だ。電気工事組合の本当にざっくばらんな楽しい人達が経営する会社がブラックとはとても思えなかった。ポリテクは会社から直の他ハローワーク経由で多くの求人を受けているが、ハローワークは掲載料無料で、またどんな悪徳企業でもはじくことができないシステムになっている。分からずにブラック企業に入社してしまった訓練生も多いだろう。芦部さんは一番クラスの皆を大事にしていた。そんなに辛いところから何とか私が、芦部さんの腕を引けないのか？　Perfumeも言ってる、まだ戻れるよ、キミの腕をボクが引くから……。ポリテクの世界に戻ろう。

芦部さんの勤務先・電気部屋があるのは、南区にある規模はそれなりの会社だ。京都と聞けば観光客がひしめく神社仏閣、森見登美彦の小説などで周知された鴨川が貫く左京区の変人文化等を誰もが思い浮かべるだろう。一方、南区や伏見区を中心とした京都市南西部は、任地堂や堀田製作所、亜細亜電産、京セル、ヲコール物流センターなど名だたる大企業のビルや倉庫が点在する一方、昭和の香りを残している家並みや事務所、町工場が多い。大阪に繋がる4車線の車がひっきりなしに通る幹線道路の脇は、広い田んぼと畑。年季の入ったコンクリート造りの灰色の事務所に、軋んだ音を立てる赤茶けた工場。前後に子供を乗せてママチャリで通り過ぎる忙し気な主婦の向こうには、使い込んだ作業着を着て数人で談笑するいかにも気さくそうなおいちゃん達。

どこか不自然さ・奇妙さを感じさせるほど空は広く、昼でも日暮れを思わせるような寂寥感を伴う懐かしさがある。世界企業と昭和の街並みの混在。ここも観光客が知らない、京都ならではの景色だ。そして、訓練生の多くがこのあたりに散っていった。

心を決めた夕方、矢印の方向が最近おかしいナビに散々迷子にされながら最寄り駅から芦部さんの会社までを走った。北海道の畑を思い起こさせるほどに広い、今は黄色く枯れた茎や葉が覆っているだけの畑の中に厳然とそして不自然にそびえ立つ、いかにも現代建築らしい個性的な亜細亜電産の本社ビルまで行けば、そこからなら数分だ。そこからなら分かる。それなのにいくら走っても前に進めない夢を見ているかのように長くかかった。残業がなければ5時に終了だ。時刻を何度も見ながら、年末だというのに下着が汗まみれになるのを感じるまで畑を走って、ようやく会社に辿り着いた。敷地が広いのを心配していたが出入口はひとつだった。守衛さんに事の次第を話すと、笑いながら出入口で待つことを許してくれた。

1時間待った。残業がいつ終わるか分からない。冬至をようやく過ぎたところだ。もう真っ暗だ。明かりは小さい街灯と会社脇の狭い道路を一瞬で通り過ぎる車やトラックだけ。メットをかぶった芦部さんを見落としてしまうかもしれないことを考えて、守衛さんの机にあったメモ帳に手紙を書かせてくれないか、もし会えないようであれば守衛さんから芦部さんに渡してもらえないかと守衛さんに頼んだ。

「私と初宿さんはうまくやってます。ぜひ会いたいです。ずっと友達でいてください。芦部さんは労働系弁護士にでもなってください、政治家にでもなってくださいって言ってくれましたよね、本当にやってるのが見たいって。でもそれは今すぐは無理です。今すぐできることはメディアを使って、文章で格差と断絶を多くの人に知ってもらうことなんじゃないかと思ったんです。『死ね』が飛び交う辛い職場、僕らはそれでも覚悟して行くんです。僕らは社会の底辺ですからって言ってましたよね？　許すもんかそんな世の中！　話せませんか？」

ただでさえ汚い字はかじかんで他人が読めるかどうか分からなかった。それでも書いた。私の言いたいことが伝わったなら、ここにメッセージをください、と電話番号を添えた。もはや何時間待ったのか分からなくなった時、ふと守衛さんが原付で社屋に向かった。トイレかなと思っていたら、守衛さんが芦部さんを連れてきてくれた。「この人はいつまで待つ気なんだろう」と心配になり気を遣ってくれたのだと思う。待つことは許可してくれたから。

勿論ポリテクの薄いグレーの作業服ではなく、見たこともないカーキと赤のツートンのゴツい作業服と手袋をした芦部さんが近寄ってきた。

「芦部さん、やっと……」

私は安堵ではしゃいで芦部さんに駆け寄った。向こうも返してくれると疑いもせずに。

芦部さんの目は冷ややかだった。冷ややかというべきか、忙しさに心を亡くし、それどころではないという面持ちだった。

「菅野さん、ほんと困るんすよ。こんなことされるの。いつ仕事終わるか分かれへんし、終わったら僕も家のことで精いっぱいなんすわ。年末忘年会やろうって言ってましたけど僕がこの調子なんで多分なしですわ。最近誰にも返事返せてへんすわ。皆からも来おへんようなったし。今仕事中なところ出てきたんではよ戻らな。ほんと困るんです」

「皆私が苦手だって潮見さんから聞きました。皆とは戦友でも友達でもなんでもなかったってことですね？　環境が変われば縁遠くなるのはしょうがない。そうじゃなくて中にいるときから心も通じてなかったんですか？　あの水町さんだって実はって」

そう聞いた芦部さんは、思い当たる節があるのか居心地の悪そうな面持ちを隠すように軽く頷きながら顔を背けた。

「手紙を書きました。これで真意が伝わるようなら、これからも友達ならメッセージください、ただ、ポリテクは、その程度の場所だったんですか！」

私は泣きながら芦部さんに大声を張り上げ、手紙を渡し走ってその門を去った。


メッセージは今も来ない。


夢を持つどころかポリテクにいた時のような心を持つことすら恵まれた人間にしか与えられないものなのか。芦部さんの反応も無理はない。精神的肉体的にストレスのかかる職場から帰ればすぐに認知症の母親の介護が待っている。ポリテクで数か月一緒にいただけの、住む世界の違う人間が友達かなどと言ってきてもそれどころではないだろう。

本当はもっと救えたはずだ。西谷君には勉強を教えられた。長谷部さんの話し相手になれた。水町さんにはネット人脈を使ってyoutuberとして木村さんとの漫才ネタを数万人に拡散できる夢を実現させる夢は提供できた。芦部さんには、関西電気組合に転職の斡旋を持ち掛けることもできた。でも皆は望まなかった。私は皆の状況をほんの少しでも変えられたかもしれないのに。

放っておくにはあまりに悔しかった。私は無理やりなんとかしようとした。が、万策尽きた……。私の友人親戚はどれだけ辛くても気を許せる仲間との縁がつながって未来を切り開いていく。助けてくれた彼らとのつながりを思い返してからポリテクを振り返った。超えることができない断絶を見てしまったことはあまりにも辛い。

ただポリテクの皆に失望した私の心が離れていくことを抑えられなくなっていた。現実に戻った今。辛い職場、人間関係の軋轢、家庭の事情、その他今のしがらみがなければ皆は、本当の姿で接してくれたはずだ。しかし、あの皆はどこを探してもいないのだ。偽りの世界なのは、現実世界の方だ。皆を返せ。社会人らしく礼儀正しい水町さん、陰気で人間不信の長谷部さん、よそよそしい芦部さん、そんなの嘘だ！　そう思いたい。でも、嘘ではないのだ。

私は芦部さんの言葉に突き動かされ、本気で弁護士を目指す。皆を助けるために超難関国家資格を目指そうと思える私に見下されていると内心で思っていたんだろうか。その気持ちも分かる。ただ、彼らが弱い立場に身を置いていることは間違いがない。それは見下しているのとは違う。でも、「僕らは社会の底辺ですから」と自虐した芦部さんも、他人から「あなたは弱者です」と言われればいい気持ちはしないだろう。それ気の毒ですよ何とかしましょうなんて上から目線に見える。私は強者側に行こうとしているが、威張りたいわけではない。この立場から、権力を持とうとする側からじゃないとどうしようもないことがある。しかし、何度それを言っても伝わらない。

嫌悪感と悲哀が増していった。弱い立場にいる人達の状況を改善したいと思うことと、その人達の人格や気が合うかは関係ないとは重々承知の上でもだ。

この顚末を過労でまだ苦しんでいる伊藤さんに話してみた。

「そんなん当たり前やで、『ポリテク行ったら小説書きたくなりました』て、皆からしたら『は？　俺ら明日明後日の事で忙しいねん。それどこちゃうねん、何まだ訳分からんこと言うとんねん、俺ら現実待っとんねん』てなるわ。あいつら」

過労でめまいの止まらない初宿さんにもこの顚末を話してみた。

「ポリテクは楽しかった、豪華クルーザーや。豪華クルーザーの奴隷船や。厳しい現実社会に俺ら送りこむ奴隷船や。笑って、楽しんだのも、みんな『楽しめるのもここでだけ』って、『ここ出たらまた地獄や』って思うから。ここでしか許されへんから、敢えて思い切り楽しんだんや。あそこでだけ、自分を出してはっちゃけたんや。ポリテクは2回目やからよう知っとる」

ポリテクのあの明るさは、修了した後の辛さと表裏の関係にあったのだ。修了後を知っているから、皆であの天国を作ったのだ。今はもうどこにもない。皆に少しはできたどころではない。自分には到底何もできない。何かしようなんておこがましかった。私はまだお花畑にいた。辛い。こんなことなら皆と出会わなければよかった。現実のしがらみから解き放たれたポリテクという仮宿の皆と出会わなければよかった。最初から弁護士として、本来の姿を隠した皆と仕事と人情のバランスを取って接する立場であれば、こんな気持ちを抱くこともなかっただろう。

私は皆に気を許しすぎた。結局、沢山の思い出をくれた人達とは分かり合えなかった、拒絶されたという事実を突きつけられながら初志貫徹するのがこれほど辛いなんて。上げるだけ上げて突き落とされた気分だ。果てしない孤独に頭がまたおかしくなる。

そもそも私は今何者なのだ。今やるべきこと、本業はなんだ？　商売人だ。無駄をやる暇はない。時間と金を投資する。商売をする上でも法律の知識は大切だが、第二種電気工事士の難易度とは桁外れの『司法試験』の勉強にリターンはあるのか。物事を為す上でモチベーションは大事だが、それが大いに枯渇していた。これで勝算はあるのか。

私の父親、京都行きの前日に入院した父親は、マコタンと商売をやると決めた時に私をよく戒めた。

「商売人は気持ちが強くないとだちゃかん、そんな甘ったれた根性じゃだめや。同業者の嫌がらせ、理不尽なクレーム、あるやろな。そういうもんや。頑張れや」

実際嫌がらせやモンスタークレーマーには遭遇した。更に、父親は「鬼になれ」とも言った。

「商売やってなにいい人やっとるんや、値段もっと吊り上げんか」

「ちゃんとお得意さんになるの見込んで親切やっとるんかそれは？　ただのお人よしはほどほどにせな」

「商売人は鬼にならんと足元掬われる」

鬼でないとやっていけないな、と思う場面はこれまでいくつか見てきた。昔から新聞の政治経済欄は隅から隅まで目を通し、テレビで最新の情報を追い、年老いてもなお読書家の父親は今の政治に激怒している。暴動を起こせとまで言っている過激派だ。私がパワハラハゲ佐藤の一件で「暴動興味あるんですよ」と言ったのは父親の影響だ。

父は私には商売人としてのアドバイスをしてきた。私は商売人として生きていくと8年前決めた。まだセミリタイヤしてボランティアをしている暇はない。父親に従おう。私が病室を去る時に言った「行って…こい…がんばれ…」とは、人情や感情に溺れ、正常な判断ができなくなること、当初の目的からぶれることではないはずだ。

私もポリテクという仮宿を忘れた。自分が本当にいるべき場所を思い出した。初宿さんと山口さんと行ったカラオケで歌ったPerfumeの「エレクトロ・ワールド」、知らない誰かがスイッチを押して、消えゆく仮想世界エレクトロ・ワールド。その歌詞『この世界僕が最後で最後最後だ』、私はポリテクでは相当異物だったはずだから、地位を得て夢を叶え団結できた仲間が当たり前にいた私だから、『僕は確かにいるよ』と言えたのは私が最後だったと思う。実際は、ポリテクワールドは7月26日、強制終了のスイッチを押されて消えていたのだ。

エピローグ

私は今、仕様書を書き、効率化のしくみを作り、オンラインのビジネス英会話教室を続け、社会の最新情報をチェックしている。情報格差で儲けるのも商売の基本だ。それがないのがポリテクにいた彼らだ。

3月の飲み会で「わし、しょーばいにん！　きみらのいきちすすったる！」とおどけて言ったが、本当に彼らを見捨て、彼らの絞ってもそう取れない喉を潤す程度にもならない生き血を吸い、彼らのように汗水流さなくてもお金がお金を呼ぶよう頭と体を動かす人達、汗水流せば年収300万いくかどうかではなく何千万、何億と動かせる人達と交遊する。事業の見通しはおそらくついた。私にはその人脈もある。三回の取引で彼らの手取りを余裕で超える。大企業から販促用の大量発注があれば彼らの年収を余裕で超える。種銭の運用先は決まっている。その人脈がある。

1日は平等に24時間なのだから、そして私は一匹狼にしかなれず、組織を作って仕事ができないから、「労働」に頼らずお金を集めることに絶えず留意する。今の私が偽物の私なのかは分からない。でも、最初からこう生きるためにポリテクに入所して、修了した。それだけだ。悲劇でもなんでもない。私はそうして生きている。

ただ、小さく、深く、突き刺さってどうしても抜けない、あの教室棟前で皆で「腹が痛い」と大笑いした思い出を心の片隅に抱えたまま。

本書はフィクションであり、実在の人物・団体とは一切関係ありません。

著者プロフィール

伝田 房江（でんだ ふさえ）

大阪府在住。

京都大学法学部卒業。

ポリテクスクール京都　電気設備技術科

2023年５月15日　初版第１刷発行

2024年12月20日　初版第２刷発行

著　者　伝田 房江

発行者　瓜谷 綱延

発行所　株式会社文芸社

〒160-0022　東京都新宿区新宿1－10－1

電話　03-5369-3060（代表）

03-5369-2299（販売）

印　刷　株式会社文芸社

製本所　株式会社MOTOMURA

ISBN978-4-286-30110-5　JASRAC　出2301444－301